L'ISOLÉ SOLEIL

A travers cinq générations de pères rebelles et de mères héroïques, *L'Isolé soleil* retrace toute l'histoire de la Guadeloupe, depuis les horreurs de l'esclavage et les révoltes imposant l'abolition jusqu'aux bouillonnements contemporains. L'épopée du passé débouche sur un appel d'avenir : les chances et les risques de la solitude et de la solidarité, du créole et du français, de la parole et de l'écriture, des magies du conte et des danses des tambours, dans l'accord à trouver entre les musiques et les actes, les cyclones et les embellies, l'amour et les prénoms, les rêves et les réveils. Une saga *de l'intérieur* qui fait date dans l'histoire du roman antillais.

Daniel Maximin est né en 1947, en Guadeloupe, au pied de la Soufrière. Poète, essayiste et romancier, il publie son premier roman, L'Isolé soleil, *en 1981. Suivront deux autres romans,* Soufrières *(1987) et* L'Île et Une Nuit *(1995).*

DU MÊME AUTEUR

Soufrières
roman
Seuil, 1987
et « Points Roman », n° R 138

L'Île et Une Nuit
roman
Seuil, 1995

L'Invention des désirades
Présence africaine, 2000

Daniel Maximin

L'ISOLÉ SOLEIL

ROMAN

Éditions du Seuil

TEXTE INTÉGRAL

ISBN 2-02-048158-8
(ISBN 2-02-005919-3, 1ʳᵉ édition
ISBN 2-02-009682-X, 1ʳᵉ publication poche)

www.seuil.com.

à Nicole

Un vol de colibris s'est posé en pleine mer pour soigner ses ailes brisées au rythme du tambour-Ka : Marie-Galante et Désirade, Karukéra, Madinina... îles de liberté brisées à double tour, la clé de l'une entre les mains de l'autre. Antilles de soleil brisées, d'eaux soufrées, de flamboyants saignées, mais sans une seule page blanche dans le feuilleton des arbres.

Et sur chaque morne, des ruines de moulins en sentinelles attendent le prochain cyclone pour balayer les souvenirs de peurs et de sueurs sur l'écorce de nos rêves, comme s'ils savaient que le désir est à l'histoire ce que les ailes sont au moulin.

À la clarté des lucioles commence la nuit une éruption de cris de misère et de joie, de chants et de poèmes d'amour et de révolte, détenus dans la gorge d'hommes et de femmes qui s'écrivent d'île en île, déshabillés d'angoisse, une histoire d'archipel, attentive à nos quatre races, nos sept langues et nos douzaines de sangs.

Les mots ne sont pas du vent. Les mots sont des feuilles envolées au risque de leurs racines, vers les récoltes camouflées au fond du silence et de la mer.

1

DÉSIRADES

Le manguier

Tu cherches la clé de tes fruits dans la forêt des rêves.

Car il te faudra savoir lequel, du letchi, de la mangue ou de la pomme est ton fruit de souvenir, ton fruit de rêve et ton fruit de plaisir.

Pour tes dix-sept ans, malgré la profusion de gâteaux fouettés et de sorbets-coco, tu n'as voulu manger que des fruits. Pas de letchis. Cette année-là, le pied n'avait rien donné. Tu as juste croqué trois pommes-France superbes de couleur et de goût sur les dix-sept luxueusement offertes par ta grand-mère. Chaque fois, elle t'en achète autant que tu as d'années, et tu dois les finir en trois jours afin que tu ressentes au ventre le poids montant de l'âge.

Tu as dansé tourné viré toute la soirée. Passé minuit, tu grimpes à ton arbre lui offrir le champagne. Tu n'oses pas fermer les yeux ni crier parce que, juste à l'endroit où se séparent les deux cuisses du manguier, un gros mille-pattes sort en douceur saluer la pleine lune. Tu n'avais jamais remarqué cette petite cavité. Tu lèves à deux mains la bouteille de champagne à moitié vide de ta solitude, et d'un seul coup tu l'écrases en mille miettes sur l'apparition qui te rendra orpheline de ton manguier. La lune fait des reflets sur les gouttes mélangées de champagne et de sang et sur la petite bague apparue au fond du trou déchiqueté par ta rage, cette petite bague déposée là il y a deux siècles pour l'oubli et que tu glisses à ton doigt qui saigne, après avoir lu le prénom gravé dessus : ANGELA, bien visiblement comme un droit de propriété de celui qui l'a donnée sur celle qui l'a portée.

Et dans ta chute comme au moment de la mort, ton corps de plaisir et ton corps de souffrance tournent et

virent ensemble, faisant éclater de grands soleils dans ton
cœur battu. C'est ainsi que meurent les colibris, cœurs foufous qui éclatent d'une émotion trop grande pour leur petit
corps. Et les hommes qui n'ont jamais osé s'envoler n'ont
plus qu'à courber la tête pour ramasser les débris d'étoiles
filées.

Les cousins t'ont transportée sur le lit du grand-père. Ta
main serre toujours le goulot, humide de sève, de champagne et de sang. Ta salive nettoie le temps qui a terni l'or de
la bague d'Angela. Tu pleures ton père absent. Ton grand-
père porte sa main à ta bouche pour que tu mordes fort
pendant qu'on asperge de bay-rhum tes bras meurtris. Et
quand tous s'en vont rassurés de t'avoir rassurée avec une
tisane de corrosol, lui reste près de toi à veiller le jour qui
se lève sur ton visage, en cherchant dans la mémoire de ses
contes le sens de cette phrase que tu chuchotes en délire et
en larmes très douces : « Je pleure pour le noyer... Je pleure
pour noyer le Poisson-armé... Pleure, grand-père, avec
moi... Il faut noyer le Poisson-armé !... »
Les yeux grands ouverts, tu ne dors pas. Tu ne sais pas
encore que tu veilles déjà les cent treize morts du grand
oiseau d'acier qui cherche les lumières rectilignes balisant
son futur repos, et qui dérive vers Sainte-Rose malgré le
soleil levant relayant la pleine lune pour qu'il échappe au
destin tracé par les chasseurs. Le Boeing 707 *Château de
Chantilly*, qui vole trop haut pour se noyer, explose au-
dessus du volcan au petit jour du 22 juin 1962, en réveil-
lant tout un peuple qui croit revoir la Soufrière éclater d'un
seul coup, cent soixante ans après l'éruption-suicide des
rebelles de Louis Delgrès.
Cette fois non plus, il n'y a pas un grain de soufre ou une
goutte de lave pour rendre le volcan coupable de ce char-
nier de mains tendues, d'espoirs tapis, de promesses brû-
lées, de valises de cadeaux, de rendez-vous manqués. Pour
la seconde fois de son histoire, le volcan sert de témoin
muet à une éruption éphémère d'hommes et de femmes
grillés comme des criquets à deux pas de sa gueule bouillante de lave et de boues.
Aussi les oiseaux, les algues et les pollens ont-ils très vite

repris le tour de la vie, car ni l'air, ni la terre, ni l'eau ne s'attardent à pleurer sur les attentats contre nature.

Et tandis qu'une jeune fille vomissait des pommes-France en hurlant en douce à la mort, à l'heure du colibri des contes, le cœur de son grand-père Gabriel battait le tambour :

> *...Ingoui, ingoua*
> *Bambou lé boi, bambou lé zombi*
> *Ingoui, ingoua*

pour protéger l'enfant du cauchemar de son peuple écrasé par les mille pattes du Cheval-à-diable, du Bœuf-à-cornes et du Poisson-armé.

Le pied de letchis

Depuis la mort du mille-pattes et de l'avion, tu n'es plus remontée dans le manguier, ton oreiller de verdure entre les draps du ciel et de la mer.

C'est sur le pied de letchis, planté il y a deux siècles, juste derrière la terrasse de l'habitation, seul à côté du prunier de Cythère, que tu t'es embusquée depuis lors contre la conspiration des femmes de la maison qui t'encerclent dans leur giron pour te réduire à leur condition.

Elles te croient toujours fourrée dans un livre comme avant, satisfaites que tu aies renoncé aux jupes et corsages pour y grimper en blue-jean et blouse de coton blanc, car elles savent les taches de letchis encore plus tenaces que celles des mangues et des cannes.

Seul ton grand-père Gabriel connaît ton secret : le pied de letchis est devenu ton arbre d'écriture, et tu caches dans le couvre-livre de ta mère deux gros carnets : *Le Cahier de J...*, et l'*Aire de la mer*, dans lesquels tu notes en douce des idées et des images pour le roman que tu as décidé d'écrire pour faire revivre les pères disparus de notre histoire, depuis l'éruption de Delgrès jusqu'à celle du Boeing.

Tu as appris que ce n'est pas la crainte de la folie qui nous forcera à mettre en berne le drapeau de l'imagination : car tu as découvert dans le dernier numéro de *Tropiques*, annoté par ta mère, ce poème écrit par Suzanne Césaire, le mois même de ta naissance, dans lequel elle décrit, des années avant l'heure, la double chute de ton arbre et de l'avion :

« La consternation a saisi les objets et les êtres épargnés à la limite du vent. Au cœur du volcan tout a craqué, tout s'est écroulé dans le bruit de déchirure des grandes manifestations. Puis les radios se sont tues. La grande queue de palme de vent frais s'est déroulée quelque part dans la stratosphère, là où personne n'ira suivre les folles irisations et les ondes de lumière violette.

La mer de nuages n'est plus vierge depuis qu'y est passé l'avion.

Tu as depuis ce jour-là un vêtement d'étincelles, chacun de tes muscles exprime de manière personnelle une parcelle du désir éparpillé sur le manguier en fleur. »

En vérité, tels les fruits du sablier qui éclatent comme une grenade à leur maturité, ton père est mort dans l'accident d'avion : 22 juin 62, en compagnie de deux combattants de notre autonomie : Niger et Catayé.

Tu as failli te laisser mourir, sans boire ni manger. Mais tes yeux ont su voir les désirs préservés sous le grand camouflage des larmes inassouvies, la pluie a rafraîchi ta fièvre, le vent a ramené ton cœur à son logis, et ton grand-père t'a retenue dans la chaleur de sa main.

Ton père a explosé tout seul, sans son orchestre ni son piano, mais avec le journal secret qu'il apportait pour te faire lire à toi seule d'abord : (*« Tu as les yeux les plus sévères du monde devant le mensonge et les plus indulgents devant le jour, aussi je t'apporte sans trop de crainte mon journal de voyage :* Désirades, *quelques notes retenues sur la portée de ma vie. Je ne resterai pas longtemps au pays, car j'ai un grand projet sur l'histoire des Antilles à travers notre musique. Pour l'histoire, d'ailleurs, je compte bien sur l'aide de Mademoiselle-je-sais-tout-ce-qu'il-y-a-dans-les-*

livres ! Il faudra aussi que j'aille dans les Grands-Fonds
rafraîchir mes oreilles de gros-ka et de quadrille marie-
galantais. Mais nous aurons bien du temps pour nos pro-
menades et nos boléros. Ton père prodigue. Paris, le 12
juin. »)

Il était musicien, saxophoniste, jazz, biguines et afro-
cubain, selon les soirs et les pays. Il partit en dissidence
clandestine en 1943, par la Dominique et les États-Unis,
pour fuir l'air vicié des îles pétainisées ; il resta à New York
au Service d'accueil des volontaires antillais de la France
libre, et parcourut depuis toutes les îles et les villes où il
trouva à jouer la musique de son cœur : Cuba, Harlem,
Londres, Paris, Haïti où ta mère et lui se rencontrèrent une
dernière fois pour te donner la vie.

Tout ce qui reste de lui, c'est ce bracelet — une tortue à
tête de bélier — envoyé de Harlem à ton grand-père pour
célébrer ta naissance orpheline.

Ton père musicien est mort accidentellement. Mais tu
crois que ton père poète, lui, s'est suicidé, car il portait
dans l'étui de son saxophone les trois uniques cahiers du
journal de sa vie. Comment peut-on confier toute sa vie
rêvée à l'avion qui transporte déjà sa vie réelle ? Il n'y a
que le vent qui vole sans jamais se poser. La vie est sans
pitié : la mort la punira un jour.

Il devait tout te réapprendre : danser le gros-ka et parler
le créole, tout ce qui t'est refusé par la conspiration bien-
veillante de ceux qui veulent te bâtir un bonheur aliéné
dans le bon-français et les désirs d'espace à jamais refoulés
sur les plages dos à la mer. Tu recevais une nouvelle photo
à chaque anniversaire, et cette année, pour la première fois
depuis tes treize ans fêtés au club La Habana en compagnie
de ses amis musiciens de Paris, il devait être présent. Mais
voilà que ton soleil est parti loin vers les étoiles, imaginant
que tu rêves à la folie de ce roman d'outre-amour pour ton
désir en rade.

Alors, il le faudra : tu seras sans pays natal, comme les
fruits et les oiseaux, dont tu prendras les couleurs et les
chants pour refaire l'histoire de ton pays. Tu caresseras la
vie comme les fougères, chanteras comme les palmistes

sous le vent, lutteras seule dressée sur tes racines comme le figuier-maudit, tes lianes seront le rideau protecteur des révoltes, le poison de tes mancenilliers attirera la soif des chiens de garde.

Tu noirciras toutes les pages blanchies de ses cendres avec les couleurs naturelles à ta portée. Tu te méfieras hautement des nuages. Les nuages sont nos ennemis, les bisons blancs de nos prairies, le coton de notre esclavage. Tu te souviendras que les oiseaux sans mémoire qui plongent le bec dans les capsules du coton deviennent aveugles et condamnés au sol, car le coton est le manteau de Dieu, et Dieu a ainsi voulu punir les oiseaux et les Nègres qui l'ont voulu déraciner avec la complicité des vers, de la lune, du soleil et du vent.

Tu enfonceras tes racines jusqu'à trouver la source des feux de joie : un conte, un poème, une danse, une chanson. Tu ouvriras tes yeux, tes oreilles, ta bouche et tes mains à l'histoire de tes pères, et tu n'omettras pas de faire parler les mères, car elles ont des racines puisqu'elles portent des fruits.

Tu ouvriras les tiroirs de notre histoire confisquée, ceux d'héroïsme et de lâcheté, ceux de la faim, de la peur et de l'amour ; tu rafraîchiras la mémoire des témoignages et des récits, tu mettras la vérité au service de l'imaginaire et non pas le contraire.

Tu écriras loin de tout désespoir, qui est le luxe des peuples saturés. À ton âge, tu sais déjà que c'est le désespoir qui agrandit les déserts.

Chaque fois que tu oublieras de décrire la nature tropicale non pas comme un décor, mais comme un personnage de ton histoire, qui a aussi ses révoltes et ses lâchetés, qui offre trop de fleurs aux jardiniers, et trop d'anses aux caravelles, alors tu te souviendras que les pays où il fait trop beau sont comme des ventres maternels hostiles aux renaissances.

D'ailleurs tu n'écriras jamais de poèmes ni de chansons. Tu as trop peur de recopier ceux que ton père t'apportait. On ne fait pas un poème avec des regrets, ni une musique à coups de souvenirs.

Ton père mort, ton récit sera rempli de paroles fraîches, de cris, de murmures, de pierres précieuses et de graffiti.

Tu n'écriras pas de cahier de doléances, parce qu'ils supposent la soumission au roi.

Tu n'écriras pas de bonnes œuvres à l'ombre de la foi de Delgrès, de l'espérance de Toussaint Louverture, et de la charité de Schoelcher.

Ton père est mort sans cela. Tu le feras vivre sans cela. L'héroïsme n'est pas musical.

Tu l'appelleras Louis-Gabriel, Louis comme Delgrès, incinéré dans nos mémoires, et Gabriel comme ton grand-père.

Mais tu nommeras le prénom vrai Siméa de ta mère inconnue, et tu préserveras deux initiales amies, G et J, pour la fraternité.

Tu n'écriras pas pour faire honte ou plaisir à ton père : la nostalgie et la vengeance prolongent inutilement la mort. Tu écriras au contraire pour te libérer du paternalisme, de la loi du retour des pères et des enfants prodigues, et de tout ce qui cherche à revenir au même. Tu n'as pas souffert deux fois le mal de naître pour te transformer à l'avenir en accoucheuse de parents disparus. Il y a quelque chose de pire qu'un père absent, c'est le père et la mère imaginaires qui régneraient sur ton sexe, ton stylo et ton cœur. Tu ne seras jamais la fille-mère de tes ascendants.

Il t'a tendu un dernier piège, mais tu as sauté avant lui. Il t'aimait, mais il n'est pas l'amour.

Cependant, par précaution, TU n'écriras jamais JE. Quand on a déraciné l'amour, il n'y a plus rien que TU, VOUS, et ILS à déclarer.

Mais tu signeras toujours de ton seul prénom :

Marie-Gabriel.

À la sœur d'élection

Marie-Gabriel,
abri d'aile,
l'arbre-amie,

Pour ma part, je rêve souvent d'un livre à écrire dont les
pages de droite accueilleraient mes pensées, et celles de
gauche les tiennes en regard. C'est évidemment un dialogue
que tu jugerais monstrueux comme un devoir et un droit de
réponse. Il est vrai que celui qui cherche toujours l'image de
l'autre dans son miroir est un Narcisse aliéné. Nous
n'aurons donc pas d'échanges de souvenirs, mais ils ne nous
auront pas non plus. Notre fraternité saura se passer de
notre transparence. Votre roman familial me restera toujours étranger. Mais la vraie vie sera peut-être absente de
ces cahiers que nous remplissons dans ta hâte et ma
paresse, sans nous le dire, dans notre île d'ébène chacun de
notre côté de l'Océan, toi à la Guadeloupe et moi à Paris (je,
tu, île, nous, vous, ils...). Et je n'oublierai jamais que nos
deux mères ont partagé le même prénom.

« 1er mars 62 : Un Boeing 707 s'écrase à New York, avec
95 passagers. — 4 mars 62 : un quadrimoteur britannique
s'écrase au Cameroun. Les 11 occupants périssent. Dissolution du front des Antillais et Guyanais pour l'autonomie.
Interdiction de toutes les manifestations politiques publiques. 21 professeurs et fonctionnaires des départements
d'outre-mer sont expulsés de leur pays d'origine et mutés
d'office en France métropolitaine dans les 48 heures. »

Ta folie douce de réapproprier toute notre histoire se
répand sans doute déjà dans des pages et des pages des

*cahiers noirs de ton deuil. Pour moi, je n'ai toujours pas
orienté mon désir de désirer dans un de ces chemins longs
comme une vie, larges comme le désert, profonds comme
l'océan. Ma soif invente encore des sources, et les sources
s'élancent dans l'ignorance des mers et des déserts.*

*Dès notre première rencontre, j'ai lu dans tes yeux qu'ils
avaient déjà eu peur de l'océan.*

*Nous étions au lycée, en permanence. Tu étais seule avec
des yeux sauvages, mais tu as accepté mon regard, et nous
avons joué au jeu des prénoms ; il faut composer des phrases avec les mots contenus dans chaque prénom. Dans le
mien, il y a aire, rien, ire, nid, aide, ride, aride, drain. Tu
avais dit : « Un nid aride ne draine rien. » Et j'avais
répondu : « Rien n'est aride avec l'aide des rias. »*

*C'était un vrai plaisir d'imaginer toutes les phrases de ton
double prénom : arbre, mère, mirage, rime, abri, gaie,
mare, amie, grimée, mer, erre, arme. Nous composions de
grands dialogues. J'écrivais : « L'île fait barrage à l'aile de
l'amie. » Tu répondais : « L'air de la mère est un abri contre
le gel. » Au bout d'une heure, sans nous connaître, nous
connaissions déjà la fraternité. Et pour la première fois, j'ai
parlé de mes poèmes à quelqu'un.*

« 15 mars : Un superconstellation américain disparaît
en mer avec 107 passagers. Mouloud Feraoun meurt assassiné.

19 mars : Le cessez-le-feu prend effet à midi en Algérie.
Franz Fanon n'est pas mort pour rien.

28 mars : Les partis communistes guadeloupéen, martiniquais et réunionnais sont exclus de la campagne pour le
référendum sur l'Algérie. Attentats de l'OAS à Paris contre
la librairie *Présence africaine* et au domicile de militants
autonomistes antillais. »

*L'habitation des Flamboyants, la maison de ton grand-
père, est un vivant rêve d'histoire. Les grands arbres, manguiers, letchis, cocotiers, se dressent en sentinelles comme
de vieux projets de révolte. Les énormes bras noirs du fromager ont l'air d'avoir supporté toutes les flagellations et les
pendaisons. L'habitation sur le morne a brûlé deux fois aux*

appels des conques de lambis qui rassemblaient pour la révolte les esclaves libres éparpillés dans les sentiers du marronnage.

Tu m'as longtemps parlé de tes arbres, de leur silence et de leur fidélité. Je t'ai proposé de lire mes premiers poèmes. Si tu me demandes de les déchirer, je le ferai.

« La trêve des attentats est déclarée en Algérie. J'écris ma joie à Ève, mon amie d'Alger.

2 morts et 17 blessés par balles des CRS au cours des grèves des coupeurs de cannes à la Guadeloupe et à la Réunion. »

Nous allons à Pointe-à-Pitre acheter des disques et des livres avec notre ami Antoine.

Nous avons acheté chacun un exemplaire de Ferrements, *le nouveau recueil de Césaire. Nous les feuilletons pour trouver des dédicaces, assis dans un bar place de la Victoire avec des jus de canne et des sorbets : pistache pour Antoine et moi, coco pour toi. J'ai écrit sur ton livre : « Une seule goutte d'eau peut faire déborder le rêve. » Tu as écrit pour Antoine : « Nos êtres seront d'étoile, de lune ou de soleil : l'exil des yeux indique l'échelle. » Cela va bien avec la douceur de ses yeux verts.*

Pour moi, tu as tout simplement recopié le plus court poème :

« Ton exil s'en va ainsi dans la mangeoire des astres
portant de malhabiles grains aux oiseaux nés du temps
qui jamais ne s'endorment jamais
aux espaces fertiles des enfances remuées. »

Césaire avait écrit : « l'exil ». Mais tu sais que je vais bientôt partir pour la France, en juillet. Mon père a obtenu sa mutation pour Paris.

« 3 juin : Le Boeing Paris-Atlanta s'écrase à Orly : 130 morts. 15 juin : L'hôtel de ville et l'hôpital Mustapha d'Alger sont dynamités par l'OAS. Le père d'Ève est mort dans l'attentat. Il opérait des blessés. La semaine suivante, l'OAS donne l'ordre à ses troupes d'interrompre toutes les destructions. »

J'écris à Ève, rapatriée d'Alger : « Tant de grands pans de rêves, de parties, d'intimes patries effondrées, tombées vides et le sillage sali. Essayer des mots ? Du fond d'un pays de silence, d'os calcinés, de sarments brûlés, de cris retenus, nous montons dans un paquet de lianes, d'étoiles et de frissons. »

Le soir de ton anniversaire, ton grand chignon composé de nattes rajoutées te faisait encore plus une tête de chat d'Égypte. Je venais pour la seconde fois dans la maison de ton grand-père, et je ne savais pas très bien si tu allais recevoir mon cadeau comme un présent d'orgueil ou de modestie. Je sentis une grande chaleur dans mes fossettes en te le donnant : c'était le journal de nos premières rencontres.

Les Haïtiens de Nemours Jean-Baptiste faisaient fureur ce mois-ci, avec son succès : Baptême rat', Musiciens chat' ; *On dansait sans penser à s'arrêter. On ne te voyait pas beaucoup. Tu mangeais des pommes en buvant du champagne. Je t'ai invitée à danser* Angustia, *un boléro d'Alberto Beltran que j'aimais bien.*

— Est-ce que tu sais les danser au moins ?

— Pas très bien ; je mélange un peu avec les tangos, mais je veux bien être ton élève, si tu veux me corriger !

— Je te le dis, parce que les boléros, pour moi, c'est sacré. C'est mon père qui m'a appris, et d'ailleurs je les danse presque uniquement avec lui... du moins quand il est là ; au fait, je t'apprends qu'il arrive de France demain matin. Un jour, peut-être, tu sauras ce qu'il m'apporte comme cadeau. Devine quelle est la plus belle chose qu'un père peut offrir à sa fille chérie ? Si tu trouves, tous mes boléros seront pour toi.

Vers les 11 heures, les ardeurs s'étaient provisoirement calmées. La pleine lune nous observait de haut. C'était la pause-matété de crabe. Les plus voraces s'empiffraient de riz en négligeant le crabe trop long à déguster ; les plus délicats suçaient lentement le jus de chaque bout de pince et la chair autour des yeux ; les plus costauds cassaient pour les filles les gros mordants d'un coup sec des molaires. Le piment mouillait les visages. En attendant la reprise, on

*laissait passer sans l'écouter un disque de slows antillais,
spécialité locale à base de cadence créole et de paroles fades
toujours en français à rimes riches. Comme si les chagrins
ou les déclarations d'amour étaient trop sérieux ou trop
dérisoires pour la langue créole, à laquelle les orchestres à
la mode du moment réservaient les allusions cochonnes et
les fanfaronnades viriles rythmées par les biguines et les
cadence-rampas.*

*J'étais assis sur une marche au pied de la galerie. Tu
es venue à côté de moi avec ton éternelle pomme-France et
ton verre de champagne. Tu regardais droit devant toi,
pour mieux faire entrer ta voix directement dans mon
cœur :*

*— Tu sais, j'aime bien ta façon de raconter... Mais je
crois que je suis un peu contre les souvenirs d'enfance... J'ai
peur qu'ils n'endorment les cœurs comme une chanson près
d'un berceau. Presque tous les romanciers considèrent les
Antillais comme des enfants à l'heure de prendre sommeil
dans le souvenir des contes et des enfances. Mais les Antillais sont des volcans endormis qu'il nous faut réveiller avec
des histoires de zombis, de macaques, de bambous, de rhum
sec, de musique et de coutelas.*

— Pourquoi dis-tu : nous ?

*À cette question, tu m'as tendu ta pomme pour que je
t'aide à la finir. Je l'acceptai, à cause de son parfum. Chaque fois, il me rappelle la fête de Noël des enfants des fonctionnaires au cinéma de Basse-Terre. Après la matinée
récréative, on ouvrait vite le paquet-cadeau contenant un
petit livre ou un jouet, et toujours une belle pomme-France
qu'on humait les yeux pleins d'images jusqu'au moment du
dessert :*

*— C'est un de mes plus beaux rêves d'odeur, avec celui
du soufre la première fois que mes parents m'ont emmené
camper dans la montagne aux sources du Galion.*

*— Tu vois bien, repris-tu, que ton odeur de soufre n'a
aucune chance de rivaliser longtemps avec la saveur douci-
nante des pommes-France.*

*— Au contraire. Elle est plus forte et plus ancienne.
J'avais six ans. Il faisait froid en sortant de sous la cascade
d'eau chaude sulfureuse, si près du sommet. J'ai dû avoir le*

mal des montagnes. J'ai bu ma première goutte de rhum et fumé ma première bouffée de Job. Ça m'a achevé. Je me suis endormi aux pieds de ma mère dans l'odeur du volcan. Et depuis ce baptême d'eau, d'air et de feu, je sais que je n'aurai jamais peur la nuit de la Soufrière ni des zombis...

On entendait une guajira chantée par Célia Cruz avec la Sonora Matancera, la plus fine section de trompettes de la musique afro-cubaine, et le meilleur pianiste de l'Amérique latine, autrement dit le meilleur de Cuba. Tu m'appris que ton père avait joué avec Célia.

... J'allais te demander ce que tu savais d'elle à travers lui, étant un passionné de toutes les musiques noires américaines, mais je reconnus au bas de l'allée les clignotants de la voiture de mon père qui venait me chercher pour remonter à Saint-Claude.

Une fois rentré, j'ai relu dix fois le brouillon de mon histoire pour voir si elle était aussi dangereuse que tu semblais le craindre pour l'avenir du pays. Je fus réveillé par la brusque explosion du volcan. En voyant la lumière allumée, je m'aperçus que le sommeil s'était installé sur ma lecture comme un chat sur le journal.

« 22 juin : Le Boeing 707 Paris-Santiago explose à la Guadeloupe avec 113 personnes à bord.

25 juin : 10 millions de litres de pétrole brûlent dans l'incendie du port d'Oran, provoqué par une charge de plastic. »

Ton père est mort. Tu es contre les souvenirs d'enfance et les écrivains qui pleurent en vers sur nos héros morts. Je ne te reverrai sans doute plus avant mon départ. Je connais très bien la musique de ton père. Je te la raconterai un jour. Dans ses disques de jazz, sa clarinette saupoudre des notes d'argent fin qui s'élèvent très haut au-dessus de l'assise de la rythmique grave des blues-men, comme un chapelet d'îles envolées au-dessus d'un continent. Comme une révolte qui pénètre les cœurs à petites cuillers pour durer plus profond.

« Aux deux extrémités de l'arc Caraïbe, la Jamaïque et Trinidad accèdent à l'indépendance. — 20 000 Iraniens meurent dans un séisme de force 8. — N'Krumah échappe au Ghana à deux attentats en un mois. — 1 mort, 65 blessés, 158 arrestations, au cours des manifestations de Cayenne contre l'installation en Guyane de la Légion étrangère française. — De sanglantes émeutes raciales éclatent aux États-Unis à la suite du refus opposé par le gouverneur du Mississippi à l'admission de l'étudiant noir James Meredith à l'université d'Oxford. »

J'ai reçu un poème d'Ève. Je lis parfois dans ses yeux et ses phrases la hantise rapatriée du désert.

Quand le paquebot Antilles a repoussé doucement le quai de Pointe-à-Pitre, j'ai pensé que tu serais à jamais ma sœur d'élection. Le bruit des sirènes a surgi comme une torche de sons. Je suis amoureux des départs.

On dit en Orient que Dieu a d'abord fait les chemins, puis il a fait les hommes pour parcourir les chemins.

J'arriverai demain derrière la mer, avec un bagage de rêves et de souvenirs pour affiner mon regard myope.

JE serai toujours à TU et à TOI.

Adrien
(sur le bateau, août 62).

2

LE CAHIER
DE JONATHAN

La Désirade

Vue d'antan, vue de là, la Guadeloupe était comme une mère dont le front caramel pelé brûle de fièvre, une mère qui vient d'accoucher de sa Désirade et la repousse doucement du pied hors de ses eaux tièdes vers l'océan d'Afrique, du même geste de ces mères esclaves qui étouffaient leur fille à la naissance doucement dans un drap mouillé pour qu'elles retrouvent sans toucher terre le chemin de l'Éthiopie.

Alors les colons ont enchaîné sa fille, l'ont appelée Désirade, et l'ont ranimée juste assez pour en faire le dernier exil des rebelles caraïbes, puis le refuge des lépreux et le bagne des enfants déportés de France. Sur l'île, canot renversé couvert de dartres, de loupes, d'érésipèle, les Nègres-ladres manchots ou édentés croisaient des gentilshommes, ou mauvais sujets ou prétendus fous ou atteints du haut-mal, déshérités par leur famille de haute considération de sang ou de fortune à Nantes, Rochefort ou Bordeaux, et traités ici de la façon la plus inhumaine, c'est-à-dire presque à la façon des Nègres.

Parmi eux, le ci-devant sous-lieutenant de marine Baudry de la Rochardière et l'officier de la Royal Infantery Jean-Charles de Jousserand, qui de par leur naissance et leur bonne conduite avaient l'accès quotidien à la table du gouverneur Villejouin, intercédèrent en faveur du très jeune Jean-Baptiste Alliot, atteint de la terrible goutte-corail et un peu dérangé d'esprit, déporté à dix-sept ans à la Désirade pour n'avoir voulu devenir ni capitaine ni cardinal selon son devoir d'aînesse, afin que le ministre des Colonies incite son père, intendant du roi, à lui envoyer par clémence l'argent nécessaire à sa guérison :

« La profonde misère dans laquelle je me trouve m'oblige d'avoir recours à Votre Grandeur pour la supplier d'engager ma famille à ne pas me laisser plus longtemps sans aucun secours. M. de Villejouin n'a pu, sans en être touché, voir la situation affreuse dans laquelle je suis. Mes malheurs joints à un mal de jambes qui ne peut que m'être funeste faute des choses nécessaires pour le guérir et le climat qui est des plus contraires, toutes ces raisons ont ému son cœur généreux et sensible à me procurer quelques avances. Il a eu la bonté de me donner de l'argent pour me sustenter et depuis neuf mois qu'il écrivit à mon père en ma faveur, il lui mande les avances qu'il a cru devoir me faire. Je vois avec peine que mon père ne lui a pas même répondu. Cela n'empêche pourtant pas, Monseigneur, M. de Villejouin de m'honorer de ses bontés, et l'état humiliant où je me trouve ne le détourne point de m'admettre souvent à sa table (le 15 août 1765). »

Deux mois plus tard, la transportation en Désirade fut arrêtée (sauf rare faveur pour de très influentes familles), par manque de rentabilité financière et morale. L'établissement fut supprimé en 1767. Aucune famille n'envoya d'argent pour le rapatriement des fils amendés. L'administration coloniale leur offrit de s'installer aux îles, ou de rentrer gratuitement dans un port français, avec une conduite de trois sols par lieue qu'ils auraient à faire pour se rendre dans leur famille. Ceux qui n'avaient pas tenu conduite d'amendement furent réembarqués pour La Rochelle, puis dispersés dans des maisons de force éloignées de leur province de naissance.

Quatre bons sujets amendés qui s'étaient évadés le 10 mai à deux heures du matin périrent noyés dans une fausse manœuvre de leur canot juste en atteignant Marie-Galante, au cours de cette même tempête qui avait retardé l'arrivée du messager de leur libération.

Le jeune Jean-Baptiste Alliot, qui n'avait jamais reçu de réponse de son père, bénéficia d'une petite rente de faveur de la part du comte Nolivos, gouverneur de la Guadeloupe, qui lui permit de s'installer comme écrivain public dans la ville de Pointe-à-Pitre, que les Anglais venaient de fonder au cours de leurs cinq années d'occupation pendant lesquelles l'île tout entière, après avoir été ruinée par le feu des canons, connut une telle prospérité que le Parlement britannique hésita trois jours avant d'accepter de restituer la Guadeloupe et la Martinique, en échange de tous les arpents de neige du Canada.

Jean-Baptiste prit à son service la mulâtresse qui l'avait soigné pendant sa déportation, et qui avait même guéri certains lépreux, à l'aide de plantes et de boissons inconnues qu'elle mêlait à des incantations de langage. M. de Villejouin la lui vendit avant son retour à Paris, ainsi que les jumeaux qu'elle avait mis au monde à la Désirade : Georges, qui était fort incommodé de la vue, sans doute par la contamination des Nègres-ladres ; et Jonathan, qui avait des yeux verts et la peau trop claire pour le goût de sa mère. D'ailleurs, le vicaire de Grand-Anse, qui avait pris à tort Jonathan pour un mulâtre, n'accepta de le baptiser qu'à la condition que la Miss Béa (c'était sous ce seul surnom qu'on connaissait la mère) fasse pénitence en portant l'enfant à l'église à genoux depuis sa case avec un cierge allumé. Mais tout au long du grand chemin, elle langageait à mi-voix :

> *Ingoui, ingoua*
> *Ti moun en moin*
> *Pran foss' et kourage*
> *Bann' si mouin prété pou rann'.*

Quant à M. de Villejouin, gratifié d'éloges et d'une pension de 5 000 livres payables en France, il quitta la Guadeloupe juste avant les événements qui allaient donner aux Antilles des couleurs de révolution, réveiller les papillons caraïbes épinglés dans leur formol colonial et les élancer vers des nuits de soleil.

C'est vrai que les plus beaux papillons ne s'envolent qu'à la nuit noire, pour célébrer la défaite des phares et la retraite des flambeaux.

Angela

Assis dans la berceuse de la bibliothèque, Jonathan, esclave affranchi, lisait :

« *Il n'y a que trop de Nègres libres aux îles, ce qui pourrait devenir d'une dangereuse conséquence, et à quoi il paraît qu'il conviendrait de mettre bon ordre pour l'avenir. Il pourrait peut-être convenir de restreindre pour l'avenir la liberté des esclaves à ceux qui auront sauvé la vie à leur maître, à sa femme ou à quelqu'un de ses enfants, comme aussi à ceux qui auraient empêché la perte totale des biens de leurs maîtres... Monsieur le ministre de la Marine a sans doute raison. Plutôt que d'astreindre l'affranchissement des esclaves à des réglementations administratives inopérantes ou à des contraintes financières que tourneraient sans mal les maîtres en cette époque d'opulence, je suggère que les motifs d'affranchissement soient limités aux seuls actes de haute moralité, dont l'occurrence ne saurait être qu'accidentelle parmi les Nègres. Ainsi la liberté pourrait être accordée seulement à l'esclave qui aura révélé une conspiration contre le sang blanc, ou qui aura découvert un poison inconnu, avec l'indication des coupables et des preuves, à celui qui aura dénoncé un repaire d'esclaves obstinés dans leur défection, ou contribué à la conservation d'un Blanc dans un danger évident. Et encore pour certains services spéciaux comme la nourriture du maître ou de trois de ses enfants sevrés par ses ordres, trente années au jardin ou service domestique sans marronnage, une industrie, une économie, un attachement ayant contribué avec distinction à la fortune du maître.* »

Arrivé à ce point de sa lecture du *Droit public des esclaves*, Jonathan s'arrêta. Il était seul dans la bibliothèque de l'habitation Flamboyants. Il déchira très proprement la page du tout récent traité, pour la coller plus tard dans son cahier secret, comme il le faisait chaque fois qu'il découvrait dans ses lectures une preuve que l'affranchissement de quelques esclaves — même s'il semblait combattu par le gouvernement royal — était un moyen sûr de retarder la révolte qui donnerait au plus tôt la liberté à tous. Il en voulait à Miss Béa, sa mère, pour cette liberté octroyée sans combat à elle et à ses enfants jumeaux par un maître dont le visage n'offrait aucune prise au désir de révolte que le jeune Noir entretenait par ses nombreuses lectures, aux heures calmes de la sieste d'Élisa et d'Angela. Mais surtout, malgré sa fierté de savoir que leur père inconnu était un esclave de Louisiane échappé à la nage d'un navire négrier à proximité de la Désirade, il lui reprochait en secret de lui avoir fait une peau trop claire et surtout des yeux trop verts à son cœur de Guinée. (Sa meilleure amie, Élisa, la fille du maître, d'un an sa cadette, n'avait jamais su à quel degré elle l'avait blessé le jour où elle lui avait dit, pour rire, en feuilletant le traité sur la combinaison des races : « Avec tes yeux de chabin, ta peau de métis, ta bouche de quarteron et tes cheveux de griffe, quel maître pourra bien décider s'il doit te vendre comme Nègre ou comme sang-mêlé ? »)

Jean-Baptiste Alliot avait bien réussi dans son métier d'écrivain public, surtout par son office de traducteur des documents nécessaires aux navires de commerce américains, anglais et hollandais qui se succédaient nombreux dans le port tout neuf de Pointe-à-Pitre, car la Guadeloupe était alors l'île la plus prospère de toutes les Antilles.

Il se maria très jeune, mais sa femme mourut au bout d'un an, le jour de la naissance de leur fille Élisa ; les médecins n'ayant pu sauver que l'une des deux. Comme Miss Béa s'était occupée d'elle avec soin pendant ses crises (par deux fois elle lui avait sauvé la vie avec des plantes et des incantations à l'insu des médecins), M. Alliot fit vœu de l'affranchir ainsi que ses deux enfants, tout en espérant qu'elle resterait à son service pour élever Élisa. Afin d'éviter de payer les 2 000 livres de la lourde taxe sur les affranchis, il allait s'embarquer avec eux pour la Dominique afin de procéder à une vente fictive en territoire anglais et de les faire revenir libres en Guadeloupe — subterfuge fréquent qui n'allait pas tarder à être réprimé — lorsqu'il reçut l'heureuse nouvelle de la mort de son père avec le montant de sa part du patrimoine. Ce fut avec joie qu'il utilisa l'argent paternel haï pour affranchir ses esclaves, doter la léproserie de la Désirade à l'abandon, se procurer tous les ouvrages de lecture qu'il était possible de trouver dans la colonie, et acheter l'habitation des Flamboyants, sur les hauteurs du Petit-Bourg, pour y cultiver une espèce délicate de café nouvellement introduite aux îles, ainsi que les fleurs rares — surtout l'anthorium — et la vanille, toutes productions luxueuses qui lui furent d'un bon rapport, surtout qu'il bénéficia là encore des connaissances mystérieuses de Miss Béa qui savait les secrets de la fécondation des vanilliers.

Georges, lui, était devenu, à dix-huit ans, un des meilleurs violonistes de la colonie. Ses yeux souvent mi-clos dans un sourire lui composaient un visage de bouddha noir. Sa mère n'était pas peu fière des lunettes d'écaille qu'elle lui avait offertes comme un luxe rare parce qu'il restait esclave de sa petite vision.

Le dimanche, il s'occupait d'apprendre à lire aux Nègres de l'atelier, encouragé par maître Alliot, qui bravait là encore la règle tacite des colons (« _l'instruction est un devoir qu'on leur doit par les principes de la religion, mais la saine politique et les considérations humaines les plus fortes s'y opposent. L'instruction est capable de donner aux Nègres ici une ouverture qui peut les conduire à d'autres connaissances, à une espèce de raisonnement. La sûreté des Blancs, moins nombreux, entourés sur les habitations par ces gens-là, livrés à eux, exige qu'on les tienne dans la plus profonde ignorance_ », lui avait déclaré confidentiellement le gouverneur Fénelon, que ses responsabilités obligeaient à feindre d'éduquer ses esclaves pour éviter que les autorités religieuses ne demandent son blâme ou son rappel à Paris). Georges allait ensuite chercher son violon et, jusqu'à l'heure des étoiles, improvisait des mélodies à l'unisson des voix aiguës des paysannes, sur le rythme des tambours gros-ka. Jonathan se méfiait au contraire de l'instruction et des écrits (« l'encre a couleur de sang noir » disait-il à Élisa) et préférait passer son dimanche à se promener dans le fond de la propriété, près de la rivière, avec Élisa, Angela et sa mère qui leur apprenait les plantes et les oiseaux.

Ce jour-là, Élisa, un peu fatiguée, était restée dans sa chambre et surveillait les jeux de la petite Angela. Miss Béa était partie seule avec Jonathan dans les grands fonds. Tout à coup, elle ressentit une profonde douleur au ventre, et murmura sourdement : « Angela va mourir ! » Ils remontèrent à la vitesse des chiens vers les Flamboyants.

Une bande de colons, de commandeurs et de soldats blancs, ivres de rage et de rhum, avait brusquement envahi l'atelier. Ils étaient à la recherche de deux Nègres-marrons qui leur avaient volé un fusil. Ils abattirent sans hésiter les Nègres qui s'enfuyaient, laissant leurs molosses les déchiqueter (ils pourraient toujours prétexter les avoir reconnus pour leurs voleurs), mirent le feu à la caféière, à l'indigoterie, en contrebas, grimpèrent jusqu'à la maison du maître et, la croyant vide, y pénétrèrent pour mettre à sac la bibliothèque d'un maître dont le libéralisme devenait dangereux en cette époque troublée où l'on parlait de plus en plus d'égalité dans les salons abolitionnistes et où, dans les cases à Nègres, on préparait la lutte pour la liberté. Georges et deux autres esclaves n'avaient pas bougé, préférant ne pas donner aux Blancs de prétexte de les abattre dans le dos. En le voyant avec son violon et son archet à la main, un des attaquants descendit de cheval et, d'un geste précis de son couteau de galérien, lui arracha l'oreille droite. Ses lunettes se brisèrent en tombant sans que son regard quitte une seconde les yeux du commandeur d'esclaves.

Quand Jonathan et sa mère arrivèrent sur l'habitation, Élisa était à genoux indemne sur la terrasse, tenant dans ses bras le corps violé et mutilé d'Angela.

(Il faut dire qu'Angela avait sept ans et que sa mère savait ceci : Woyengi, la déesse-mère des ventres de mère, nous laisse choisir notre sexe, notre destinée et notre mort ; mais nous perdons la mémoire trop souvent en naissant de la mère. Ceux qui demandent le pouvoir, la richesse, la maternité et la paternité, naissent dans la rivière de boue. Ceux qui demandent le don naissent dans la rivière de clarté. La Grande-Mère Woyengi avait donné à maman Béa tout ce qu'elle avait demandé pour vivre : le don de vision et de guérison. Elle comprenait donc les herbes et les oiseaux, et connaissait les significations du parler-langage. Mais il était de sa destinée de n'avoir ni pouvoir, ni richesse, ni enfant. Pourtant, lorsqu'elle recueillit dans sa Désirade le Nègre-marron de Louisiane qu'elle avait trouvé nu et évanoui sur la plage, elle crut son amour fécondé en douce par la faveur conjointe du roi de la mer et du roi des rivages. Mais en accouchant des jumeaux, elle comprit tout de suite ce rappel du destin, et sut qu'ils n'allaient vivre chacun que la moitié de leur vie, et qu'ils mourraient sans pouvoir ni richesse dans la rivière de boue. Pourtant, elle ne les étouffa pas dans un drap mouillé comme elle l'avait vu faire si souvent par les femmes qu'elle délivrait. Mais quand ils atteignirent onze ans (le chiffre de la gémellité), Miss Béa disparut pendant sept jours pour se faire féconder par la forêt marronne dans la rivière de lave au sommet du volcan, après avoir vaincu le roi des coqs et le roi des tortues sur le chemin du retour à la Grande-Mère. Angela vint au monde inachevée après seulement sept mois de séjour dans le ventre maternel. Et Béa savait bien qu'au bout de sept années, Woyengi, gardienne du destin choisi, viendrait lui demander de choisir elle-même entre garder sa fille ou ses dons de vision et de guérison.)

Quand Miss Béa parcourut d'un regard le carnage de l'habitation des Flamboyants, les corps d'une vingtaine de Nègres troués par des balles d'acier, fendus par des lames de sabres, déchirés par des dents de chiens, elle murmura pour Woyengi, en courant vers sa petite fille :

> *Ingoui, ingoua*
> *Ti moun en moin*
> *Pran foss' et courag'*
> *Woyengi pran Angela*
> *Ingoui, ingoua*
> *mé bann' si moin prété pou renn'.*

Elle arriva juste pour voir mourir les yeux de sa fille. Élisa s'évanouit entre les mains de Jonathan.

Élisa

Les yeux pleins d'eau, Jonathan emporta son amie Élisa évanouie dans sa chambre à l'étage, et l'allongea avec calme et douceur sur son grand lit blanc. Il redescendit lentement dans la bibliothèque dévastée, se dirigea vers un grand vase rempli de plantes et de fleurs séchées, le renversa et s'empara du pistolet volé qu'il y avait caché il y a très longtemps, quand sa mère avait disparu pour sept jours, il y a sept ans, et qu'il avait voulu la chercher dans la forêt. Il remonta dans la chambre d'Élisa, lui posa sur les lèvres son premier baiser d'amour (elle sourit légèrement dans son sommeil), essuya ses yeux pour mieux voir, visa de ses deux mains redevenues d'enfant, et lui tira une balle en plein cœur. Le corps d'Élisa sursauta et mourut sans perdre son sourire et sans rouvrir les yeux, à l'âge de dix-sept ans.

Jonathan rejoignit sa mère. Elle avait entendu la détonation et resta sans rien dire à bercer sa fille morte dans l'entrée. Il prit sa sœur de ses mains, et alla la coucher avec autant de douceur sur le lit déjà rouge à côté d'Élisa.

Il redescendit prendre deux lampes à pétrole, en répandit le liquide sur les livres éparpillés et sur le plancher jusqu'au pied de l'escalier, y mit le feu et sortit sur la terrasse en refermant la porte. Sa mère était debout à regarder le ciel attentivement. Il se précipita alors vers Georges qu'il avait cru mort comme les autres, mais qui était évanoui. Il colla sa main à l'emplacement de l'oreille arrachée pour calmer le flot du sang de son frère. Il écouta si les deux cœurs battaient à l'unisson.

Lorsque les secours arrivèrent, Miss Béa était seule à ramasser l'herbe qu'il fallait pour soigner chaque blessure des esclaves étendus, à la lueur de l'incendie.

Jonathan n'était plus là.

Il avait choisi de quitter la condition de Nègre libre pour celle de Nègre-marron.

Il était parti par la rivière Lézarde rejoindre sur les hauteurs de Sainte-Rose — la Petite Guinée — le groupe des Nègres-marrons de la Digue-à-Thomas. Sa mère lui avait indiqué le chemin. Elle lui avait donné la petite bague d'Angela qu'elle avait recueillie, mais elle ne pouvait plus glisser sur ses doigts longs et forts. Alors il grimpa au manguier du milieu de l'allée et enfouit à jamais la bague dans une profonde cavité où il avait une fois caché une pièce d'or. Sa mère y vit le signe d'une troisième maternité possible malgré son destin, cette fois avec la semence du roi de la forêt, sur l'arbre-reposoir, après la mer et le volcan.

Quand Georges reprit connaissance, il voulut aller rechercher son frère dès qu'il fut au courant de sa décision, mais il manqua de force et retomba dans les bras de sa mère qui le calma d'une infusion de corrosol. (« *Jon est peut-être un peu renfermé, mais il est intelligent et loyal. Il est à cet âge où les idées confuses et l'action brouillonne risquent d'envoyer les frères à la morgue ou en prison. Dis aux frères de ne jamais faire allusion à ses yeux verts et à sa peau claire. Sur ce sujet très sensible, il se referme sur lui-même ou il se bat. C'est un ti-mâle loyal et magnifique. Je l'aime.* »)

Des rêves sans barrage débordaient des yeux mouillés de Jonathan.

À la même heure, maître Jean-Baptiste Alliot prenait congé du créole guadeloupéen Nicolas Germain Léonard, nouveau lieutenant de l'Amirauté à Pointe-à-Pitre, et surtout poète reconnu de grand talent jusqu'en Espagne et en Italie. Il venait de passer un dimanche agréable à parler de politique et de poésie. Léonard lui avait dit son étonnement ému d'avoir rencontré, un jour qu'il se promenait très loin dans les hauteurs de Matouba, une jeune esclave marronne, la câpresse Anaïs, qui chantait une de ses romances d'amour :

> *Tout mon bonheur fut de chercher*
> *Sous un ombrage solitaire*
> *Dans les abîmes d'un rocher*
> *Un vain remède à ma misère*

Un sommeil que la nuit refuse à ma paupière
Une paix dont mes sens ne peuvent approcher :
Un seul être me manque et tout est dépeuplé.

Anaïs avait guidé Léonard sur le chemin du retour, mais avait refusé qu'il la ramène à son maître, bien qu'elle ne risquât, grâce à l'entremise du lieutenant-poète, que la peine la plus légère pour son forfait : avoir le jarret droit coupé.

La conversation avait roulé sur le marronnage, l'aggravation de la condition des Nègres, libres ou esclaves, avec les nouvelles ordonnances de Louis XVI, sur les vêtements à porter par les Noirs, sur leur dénomination (« sieur » et « dame » leur étaient interdits), et surtout sur la nouvelle prime de soixante livres en argent de France, offerte pour chaque tête d'esclave introduit à la Guadeloupe et à la Martinique. Pareille offrande s'expliquait par la volonté d'augmenter très sensiblement le nombre des esclaves, parce qu'il finissait par y avoir plus de disparitions d'esclaves que de naissances, avec les maladies, la mauvaise nourriture, les sévices et les tortures très répandus comme le boucanage, la cire fondue, les chiens, le garrot, la chaux vive, l'enterrement vif ; et aussi les suicides nombreux, l'étouffement des nouveau-nés par les mères réfractaires, engrossées de force, les empoisonnements collectifs pour s'arracher à l'esclavage par l'amitié de la mort.

Ils s'accordaient tous deux à penser que seule l'abolition pouvait remédier efficacement au mal de leurs colonies. Avant qu'il ne parte, Léonard montra à Alliot le poème qu'il avait composé contre l'esclavage dans les douces contrées, au péril de sa place et de ses amitiés :

Eh ! de quel droit encor l'innocente Guinée
A nous livrer ses fils est-elle condamnée ?
Quoi ! Sous un joug de fer, un despote inhumain
Tient le Nègre arraché de son pays lointain !
Sur des tables d'airain, on marque à ces victimes
Le nombre de leurs coups, ou plutôt de nos crimes !
Nous voyons sans pitié, des mères dans les pleurs
Allaiter leurs enfants qui ne sont pas pour elles !
La beauté se flétrit sous nos verges cruelles

L'amour voluptueux qui jouait sur les fleurs
S'envole au bruit des fouets et des cris de douleur :
A force de travaux, de peines, de supplices,
On leur fait un enfer en ces lieux de délices...

Malgré toute son admiration pour l'enthousiaste intrépidité du lieutenant-poète, ce n'était pourtant pas ce poème de juste colère qu'Alliot se remémorait en rentrant aux Flamboyants, mais plutôt l'histoire toute romanesque de la rencontre du poète et de l'esclave au fin fond de la forêt. Quant au vers qu'il estimait si parfait de forme et de pensée

Un seul être me manque et tout est dépeuplé,

il pensait qu'il résumait bien son propre destin, depuis sa répudiation par son père jusqu'à la mort de son épouse, et qu'au fond le paradis ne valait sans doute pas l'éternité.

On rechercha sans délai les auteurs du carnage de l'habitation des Flamboyants pour le meurtre d'Élisa, la fille blanche du maître des lieux. Trois d'entre eux seulement furent reconnus coupables : un capitaine, un soldat du régiment d'Armagnac, et un ancien bagnard libéré de ses chaînes pour servir aux Colonies. Bien qu'ils s'affirmèrent innocents du meurtre d'Élisa, ils furent condamnés à être fusillés le 10 février 1785.

Une foule très nombreuse vint assister à cette exécution exemplaire menée par le régiment d'Armagnac. À six heures, le chef du détachement fit brusquement faire demi-tour sur place à la moitié de sa colonne, et ordonna le feu, moitié contre les trois criminels sur l'échafaud, moitié contre la foule. Ce fut le signal d'un nouveau massacre. Les soldats poursuivirent toute la nuit les habitants dans la rue et dans les maisons du faubourg, et tuèrent plus de 300 personnes ce soir-là : plus de 100 Nègres pour chacun des 3 Blancs fusillés.

Toutes les autorités se liguèrent pour étouffer complètement ce massacre, et le gouverneur d'Arbaud couvrit le scandale, craignant la réprimande du ministre des Colonies.

Mais il ne se passa plus une seule année sans une révolte des esclaves, jusqu'à ce qu'ils imposent l'abolition de 1848, par leurs luttes intenses et brutales comme le volcan, et patientes comme la mer.

Georges

J'aurais tant voulu t'embrasser avec une lettre pleine de mots doux et frais, pour apaiser l'éclat de tes yeux à l'affût ; mais nous sommes encore à l'heure où notre histoire ne connaît que le sang et le blanc de la mort.

Ton absence me pèse comme si j'avais perdu un peu ma voix et ma vision, en te laissant mon cœur. Je n'ai plus pour ta confidence que ces rares paroles de papier, sans bouche ni oreille, qui, à mesure qu'elles remplissent ma page, exaspèrent mon désir au lieu de le combler.

Nous sommes des êtres sans patrimoine et sans paternité. Comment savoir où nous allons alors que nous ignorons d'où partent nos sources ?

Et nous nourrissons des rêves de surhommes dans un pays de cuisinières. Il n'y a pas ici une seule bête sauvage contre laquelle nous pourrions exercer notre ruse et notre force.

Tu as choisi d'habiter les arbres et le volcan. Moi, j'ai préféré l'eau et le rivage. Sais-tu combien il faut de temps pour façonner sous l'eau des rivières la pierre précieuse de notre liberté ? La misère est ancienne, et les années de rouille sauront user les plus lourdes chaînes. J'ai choisi d'être un enfant du temps, de l'eau et de la nuit. Partout et toujours, le destin de l'eau est de couler à l'endroit le plus bas. J'accompagne la modestie des sources, la patience des puits, la colère des crues, la solidarité des rivières et la fin dans la mer.

Ton soleil est l'ennemi du temps parce qu'il n'a chaque fois qu'une journée pour refaire ou défaire le monde. Et il échappe au fond des eaux et aux forêts profondes. C'est pourquoi il lui faut l'espace du désert et la hauteur des volcans, car il lui manque la durée du cycle des arbres et de la mer.

Mais si tu méprises comme lui tout ce qui prend le temps et mesure ses élans, il ne te reste alors de choix qu'entre la chaleur ou le froid, la jouissance ou la mort, sans milieu.

Les Nègres libres sont en danger par leur liberté, tant qu'ils restent prisonniers de la mort ou du temps. Or la durée et la mort sont nos plus proches amies, puisqu'elles nous ont arrachés jusqu'ici à l'esclavage ; et il nous faudra apprendre à échapper à leur fascination.

Il faudra cesser d'espérer au rivage les navires étrangers porteurs de délivrance et de décrets provisoires d'abolition, ou d'espérer nous endormir dans la compagnie violente mais familière de la mort.

Il faudra rassembler les Nègres-volcans et les Nègres de sable, ceux des cannaies et ceux des grands fonds, si nous voulons aujourd'hui abattre l'oppression pendant son sommeil.

Car tu sais comme moi qu'elle n'est que provisoirement endormie pour donner sommeil à notre vigilance.

Les Nègres libérés souffrent de la hantise d'être à l'image des feuilles de bois-canon, qui sont vertes dessus et blanches dessous. Notre ancienne condition d'esclaves semble exiger de nous l'ivresse de la liberté plus que son parfum, et comme un supplément d'humanité qui nous pousse à faire aux Blancs sans relâche la preuve de notre mérite ou de leur iniquité.

Verts dessus, blancs dessous, nous gardons le souvenir de nos soumissions et de nos rébellions comme des chaînes qu'il ne faut pas laisser traîner. Et, sans faire trop confiance au soleil, aux sèves, aux racines et aux nuits qui nous façonneront en un peuple inédit, nous nous affichons dans les teintes contre nature de nos désirs secrets.

Verts dessus, blancs dessous, nous repeignons nos souches de couleurs d'artifice qui, heureusement, supportent mal la chaleur de nos danses et la fraîcheur de nos soirs sincères.

Nous ne vivons que pour faire à d'autres la preuve de notre esprit de révolte ou de soumission, pour cacher notre lâcheté ou pour affirmer notre dignité. Leur liberté nous aliène notre fraternité, et nous n'avons de cesse de présenter une image soit de bravoure, soit de dévouement, c'est-à-dire que nous obsède la séduction de la mort ou du don calculé. Nous avons trop soif de montrer que nous savons vivre et que nous savons mourir, et nous avançons masqués car les yeux des autres ont brisé le miroir de nos frères.

Les êtres humains devront réapprendre à se regarder dans les yeux, pour mieux voir ce qu'ils se diront.

Considère notre histoire et tu verras que nous avons toujours été victimes ou rebelles, que nous avons plié ou que nous sommes morts, mais qu'il manquait une issue à nos suicides et la durée à nos révoltes.

Je te livre ces pensées éparses, et je pense que les Nègres-marrons devront s'unir aux Nègres affranchis pour défendre notre liberté, car le marronnage est notre seule expérience de liberté conquise par la fraternité.

La Guadeloupe et Haïti sont aujourd'hui en Amérique les capitales de la révolution. Nous nous sommes soulevés et nos rébellions ont imposé l'abolition. Les royalistes nous ont sauvagement réprimés, et nous les avons chassés. Les Anglais nous ont envahis, nous les avons chassés en nous faisant corsaires contre leurs escadres, en sept mois. Nous avons accueilli la révolution de nos frères de France, mais quand ses délégués ont voulu nous réduire, nous les avons chassés à deux reprises ; et aujourd'hui nous sommes comme maîtres de nous-mêmes, mais, à la vérité, nous n'avons fait que nous choisir nos maîtres, et remplacer les Blancs par un gouverneur mulâtre et des officiers nègres, ce qui ne nous garantit ni contre leur trahison en tant qu'hommes, ni contre la vengeance des Français.

Nous sommes aujourd'hui au tournant de notre révolution, car l'oppression ne laisse passer les fleurs que pour mieux écraser les fruits verts sur l'arbre tout neuf de liberté. Nous allons voir se défaire et se refaire les coalitions égoïstes des planteurs, des propriétaires d'ateliers, des militaires, des négociants, des riches mulâtres et des Petits Blancs, qui ne nous ont armés chacun que dans l'espoir que nous anéantirions son voisin et qu'il nous désarmerait ensuite. (J'ai appris avec tristesse un fait indigne de la patrie de l'Encyclopédie : *Sais-tu avec quels mots le grand Danton a applaudi le vote en faveur de l'abolition ? « C'est la mort pour l'Anglais ! » Voilà ! Notre liberté n'est pas une fin, mais un moyen pour que nous les aidions à délivrer l'archipel de leur ennemi d'Europe. Parce que nous sommes une petite île, ils nous considèrent comme des souris en cage affamées de libertés en miettes !)*

Mais nous sommes des mulets sauvages, des mulets-dimbas qui avons brisé nos sangles, nos licols et nos carcans pour offrir à nos frères mêmes nos chargements de cannes et de coton. Nous ne répondrons pas au rappel des maîtres quand ils nous siffleront bientôt. Et nous n'aurons d'oreille que pour les tambours des crapauds et notre regard sera à la hauteur du vol des colibris.

Cher Jonathan, la naissance a fait que tu seras toujours à la fois mon miroir et mes yeux. Bien que nos lieux de bataille soient en apparence si différents et si éloignés, toi dans ta petite Guinée inviolée, si près du soleil et du volcan, et moi ici, à la Pointe-à-Pitre, si près des chiens et des compromissions, je sais que nous restons deux frères d'affection, sans cela mon cœur aurait déjà fléchi à la séduction de la mort.

J'occupe tout mon temps à instruire les nombreux soldats nègres qui viennent s'enrôler. Mais j'ai quand même un peu de loisir pour jouer de la musique ! J'ai composé dernièrement une méringue haïtienne, en rapport avec notre situation et qu'on entend beaucoup dans les ateliers du faubourg et les garnisons nègres d'Ignace et de Delgrès. C'est l'histoire des rats qui ont fait confiance à des musiciens chats pour leur bal ! Je t'en recopie les paroles. Tes tambouyeurs sauront bien improviser une musique moins civilisée que celle que notre séparation m'empêche de te chanter :

> Rat-la fè on batèm'
> Yo vinn' fè yon bal
> Ki mizicien yo pren ?
> Yo pren mizicien chatt' !
> L'hè i té fè minui
> Chat' fèmé tout' pot'
> Yo mangé tout' rat' !

(au refrain)

> *Si rat' v'lé dansé : mèt' chat' dèrô !*
> *Si nèg' v'lé dansé : mèt' chat' dèrô !*

Nous attendons d'ici quelques jours l'escadre du général Richepanse, envoyé spécial de Napoléon. J'aurai l'honneur de conduire la musique d'accueil au port à son débarquement, quoique cela ne me plaise pas beaucoup, à la vérité. Mais après tout, si nos propos et nos chants de liberté ne lui agréent point, alors nous lui chanterons ma méringue sur les chats et nous le rejetterons à la mer ! Jonathan, je t'embrasse et je t'aime !

Ton frère Georges.

Onze proverbes

« Je ne laisserai jamais une épaulette sur l'épaule d'un Nègre », avait déclaré Bonaparte, Premier Consul, en apprenant la prise du pouvoir par les hommes de couleur en Guadeloupe et en Haïti. Sous la pression des colons émigrés, au lieu de monter une expédition pour reprendre aux Anglais la Martinique et les autres îles des Antilles occupées et encore esclaves, il engagea deux escadres d'élite, commandées par Leclerc et Richepanse, contre les deux îles les plus riches et les plus libres, avec pour instruction de désarmer les troupes noires, après s'être emparé de leurs chefs, et d'imposer ensuite le retour à l'esclavage. Il en fit rédiger le rapport d'arrêté afin qu'il soit publié environ quinze jours après l'arrivée des troupes aux Antilles. Il pensait que ce délai serait bien suffisant pour qu'elles aient accompli leur mission.

(LE PREMIER PROVERBE DIT : LÀ OÙ IL Y A DES OS, LÀ IL Y A DES CHIENS...)

Le 6 mai 1802, Richepanse arriva devant Pointe-à-Pitre, avec une escadre de onze vaisseaux portant 3 470 soldats,

grenadiers d'élite et vétérans de l'armée du Rhin. Toute la
ville était venue au port pour lui faire grand accueil. Il
avança dans une yole jusqu'au quai, puis ordonna le demi-
tour au large, pour marquer son mépris de ce peuple et de
ses représentants. Il fit ensuite débarquer un bataillon, sans
salut, et avec le fusil chargé. Alors, le gouverneur mulâtre
Magloire Pélage — nommé par les Antillais mêmes qui
avaient renversé le précédent envoyé du Directoire — fit
passer son devoir de militaire, son honneur d'homme de
parole, et son dévouement à la mère-patrie de France,
avant la liberté, et ne s'opposa pas à la prise en otage de la
délégation du Conseil provisoire, ni au désarmement des
troupes noires présentes sur le quai, ni à leur transport sur
les navires au large, où ils furent faits prisonniers à fond de
cale, ni à l'évacuation par les troupes guadeloupéennes de
toutes les casernes et des forts de la Grande-Terre.
(LE DEUXIÈME PROVERBE DIT : CHARBON N'EST PAS FARINE,
FARINE N'EST PAS CHARBON...)

« Les chefs de couleur ont appris de suite à se servir des
avantages que donne le pouvoir ; ils s'y maintiennent avec
une dignité dont on ne les aurait pas crus capables. Sous le
rapport de la fermeté et de la dignité dans l'emploi du
commandement, les chefs de couleur se montrent en général comme les hommes de l'Orient, supérieurs au commun
des hommes de l'Europe. Aucun de nos artisans ou de nos
laboureurs blancs, passant subitement de sa condition à un
rang élevé, ne saurait atteindre aussi vite et aussi bien aux
habitudes extérieures de l'exercice du pouvoir. » Telle était
l'excellente opinion que se faisait d'eux l'état-major de
Paris.

— Commandant Pélage, où en sommes-nous ? s'inquié-
ta Ignace, capitaine noir du fort de la Liberté, dans l'après-
midi.

— Nous en sommes au comble de nos vœux, répondit
Pélage. Tout se passe à notre satisfaction. Nous sommes
militaires et français. Nous ne devons connaître que
l'obéissance. Soyez certains qu'on nous rendra justice.

— Mais la troupe est mécontente ! On n'a pas daigné
regarder ses officiers. On la chasse des forts et des casernes

d'une manière honteuse. Les compagnies disent qu'elles n'évacueront pas.

— Qu'osez-vous dire ? Je vous croyais de l'honneur, vous, militaire français ! Je vous croyais attaché à votre femme et à vos enfants, vous, père de famille ! Songez à vos serments, songez à votre patrie, songez à tout ce que vous avez de plus cher au monde !

— Commandant Pélage, la seule leçon que je veuille accepter pour mes hommes, ma femme et mes enfants est celle que je retiens par cœur de l'étude du père de nos philosophes, auxquels m'a donné accès le service que j'ai accompli en Europe pour la défense en armes de la Révolution : quand les législateurs tentent de réduire le peuple en esclavage, sous un pouvoir arbitraire, ils se mettent en état de guerre avec le peuple, qui dès lors est absous et exempt de toute sorte d'obéissance à leur égard et a droit d'user du commun recours que Dieu a destiné pour tous les hommes contre la force et la violence ! Il faut, comme vous, n'avoir jamais été esclave pour préférer à la liberté l'esclavage de l'honneur !

Le soir même, avec ce qui restait d'officiers et de soldats dissidents, Ignace s'enfuit vers la Basse-Terre pour rejoindre Delgrès. Georges était avec eux.

(LE TROISIÈME PROVERBE DIT : BON PIED PREND LES DEVANTS.)

Ils arrivèrent le 8 au fort Saint-Charles, après avoir levé des volontaires tout au long de la côte. La résistance s'organisa autour de la ville de Basse-Terre et du Fort, où convergeaient femmes et hommes noirs libres, certains par avance que Richepanse n'était venu avec une telle force que pour rétablir l'esclavage. Ils se préparèrent donc, selon leur mot de ralliement, à vivre libres ou à mourir.

Le 9 mai, quand l'escadre arriva sur Basse-Terre, elle fut reçue par la décharge de tous les canons de la côte, pendant que toute la ville découvrait avec fièvre et fierté la proclamation de résistance affichée dans les rues :

A l'univers entier, le dernier cri de l'innocence
et du désespoir :

C'est dans les plus beaux jours d'un siècle à jamais célèbre par le triomphe des lumières et de la philosophie qu'une classe d'infortunés qu'on veut anéantir se voit obligée d'élever sa voix vers la postérité, pour lui faire connaître, lorsqu'elle aura disparu, son innocence et ses malheurs.

Victime de quelques individus altérés de sang qui ont osé tromper le gouvernement français, une foule de citoyens, toujours fidèles à la Patrie, se voit enveloppée dans une proscription méditée par l'auteur de tous ses maux.

Le général Richepanse dont nous ne connaissons pas l'étendue des pouvoirs, puisqu'il ne s'annonce que comme général d'armée, ne nous a encore fait connaître son arrivée que par une proclamation dont les expressions sont si bien mesurées que, alors même qu'il promet protection, il pourrait nous donner la mort, sans s'écarter des termes dont il se sert.

Quels sont les coups d'autorité dont on nous menace ?

Veut-on diriger contre nous les baïonnettes de ces braves militaires dont nous aimions à calculer le moment de l'arrivée et qui naguère ne les dirigeaient que contre les ennemis de la République ?

Ah ! plutôt, si nous en croyons les coups d'autorité déjà frappés aux forts de la liberté, le système d'une mort lente dans les cachots continue à être suivi.

Eh bien ! nous choisissons de mourir plus promptement.

Osons le dire, les maximes de la tyrannie la plus atroce sont surpassées aujourd'hui.

Nos anciens tyrans permettaient à un maître d'affranchir son esclave ; et tout nous annonce que, dans le siècle de la philosophie, il existe des hommes, malheureusement trop puissants par leur éloignement de l'autorité dont ils émanent, qui ne veulent voir d'hommes noirs ou tirant leur origine de cette couleur que dans les fers de l'esclavage.

Et vous, Premier Consul de la République, vous, guerrier philosophique de qui nous attendions la justice qui nous était due, pourquoi faut-il que nous ayons à déplorer notre *éloignement du foyer d'où partent les conceptions sublimes que vous nous avez si souvent fait admirer ?*

Ah ! sans doute un jour, vous connaîtrez notre innocence ; mais il ne sera plus temps, et des pervers auront déjà profité des calomnies qu'ils ont prodiguées contre nous pour consommer notre ruine.

Citoyens de la Guadeloupe, vous dont la différence de l'épiderme est un titre suffisant pour ne point craindre les vengeances dont on nous menace — à moins qu'on ne veuille vous faire un crime de n'avoir pas dirigé vos armes contre nous —, vous avez entendu les motifs qui ont excité notre indignation.

La résistance à l'oppression est un droit naturel.

La Divinité même ne peut être offensée que nous défendions notre cause : elle est celle de la Justice, de l'Humanité.

Nous ne la souillerons pas par l'ombre même du crime.

Oui, nous sommes résolus à nous tenir sur une juste défensive, mais nous ne deviendrons jamais des agresseurs.

Pour vous, restez dans vos foyers ; ne craignez rien de notre part.

Nous vous jurons solennellement de respecter vos femmes, vos enfants, vos propriétés, et d'employer tous les moyens à les faire respecter par tous.

Et toi, Postérité, accorde une larme à nos malheurs, et nous mourrons satisfaits !

Le colonel d'infanterie, commandant en chef de la force armée de la Basse-Terre,

> *Louis Delgrès,*
> *le 9 mai 1802.*

Tous les termes avaient été âprement discutés la veille au soir par l'état-major de Saint-Charles. Ignace et Georges, qui était devenu son secrétaire, aidèrent à sa rédaction. Ils plaidèrent sans succès pour qu'on remplace : « juste défensive » par « juste résistance », et pour qu'on supprime les paragraphes rassurants pour les petits Blancs de la ville, pensant qu'il fallait les appeler à soutenir activement les gens de couleur, alors que Delgrès, dans une proclamation de la veille, leur avait demandé de poser les armes et de se retirer. Il répugnait, disait-il, à les voir combattre contre leurs pères et leurs frères blancs.

(LE QUATRIÈME PROVERBE DIT : BOIS TOUT, MANGE TOUT, NE DIS PAS TOUT. ET LE CINQUIÈME : POUR SURVIVRE, LAISSER GRAND CHEMIN.)

Avec l'aide active de Pélage, Richepanse essaya toute sa ruse pour tromper les résistants sur ses intentions, puis il lança ses troupes contre eux, en tenailles entre les Trois-Rivières et le Baillif. Il occupa la ville au bout de quatre jours de très durs combats, illustrés par l'efficacité et l'héroïsme des insurgés et particulièrement des femmes, pour la première fois au combat contre l'armée régulière des Blancs. Elles transportaient les munitions, soignaient les blessés, encourageaient les combattants au cri joyeux de « Vive la mort » !

Un grand incendie se déclara en plusieurs points de la ville, impossible à éteindre par les soldats de Bonaparte. Delgrès proposa une trêve à Richepanse pour concourir à son extinction. 500 soldats noirs et blancs se rendirent maîtres du feu, puis se rendirent les honneurs militaires, et se retirèrent chacun sur ses positions pour reprendre la canonnade.

(LE SIXIÈME PROVERBE DIT : C'EST PANIER POUR CHARRIER L'EAU.)

Ignace et les officiers de Grande-Terre n'avaient pas soutenu ce geste de magnanimité, destiné aussi — il est vrai — à gagner le soutien des habitants de la ville, mulâtres et blancs. Ils souhaitaient au contraire que l'on bombarde la ville depuis le fort, ce qui aurait été facilement accompli en moins d'une journée, et aurait obligé Richepanse à réembarquer ses troupes, tout en les privant d'approvisionnement.

(LE SEPTIÈME PROVERBE DIT : ACCROCHE TOUJOURS TON SABRE LÀ OÙ TA MAIN POURRA L'ATTEINDRE.)

L'incendie avait été volontairement allumé par un groupe de Nègres-marrons parmi lesquels se trouvait Jonathan. Depuis trois jours, ils étaient descendus des hauteurs de Sainte-Rose par le Matouba et la Rivière-des-Pères, afin de renforcer la résistance des Nègres libres.
(LE HUITIÈME PROVERBE DIT : LES YEUX SONT SANS BALISAGE, LES OREILLES SONT SANS COUVERTURE...)

Ils se retiraient toujours après les combats, préférant la sécurité des bois de Saint-Claude à celle du fort Saint-Charles qu'ils appelaient par dérision la Montagne-des-Blancs.

(Deux mois plus tôt, lorsque l'escadre de Leclerc était arrivée en Haïti et avait commencé son invasion, le général Christophe avait incendié la ville du Cap, le général Dessalines celles de Saint-Marc et de Léogane, le général Maurepas celle de Port-de-Paix, le général Clairvaux celle de Gonaïves. Leur chef Toussaint Louverture avait déclaré :

« *N'oubliez pas qu'en attendant la saison des pluies qui nous débarrasseront de nos ennemis, nous n'avons d'autres ressources que la destruction et le feu. Pénétrez-vous bien de l'idée que le sol trempé de votre sueur ne doit fournir à nos ennemis la moindre subsistance. Que nos balles rendent les routes impraticables, jetez des cadavres dans tous les puits, incendiez et anéantissez tout, afin que ceux qui sont venus pour nous réduire à l'esclavage aient devant eux l'image de cet enfer qu'ils méritent.* »

C'est que, à la différence de ceux de la Guadeloupe, tous les généraux noirs de Haïti, sauf un, avaient été esclaves avant 1794.)

Le 20 mai, désespérant de vaincre avec les soldats blancs, Richepanse imposa à Pélage de choisir 600 soldats noirs parmi ceux qui étaient prisonniers dans les cales de ses vaisseaux, afin qu'ils combattent contre les rebelles. Ce fait seul détermina sa victoire finale, car les révoltés se virent trahis par leurs propres frères qui se précipitaient sur les soldats blancs afin de se revêtir de leur uniforme de grenadier du Rhin. Ils pensèrent que le Nègre était une race de malédiction, et se battirent dès lors avec moins d'ardeur contre eux-mêmes.

(LE NEUVIÈME PROVERBE DIT : LE CHIEN NE MANGE PAS LE CHIEN...)

Les insurgés évacuèrent le fort Saint-Charles le lendemain. Ignace repartit avec 200 hommes vers Pointe-à-Pitre afin de soulever la Grande-Terre et de lever une troupe de 10 000 paysans noirs. Il défit tous ses poursuivants, réoccupa Trois-Rivières, Vieux-Fort, et Petit-Bourg, brûla les approvisionnements. Arrivé devant Pointe-à-Pitre, il commit l'erreur de ne pas investir la ville qui avait alors moins de défenses qu'il ne le pensait. Il s'enferma au fort de Bambridge dépourvu d'artillerie. Les troupes de Pélage arrivées de Basse-Terre par la mer le prirent d'assaut avec un grand déploiement d'hommes et de feu, tuèrent au canon 675 combattants et leur chef Ignace, fusillèrent 150 survivants sur la place de la Victoire, et 50 autres le lendemain sur les falaises, afin que les lames du reflux emportent leurs corps. Une cinquantaine de blessés qui restaient — parmi lesquels se trouvait Georges devenu aveugle — fut jetée dans la cale d'un navire à l'abandon dans le port, on leur versa sur le corps une tonne de soufre qui se trouvait dans les entrepôts, et on fit exploser le navire le 28 mai.

Au même moment, mais en un autre lieu, au pied du volcan — car Delgrès et Ignace s'étaient séparés en deux groupes (LE DIXIÈME PROVERBE DIT : LE CHIEN A QUATRE PATTES MAIS NE PEUT PAS PRENDRE QUATRE CHEMINS) —, Jonathan mourait avec 500 combattants, femmes et enfants, en même temps que 300 grenadiers de la réserve du Rhin, formant l'avant-garde victorieuse des troupes de Richepanse, dans l'explosion terrible de puissance de l'habitation d'Anglemont au Matouba que Delgrès avait fait miner dans l'attente du dernier assaut des esclavagistes.

(LE ONZIÈME PROVERBE DIT : BÉNÉFICE DES RATS, C'EST POUR SERPENT.)

Jonathan

Dès qu'Aroni, le vieux chef spirituel des Nègres-marrons de Sainte-Rose, avait su que Jonathan avait un frère jumeau, il avait stoppé les sarcasmes de ses compagnons qui n'avaient aucun désir d'accueillir parmi eux un être dont les yeux verts et la peau claire incitaient à la défiance, et par surcroît un affranchi sans nulle mutilation d'un doigt, d'un œil, ou d'un jarret qui eût pu faire la preuve de son obstination à se libérer :

— Il est un fils d'Ibéji-Protecteur-de-jumeaux. C'est dans le cœur que se cache notre vraie couleur de peau, et lui, il porte deux cœurs dans son seul corps.

Depuis les troubles de la Révolution, les sociétés des Nègres-marrons étaient mieux à même de se développer et de se défendre. Elles organisaient les révoltes, recueillaient les fugitifs, assuraient la liaison entre les ateliers d'esclaves de l'île, et aussi entre les rebelles à travers tout l'archipel, soit en s'embarquant sur les navires des corsaires noirs — pendant les cinq années où ils eurent la maîtrise absolue de la mer Caraïbe —, soit plus tard, en se laissant capturer au large par des navires dont les capitaines, après leur avoir coupé un doigt, une main ou un jarret suivant leur valeur, les déposaient à leur prochaine escale où ils étaient revendus. Arrivés chez leur nouveau maître, ils s'échappaient derechef avec l'aide des réseaux de Nègres libres et transmettaient les informations sur l'état de la lutte pour leur libération. Jonathan, qui avait appris plusieurs langues avec son maître et qui savait analyser les traités et les rapports des Blancs qui leur tombaient entre les mains, joua un rôle d'informateur et de coordinateur pendant les dix-sept années de son marronnage volontairement choisi. Très adroit de ses mains, il se plaisait le soir à sculpter de gros bracelets de bois précieux illustrant les proverbes et les maximes que lui avait appris le vieil Aroni afin qu'il puisse reconnaître en chaque circonstance la voie tracée

pour lui par le destin de son peuple parmi les quatre chemins des carrefours de la vie : celui qui monte, celui qui
descend, celui qui s'ouvre et celui qui se ferme.

Les combats du Matouba avaient duré de 5 heures du
matin à midi, sans que les grenadiers arrivent à investir
l'habitation Danglemont. La détermination des soldats de
Delgrès dans la redoute, l'indifférence à la mort manifestée
par les femmes et les enfants, la grande science des lieux
dont faisaient preuve les Nègres-marrons utilisant chaque
morne, chaque détour de la rivière pour leurs embuscades,
tout confirmait que les esclavagistes ne pouvaient compter
pour vaincre que sur la mort de tous les insurgés, au prix de
pertes énormes parmi les grenadiers du Rhin. Cependant,
chaque insurgé savait que, cette fois, l'attaque des Blancs
serait un assaut final, avec toutes les troupes réunies de
Pélage et Gobert victorieux d'Ignace, et que donc, vers 3
heures, aurait lieu le rendez-vous avec la mort.

Chacun s'y préparait sur l'habitation, en se réjouissant
du piège final qui allait se refermer au dernier acte sur leurs
ennemis, avec l'explosion de toute la redoute minée. On
avait empoisonné les chiens, pour que ces alliés fidèles ne
soient pas repris par leurs maîtres. De grandes embrassa-
des se faisaient sous le dernier soleil. Les enfants grim-
paient aux arbres pour une dernière récolte de mangues et
de letchis en pleine saison, qui coloriaient en rouge et jaune
les hauteurs du Matouba. On priait tous les dieux connus,
la Vierge Marie, et Shango-Orisha, et Papa Legba l'ouvri-
barrière.

Les Nègres-marrons n'étaient pas d'accord pour qu'on
fasse sauter l'habitation au dernier instant du combat. Ils
souhaitaient qu'au bout de la résistance, on se replie dans
les bois afin de la poursuivre en rejoignant la Grande-
Terre par le nord de l'île. Ils pensaient revenir plus tard sur
l'habitation et la faire sauter quand elle ne serait remplie
que de grenadiers blancs autour de tous leurs chefs vainqueurs. Ils ne comprenaient pas les stratégies des chefs de
couleur ; la division des forces de Delgrès et Ignace, les
incendies épargnés aux villes, les gestes de clémence et de
magnanimité envers les Blancs, surtout qu'ils savaient déjà
que les Haïtiens étaient en train de gagner leur indépen-

dance en faisant tout le contraire devant l'armée de Leclerc.

Vers 2 heures, Delgrès fit libérer les six colons qu'ils avaient fait prisonniers en occupant les lieux et les fit raccompagner par un détachement jusqu'aux lignes ennemies. Malgré la douleur causée par sa blessure au genou, il voulut transmettre lui-même ses dernières instructions, et parcourir une ultime fois l'espace de leur liberté assiégée, et son passage réchauffait l'enthousiasme comme une tiédeur de sang passant en chaque endroit d'un corps épanoui.

Quand il rencontra le visage de Jonathan, il poussa un cri de surprise joyeuse :

— Par quelle diablerie aurais-tu retrouvé ton oreille, compagnon ?

Il l'avait confondu avec Georges rencontré au fort Saint-Charles trois semaines plus tôt : ils se ressemblaient comme deux gouttes de sang.

— Je suis le frère jumeau de celui dont tu parles, et qui doit être mort à ce jour en compagnie d'Ignace, répondit Jonathan. Il était avec toi quand nous avons allumé l'incendie de Basse-Terre que tu as fait éteindre en compagnie de nos ennemis... Compagnon Louis Delgrès, Georges a-t-il eu le temps, pendant vos veillées d'armes, de te chanter sa meringue haïtienne sur le bal des rats ?

— En effet... nous l'avons jouée ensemble à la dernière soirée... Et il m'a laissé son violon à garder en souvenir, en me disant que la musique et la mort nous unissent plus solidement que les paroles de la vie...

— Rien ne sert de mourir, compagnon Delgrès, coupa très calmement Jonathan. La mort t'attire comme une femme désirée... Est-ce que la mer se noie ? Est-ce que le volcan qui explose ne garde pas au fond de son cœur une réserve de lave pour les siècles à venir ?

« Nous avons l'ambition de planter notre semence au vagin de la montagne, et nous en sommes à éteindre les incendies des villes et à faire des politesses aux otages qui nous torturent. Espères-tu donc que notre suicide suffira seul à racheter nos erreurs ? Ta mort héroïque forcera, bien sûr, le souvenir des siècles, mais elle fera oublier la lutte

acharnée des peuples vivants. Et peut-être un jour viendra
où l'on oubliera le bruit de ton sacrifice dans le vacarme
des vrais séismes, des cyclones justes, et des éruptions des
volcans qui ne manqueront pas de se produire après nous.
Mais ces vomissements de la nature sauront n'épargner ni
leurs villes ni nos campagnes, et ils ne feront pas le tri dans
la couleur des hommes qu'ils réuniront dans la seule égalité du désespoir et de la mort.

« ... Compagnon Delgrès, quand on veut imiter le volcan, il n'est pas sage de le faire à moitié.

« Mais sans doute aussi, quand l'homme avance seul les
bras lourds de sa générosité, son frère doit-il veiller à faire
vers lui la moitié du chemin les yeux fermés par la
confiance.

« Vous étiez le lit et nous étions le fleuve. Et nous ne
nous sommes rejoints qu'à l'estuaire de la mort...

« Compagnon, je veux comme mon frère Georges te
faire aujourd'hui un présent de fraternité. Ceci est un bracelet à proverbes. Prends-le. C'est le dernier qui me reste
parmi les douze que j'ai sculptés pour la compagnie de
chaque mois de l'année.

Jonathan lui tendit son bracelet en lui soufflant à l'oreille
le proverbe dont la signification était cachée dans la représentation sculptée du bracelet. Le gros bracelet d'ébène
représentait une tortue à tête de bélier. Delgrès le passa à
son bras gauche, et salua Jonathan :

« Compagnon, quoi qu'il arrive, nous vous retrouverons
bientôt.

(LE DOUZIÈME PROVERBE DIT : VOYAGE VERS LE VILLAGE OÙ TU
N'AS PAS TA MAISON, MAIS VOYAGE AVEC TON TOIT...)

Le 28 mai 1802

De retour à l'habitation, Delgrès et son aide de camp
Claude s'arrêtèrent sur la terrasse, intrigués par le manège
d'une vieille femme. Elle avait installé une grande balance

en équilibre sur trois pierres pour laisser un espace libre sous les deux plateaux de cuivre. Elle plaça dans le plateau de droite une poignée de soufre et une poignée de sel dans celui de gauche. Puis elle alluma sous chacun d'eux un petit réchaud à charbon pareil à ceux que Delgrès avait placés à côté de la traînée de poudre qui partait du salon. Elle s'agenouilla devant la balance, accueillit dans son giron une petite fille qui l'assistait et qui portait sur le visage les peintures en cercle des Yorubas et, ensemble, elles se mirent à chanter en langage une musique d'incantation reprise par toutes les femmes-marrons qui assistaient en grand silence à cet appel aux dieux :

> *A lè-lè-lè- awo-milo*
> *A lè-lè-lè- awo- miré-lé-wo*
> *Ogo- ridè-è*
> *O- chadjou*

Puis, la vieille femme parla sans cesser de caresser la tête nattée de la petite fille :

À présent, j'ouvre ma bouche, et je vais énoncer la parole : Les Nègres dans cette île sont les enfants de la terre et de l'eau. Mais ils ne sont pas les enfants du feu, car le feu leur a été confisqué par leurs maîtres. Les Nègres de toutes les petites Guinées connaîtront le bonheur lorsqu'ils seront devenus les enfants de leurs trois parents : la terre, l'eau et le feu... Alors, j'énonce la parole :

Tous ceux qui naissent d'un seul parent peuvent avoir la puissance, car la puissance est ce qui est à un seul.

Tous ceux qui naissent de deux parents peuvent avoir le pouvoir de parole, car la parole est le chemin de un à deux.

Mais seuls ceux qui sauront prendre le chemin de leur troisième naissance auront le don de création, car la création est le chemin de deux à trois, et toujours l'enfant de trois êtres, tout comme la marmite a besoin de trois pierres pour tenir sur le feu. Alors le feu et l'eau de la marmite cuisent la chair et les racines de la terre pour la prospérité des humains... Alors j'énonce la parole :

Nous voulons faire exploser la montagne pour vaincre nos ennemis, mais il nous faut demander à Shango-Orisha, le maître du tonnerre et des éclairs, s'il voudra nous prêter sa main. Et s'il favorisera aujourd'hui Eshu ou bien au contraire Ogoun.

Eshu-Orisha veut toujours que nous utilisions la ruse, la chance et le marchandage. Il ne veut pas que nous touchions aux arbres dans nos batailles et que nous combattions en brûlant sa forêt. S'il fléchit Shango, nous échouerons aujourd'hui dans notre dessein.

Mais si Ogoun, l'Orisha du fer, du feu et de la forge, persuade Shango, alors le fer des coutelas des femmes fera couler des mains un sang qui fécondera le feu de la révolte plus loin que la mémoire de trois âges de vieillards.

Le sel est l'attribut de l'eau de la mer, de la patience et de la nourriture de vie.

Le soufre est l'attribut du volcan et de la terre, et de l'éclair et de la mort. Alors, j'énonce la parole :

Celui des deux attributs qui brûlera le moins vite verra la balance pencher de son côté jusqu'au moment où son plateau éteindra en l'étouffant le feu qui brûle sous lui.

Si le feu du sel reste allumé vainqueur, alors nous saurons que nos Orishas nous demandent la ruse, la patience et la modestie. Si le feu du soufre reste allumé vainqueur, alors nous saurons que nos tortures finiront d'un seul coup dans un tonnerre dont l'orgueil et la fureur surprendront la montagne, et seules les femmes en mal d'enfant iront dans les bois pour se préserver de la mort. Car Shango ne leur pardonnerait pas de sacrifier un être à qui il n'a pas encore choisi d'insuffler la vie.

J'ai énoncé la parole et à présent je tairai ma bouche. A bon entendeur, silence.

Ceci proféré d'une voix lente et forte, Miss Béa reprit son incantation accompagnée de la petite fille et des femmes-marrons. Puis ces dernières rejoignirent leur poste quand les premiers coups de feu se firent entendre au loin.

Delgrès et son aide de camp rentrèrent alors dans le salon. Le lieutenant Claude souriait de la naïveté de ces croyances. Delgrès, lui, était frappé au contraire par la similitude entre l'attitude de ces femmes-marrons et sa propre philosophie du destin, dans ce paysage de la Soufrière qui lui ramenait au moment de la mort l'odeur de soufre de son enfance.

Il était né en effet à Saint-Pierre de la Martinique, au pied de la montagne Pelée et, les jours où le prenaient de grandes colères intérieures contre l'injustice faite chez lui aux gens de couleur, il imaginait que seule une force pareille à la puissance de son volcan pourrait combattre l'orgueil de la capitale française des Antilles. Il revivait aussi le souvenir des promenades avec son grand-père à la falaise des Prêcheurs d'où s'étaient jetés par villages entiers les Indiens caraïbes qui refusaient l'asservissement.

— Nos corps éclatés seront sans sépulture, dit-il à Claude en s'asseyant sur le canapé. Mais sois sûr qu'ils renaîtront dans le ventre de ces femmes révoltées.

Sa blessure lui causait de plus en plus de douleur et de faiblesse. Il craignit de s'évanouir avant la fin du combat et de ne pas pouvoir renverser son réchaud sur la poudre au dernier moment. Il demanda alors à son aide de camp de tracer à l'autre bout du canapé une deuxième ligne de poudre. Comme il voulait attendre qu'il y ait le plus possible d'ennemis sur la terrasse, dès que l'un d'entre eux deux serait tué net sans pouvoir renverser sa lampe, l'autre n'aurait qu'un geste à faire pour déclencher l'explosion de victoire.

Brusquement, il demanda à Claude d'aller lui chercher la petite fille. Il la prit sur son genou valide et lui demanda quel était son nom :

— Ti-Carole, répondit-elle en lui offrant un letchi de la grappe qu'elle venait de cueillir.

— Eh bien ! Petite Carole, sans doute auras-tu une chance de survivre à cette journée plus que nous-mêmes. Aussi je voudrais te faire présent d'un message que j'ai composé après l'assaut de ce matin, et que je comptais garder avec moi pour accompagner ma mort. C'est le petit quatrain que voici. J'énonce ma parole moi aussi :

Les pieds dans le ravin, les yeux dans le nuage
La salve d'avenir noircira nos visages :

Les Nègres colibris au cœur de Caliban
Sèmeront le pollen au ventre du volcan.

La petite fille souriait sans rien dire. Delgrès sourit à son tour :

— Tu vois, je ne comprends rien à tes incantations d'Afrique, et toi, tu ne comprends pas encore la langue de nos maîtres, si dure à nos oreilles d'esclaves, et pourtant si douce lorsqu'elle chante la liberté. Prends ce message et donne-le aux survivants, sans jamais dire qui te l'a donné... Et maintenant, à ton tour de me faire un dernier cadeau ! J'aurais tant voulu que tu m'apprennes ta chanson !

Elle lui apporta le violon posé sur la console près de son sabre, et elle se remit à chanter.

Quand elle partit rejoindre sa mère sur la terrasse, Delgrès lui passa au poignet le bracelet de Jonathan, son frère, qui allait lui rester à jamais inconnu.

Vers les 5 heures, le feu du sel s'éteignit doucement. Miss Béa, qui n'avait pas arrêté de chanter malgré les bruits des combats très rapprochés, demanda à la petite fille d'aller faire sonner la cloche de l'habitation. Dès qu'elles entendirent le signal, les femmes-marrons, qui avaient reculé avec leurs hommes et les Nègres libres jusqu'au retranchement de la redoute, cessèrent d'un seul coup de se battre, levèrent au ciel les baïonnettes, les sabres pris aux grenadiers tués, les couteaux et les coutelas, en les tenant par la lame, et les pressèrent jusqu'à ce que le sang jaillisse de leurs poings fermés. Eshu avait perdu. Ogoun allait l'emporter. Elles qui avaient poussé des cris terrifiants pour leurs assaillants se taisaient maintenant, dans l'attente du geste de Shango. Elles avançaient directement sur les soldats les plus proches qui reculaient d'abord, fascinés par cet événement, puis qui enfonçaient brusquement leurs baïonnettes dans le ventre qui s'offrait. À cet instant, toutes les femmes enceintes se retirèrent en courant vers les hauteurs des bois. La mulâtresse Solitude, l'une des plus fameuses d'entre elles par sa vaillance, et qui était tout près d'accoucher, n'arriva pas à les suivre très loin et s'évanouit dans un grand rire. La petite fille et sa vieille compagne guidaient les femmes à travers les traces les plus rapides et les plus sûres.

Depuis le débarquement, Miss Béa n'avait eu aucune nouvelle de ses jumeaux Georges et Jonathan. Elle ne se doutait pas qu'elle venait de passer tout près de Jonathan, qu'elle n'avait revu que sept fois depuis la mort de sa sœur Angela. Arrivée au gué de la rivière, elle ressentit une douleur terrible à son ventre. Elle sut alors que Georges et Jonathan allaient mourir ensemble aujourd'hui, et elle pensa qu'ils devaient être là-haut. Elle eut envie de remonter pour les voir, lâcha la main de la petite fille qui voulait lui faire vite traverser l'eau, et c'est en tournant les yeux vers la redoute qu'elle vit la pierre de foudre de Shango éclater sur tout le Matouba.

Delgrès avait la jambe engourdie et ne pouvait plus bouger. Claude attendait cependant son signal pour renverser sa lampe. Les soldats blancs avancèrent en grand nombre. On s'entretuait maintenant aux portes et aux fenêtres du salon. Alors, dans une dernière énergie, Louis Delgrès lança sur son petit réchaud le violon de Georges qui se brisa dans une gerbe d'étincelles.

Un siècle plus tard, presque au jour près, la sœur de la Soufrière, la montagne Pelée de la Martinique, commença de gronder lentement et profondément contre la ville de Saint-Pierre qui se berçait à ses flancs comme le maître dans sa dodine et, voyant qu'elle en faisait cas comme d'une caresse d'éventail, elle l'anéantit d'un seul élan de sa nuée ardente.

Ti-Carole

Maintenant tu écouteras les paroles de ce cahier avec l'attention des oreilles d'un chat, et tu en confieras le souvenir à ton ventre, à ton cœur et à tes yeux, hors d'atteinte de l'oubli des lèvres encageuses de nos secrets.

Et ces paroles seront pour t'apprendre à vivre, c'est-à-dire à avoir faim, à avoir peur et à aimer.

Écoute bien ce qui est passé. Ensuite tu mettras demain sur ta tête.

La pierre de foudre de Shango a transmis à nos barils de poudre la force réunie des sept puissances lucumi. Et la marmite du Matouba a délivré une vapeur rouge de notre sang, des fleurs de flamboyants, des fruits de letchis, et des plumes des oiseaux-cotingas. Le tremblement de terre, l'incendie et le cyclone des humains délivrèrent un appel au secours à la Grande-Mère, auquel tous les orishas de la nature, venus pour le spectacle, jurèrent de venir répondre chacun à son tour jusqu'à la fin du souvenir.

Tous les mulets-dimbas survivants chargèrent sur leur dos de grands sacs remplis des os, des lambeaux de fleurs, et des amas de sucre qui commençaient à refroidir sous l'éventail du temps, et emportèrent le tout au fin fond de la forêt.

Alors, les fils du Dieu au visage de coton célébrèrent leur victoire en réinventant l'enfer :

10 000 Nègres moururent de leur vengeance. On fusilla tous les soldats insurgés et on exposa leurs corps « à toujours » sur le morne Constantin. On exila aux Saintes les 3 000 soldats noirs de Pélage qui avaient combattu l'insurrection de leurs frères, et pour récompense de leur loyauté envers les maîtres blancs, on les déporta vers les États-Unis qui refusèrent de racheter des hommes en si mauvais état, puis vers Saint-Domingue et le Mexique où on vendit les plus valides ; on se débarrassa du plus grand nombre sur les côtes désertes du Brésil, et on enferma le reste au bagne de Brest. Tous les notables des villes et les officiers de couleur — y compris leur chef Pélage — furent arrêtés et déportés dans les bagnes de France, du Sénégal et de Madagascar. On incendia les maisons des Nègres libres. On augmenta les tarifs des bourreaux qui ne suffisaient plus pour l'exécution des tortures *(40 livres pour pendre. 70 pour rouer et brûler vif. 45 pour pendre et brûler. 45 pour traîner et pendre un cadavre. 20 pour donner la question*

*extraordinaire. 12 pour l'ordinaire. 20 pour affliger. 13
pour couper la langue. 10 pour la percer ou couper les oreilles. 6 pour le poignet et 10 sols pour le jarret droit).*

On rétablit l'esclavage conformément aux lois en
vigueur dans la colonie avant 1789. On fit rentrer tous les
immigrés, que l'on rétablit dans leurs droits et leurs propriétés. On donna un fusil à chaque Blanc, homme ou
enfant. Ceci pour l'œuvre des militaires.

Tu te souviendras dans ton ventre, ton cœur et tes yeux
que les femmes et les hommes organisèrent leur résistance
avec toutes les ruses d'Eshu et l'énergie d'Ogoun. Le poison d'Eshu et le feu d'Ogoun ravagèrent cinquante ans la
colonie, et aucun Blanc fils du Dieu au visage de coton ne
savait qu'il tombait victime de la colère fraternelle de tous
les compagnons de Shango-orisha.

Des généraux moururent de la maladie du climat, en
Haïti et à la Guadeloupe. Richepanse, qui faisait fortune
en confisquant les biens des mulâtres, se préparait à épouser la fille du riche émigré de la Brunerie, lorsqu'il tomba
malade au mois d'août. Transporté au Matouba en raison
de la fraîcheur du climat, il mourut brusquement malgré
les soins attentifs d'une vieille Négresse réputée, qui était
toujours accompagnée d'une petite fille aux cheveux nattés
à la manière yoruba, qui chantait des romances africaines
tandis que sa vieille mère offrait au prestigieux malade des
confitures du fruit de barbadine accompagnées de tisane
parfumée de la sève de leurs racines empoisonnées. Un
homme tombe toujours avec son ombre. Toutes les
ombres ont même couleur de peau.

Que ton ventre se souvienne que Miss Béa était toujours
vivante et que Woyengi la Grande-Mère n'avait toujours
pas rappelé à elle Ti-Carole qui eut cinq ans.

Puis il y eut ceci qui fut l'œuvre des colons : on organisa
dans chaque commune des escouades de chasseurs des
bois afin de réduire à néant le marronnage. On traçait
autour des bois et même des cultures une ligne de démarcation, et tout l'espace au-delà était défini terre des rebelles. Tout Nègre trouvé de jour ou de nuit sur une terre des
rebelles était fusillé ou pendu sur-le-champ au gré des
chasseurs. Chaque tête de Nègre rapportée coupée aux

autorités était payée 44 francs, et l'on payait une gourde
pour chaque fusil repris. Les Blancs s'amusaient à changer
secrètement les limites de la ligne d'un jour sur l'autre,
selon qu'ils voulaient y faire figurer telle case ou tel
hameau non évacué.

On faisait sur les propriétés des appels de nuit impromptus, et les absents étaient déclarés rebelles. Dès leur retour
au petit jour, ils étaient fusillés. Certains jours, on passait
par les armes les Nègres qui avaient les cheveux coupés
ras, d'autres fois ceux qui avaient des balafres rituelles au
visage comme les Bambaras, ou ceux qui avaient des cicatrices comme les Quiambas, une autre fois c'était au tour
des Arandas tatoués.

Que tes yeux se souviennent de la parole : nous sommes
des mulets sauvages qui avons brisé nos sangles, nos licols
et nos carcans pour offrir à nos frères mêmes nos chargements de canne et de coton. Nous ne répondrons pas au
rappel des maîtres quand ils nous siffleront bientôt.

Puis il y eut ceci qui fut l'œuvre de quelques Blancs-France et créoles, plus solidaires de notre peau que de leur
sang : ils se réunirent en secret et décidèrent de donner
assaut à la prison de Sainte-Anne pour délivrer des
condamnés au supplice, et freiner quelque peu le délire
impuni des colons. Ils furent tous arrêtés et condamnés par
le tribunal des militaires selon les instructions précises du
gouverneur Lacrosse : « *Vous penserez comme moi,
citoyens, que le supplice de la potence n'expiera point assez
le crime de ces assassins que la loi condamne à la peine de
mort, ils doivent être rompus vifs et expier sous la roue. Les
geôles de la Pointe-à-Pitre et du Moule sont déjà encombrées : il faut les déblayer le plus tôt possible.* »

Tu te souviendras que l'un d'entre eux était Jean-Baptiste Alliot, dont on fit sauter l'habitation des Flamboyants, et qui fut condamné pour l'exemple au supplice
de la cage de fer, punition suprême réservée aux Nègres qui
s'étaient défendus en tuant un Blanc. Garde ceci à ton
cœur, mais pas à tes yeux : *Une cage de fer de sept à huit
pieds carrés, à claire-voie, est exposée sur un échafaud. On
y renferme le condamné placé à cheval sur une lame tranchante, les pieds portant dans des étriers. Bientôt le défaut*

de la nourriture, la privation du sommeil, la fatigue des jarrets toujours tendus font que le patient tombe sur la lame ; mais selon la gravité de la blessure et l'énergie du condamné, il peut se relever, pour retomber encore. Cette torture n'a pas de limite fixe et peut durer trois jours.

La veille de son supplice, une vieille femme réussit à s'introduire dans la prison avec sa petite fille aux cheveux nattés. Les deux vieillards, anciens maître et esclave, se regardèrent pendant plusieurs minutes sans une seule parole. Puis elle se leva et lui offrit une racine de barbadine pour la sérénité d'une mort moins cruelle. Elle reçut de lui en échange un dernier témoignage écrit qu'il la priait de faire transmettre à ses correspondants de Paris (*« Ils ont pendu des hommes la tête en bas, ils les ont noyés, enfermés dans des sacs, crucifiés sur les planches, enterrés vivants, pilés dans des mortiers. Ils les ont contraints de manger des excréments humains. Et, après avoir mis leurs corps en lambeaux sous le fouet, ils les ont jetés dans des ruches de fourmis, ou attachés à des poteaux près des lagons pour être dévorés par les maringouins. Ils les ont précipités dans les chaudières à sucre bouillantes. Ils ont fait mettre des hommes et des femmes dans des boucans hérissés de clous, foncés par les deux bouts, roulés sur les sommets des montagnes, pour être ensuite précipités dans l'abîme avec les malheureuses victimes. Ils ont fait dévorer les malheureux Noirs par des chiens anthropophages, jusqu'à ce que ces dogues repus de chair humaine, épouvantés d'horreur ou atteints de remords se refusassent à servir d'instruments à la vengeance de ces bourreaux qui achevaient les victimes à demi dévorées à coups de poignards et de baïonnettes »*) afin que la Société des amis des Noirs s'en serve pour faire progresser la cause de l'abolition. Miss Béa garda la lettre sans la faire parvenir à quiconque, et la recopia sur une page blanche du cahier de Jonathan, que le vieil Aroni lui avait fait parvenir en témoignage de confiance et de douleur, après la mort de ses jumeaux.

Que ton cœur se souvienne : la sagesse a plusieurs domiciles, et son messager laisse reposer ses pieds mais pas ses yeux, car si le mensonge peut courir un an, la vérité le rattrape en un jour.

Que ton ventre se souvienne que Miss Béa était vivante et que Woyengi n'avait toujours pas rappelé à elle Ti-Carole, qui eut sept ans, apprit à lire et à penser en épelant les mots du cahier de Jonathan son frère inconnu. Et ce fut la câpresse Anaïs qui, dans la tranquillité des grands-fonds de Sainte-Rose, lui enseigna la faim, la peur et l'amour, et lui apprit la danse, le chant et la poésie.

Aucun Nègre ne trouva plus de liberté, sinon dans le marronnage, ni de sécurité, sinon dans le poison. Partout, il risquait les coups ou la mort pour un regard, un geste ou pour rien. Les jeunes filles blanches revendaient un de leurs Nègres pour le caprice d'un bracelet de Paris. Louis, le nouveau roi des émigrés de France, entama son règne par une ordonnance interdisant aux Noirs de porter des chaussures dans toutes les colonies.

Haïti gagna sa liberté et, par prudence, il se forma un complot des Blancs à la Martinique et à la Guadeloupe afin d'arrêter et de déporter les derniers affranchis qui préparaient la révolte des îles françaises.

C'est alors que survint le premier cyclone qui ravagea leur orgueil et leurs propriétés, et conduisit de toute sa force des centaines d'entre nous à la terre de Guinée.

Tandis que les livres de Paris nous apprenaient que la Négresse Ourika pleurait sur notre férocité, et qu'elle faisait rire les salons des colons par son affliction d'appartenir à une race de proscrits, de barbares et d'assassins, notre révolte s'étendait en douce, car nous étions les maîtres de la forêt et de la mort, avec la complicité de la terre, de l'eau et du feu. Les grands sacs d'os emportés par les mulets-dimbas servaient à égarer les chiens de nos ennemis, les sacs de sucre nous accordaient l'alliance des mouches qui aveuglaient les yeux, et le pollen écrasé des fleurs du 28 mai assouvissait la faim des colibris rebelles guidant nos convois.

C'est alors qu'Eshu décima la colonie blanche dans un rire de fièvre jaune, et que le second cyclone dévasta toute la Basse-Terre, Marie-Galante et les Saintes, emportant 200 Nègres à la terre de Guinée et, avec nous, l'évêque et la grande-prêtresse de leur église qui n'avaient pas su échapper à Shango-ouragan.

Que ton ventre se souvienne que Miss Béa était vivante, et que Woyengi n'avait toujours pas rappelé à elle Ti-Carole qui eut vingt-sept ans.

Puis il y eut ceci qui fut l'œuvre des négriers : il n'y avait plus assez de Nègres à cause des massacres dans les colonies. Alors la traite d'Afrique fut renforcée bien qu'elle eût été interdite par les lois des Européens. Aussi quand un navire négrier était surpris par un vaisseau de guerre étranger ayant droit de visite, on attachait tous les esclaves l'un à côté de l'autre à la chaîne de l'ancre que l'on mouillait tranquillement par vingt mètres de fond, comme un mille-pattes noyé vif, afin qu'il n'y eût plus un seul Nègre à bord. (Garde au souvenir de ton cœur mais pas de tes yeux l'image du navire *la Brillante,* surpris par quatre croiseurs, qui noya de la sorte 600 pièces d'Inde à la faveur de la nuit.)

Que ton cœur se souvienne : dans la maison du courage, il y a plus de larmes que dans les refuges de lâcheté. Et toute la patience de la pierre au cœur de laquelle une source creuse sa sortie.

Puis les luttes de nos frères esclaves des Anglais aboutirent à la deuxième déclaration d'abolition de l'esclavage, celle du Parlement anglais *(« le gouvernement regrette de prendre l'initiative de cette mesure. Mais il a dû céder à cet égard au vœu prononcé de l'opinion, après avoir perdu tout espoir de se voir devancé et secondé par les législations coloniales. La sécurité des colonies, d'ailleurs, ne permettait pas une plus longue hésitation »).* Tu te souviendras qu'à Londres, nos alliées blanches qui combattaient l'esclavage refusaient d'adoucir leur thé avec le sucre auquel elles trouvaient le goût de la sueur de leurs sœurs.

L'incapacité de réduire tous les Nègres à la soumission ou à la mort conduisit les Blancs à tenter de nous diviser, en améliorant le sort des affranchis, afin de s'en servir comme fantassins de leur oppression, selon les instructions du ministre de la Marine et des Colonies. Sache que Ti-Carole avait conservé ces instructions avec d'autres dans le cahier de Jonathan où elle continua de rassembler ce qui pouvait éclairer les esclaves sur la duplicité de leurs maîtres. Elle travaillait maintenant dans la première école pour les enfants de couleur affranchis que le Blanc créole Auguste Bébian venait d'ouvrir à Pointe-à-Pitre. C'était un spectacle difficile à imaginer pour les vieux affranchis qui y conduisaient leurs petits-enfants avec l'espoir que cette éducation à la française leur mériterait enfin une place à la table des civilisés d'Europe. Le soir venu, quelques éducateurs utilisaient en douce l'installation de l'école pour l'instruction des adultes affranchis. Et Ti-Carole choisissait à dessein les textes rassemblés dans le recueil de son frère Jonathan pour ses dictées de français : *À l'intention de M. le baron Vatable, gouverneur de la Guadeloupe : ce qui concerne la classe des gens de couleur libres doit être l'objet de diverses dispositions. La nécessité que l'on avait reconnue dès 1824 de faire des concessions aux gens de couleur libres est cependant devenue depuis lors, et récemment surtout, une vérité non contestable. L'équilibre, tel qu'il avait été établi entre les diverses classes de la population des colonies, peut être considéré comme étant rompu par le fait, quoique les lois, les usages et les préjugés soient restés les mêmes. Il faut donc se hâter de modifier le système colonial, qui ne pouvait se soutenir que par un concours de moyens que les révolutions ont détruits. Si l'on ne change rien à ce qui existe, si l'on ne reconstruit sur de nouvelles bases l'édifice social aux colonies, cet édifice va s'écrouler, et l'on aura laissé tout détruire lorsqu'on pensait presque tout conserver. Sans doute ce qui tendrait à atténuer le respect des générations d'Afrique pour la classe blanche est grave et dangereux, mais le coup est porté et le seul moyen d'en amortir l'effet, c'est d'opposer aux esclaves, en la rendant l'alliée, l'auxiliaire de la population blanche, la classe des hommes de couleur libres qui en a déjà été rapprochée par tant de causes, qui a les mêmes habitudes et presque la même éducation ; qui tient également au sol par l'attrait de la propriété, et qui enfin jouit dans la métropole, sans aucune restriction, des mêmes droits que la population du royaume (point final). Le ministre des Colonies.*

Le bord de mer n'était plus très loin. La rébellion gagnait

tous les ateliers de Martinique et de Guadeloupe. Le
Grand-Bourg de Marie-Galante fut détruit par un incendie
qui avait pris aux quatre horizons de la ville. Et puis surtout, un matin de 1843, la Grande-Mère souleva sa terre
dans le plus fort tremblement du siècle, qui détruisit en
une minute toute la ville de Pointe-à-Pitre, sans rien laisser
debout sauf la façade avant de la cathédrale, afin que reste
visible à tous, sur l'horloge arrêtée, l'heure exacte de son
geste : 10 h 35.

Dès midi, les Nègres accourus des villages pour secourir
les blessés et enterrer leurs 3 000 frères rappelés d'un seul
coup à la terre de Guinée ne firent rien pour éteindre
l'incendie qui termina de ravager avec une violence sus-
pecte la métropole de la Colonie. (*« Au moment où je vous
écris, j'apprends que la Pointe-à-Pitre n'existe plus.
J'implore en faveur des malheureux habitants de la Guadeloupe cette bonté inépuisable qui fait descendre du trône
tant de bienfaits. J'implore aussi la France, dont la générosité tendit naguère une main secourable à nos frères de la
Martinique : elle n'abandonnera pas une population toute
française ; elle ne délaissera pas les veuves et les orphe-
lins que ce grand désastre vient de plonger dans la plus
profonde misère. » Amiral Gourbeyre, gouverneur de la
Colonie.*)

Que ton ventre alors se souvienne bien que, ce jour-là,
Miss Béa disparut dans le bouleversement de la terre, après
avoir initié Ti-Carole, sa fille, qui avait comme elle choisi
le don de vision et de guérison pour la suite du combat, et
que Woyengi semblait avoir oubliée dans la vie, comme si
l'obstination de Miss Béa pouvait avoir fléchi la Grande-
Mère des ventres maternels.

Aussi Ti-Carole, qui se souvenait que sa mère lui avait
lâché la main au Matouba à cause du violent rappel de ses
fils à son ventre, ressentit, elle aussi, une nostalgie de
maternité. Du même coup, elle fixa sans l'avoir choisi un
destin de feu à ses deux fils jumeaux, qu'elle nomma
Ignace et Louis, et qui naquirent au bout de sept mois la
même année où Basse-Terre fut détruite par un incendie à
ses quatre horizons, et la colonie ravagée par un nouveau
cyclone, comme si la gardienne des ventres maternels avait

voulu rappeler à Ti-Carole le destin dont sa mère avait espéré l'oubli.

Pendant les cinq années qui suivirent le cataclysme de 1843, les marrons de la forêt, les affranchis des villes et les esclaves des ateliers ne cessèrent de se battre et, de défaites en victoires, gagnèrent l'abolition. Les Blancs firent tout pour leur faire croire que cette liberté leur était octroyée par le bon vouloir des maîtres, ou par la seule générosité des bienfaiteurs européens de leur humanité, mais ils se préparèrent à assujettir les hommes de couleur par des voies plus subtiles qu'un esclavage impossible à maintenir désormais. Pourtant les conseils coloniaux étaient toujours contre : ils disaient que l'esclavage était un instrument providentiel de civilisation dont il serait odieux de priver les esclaves de race noire, dont les affranchissements par les maîtres bienveillants accompagneraient petit à petit les progrès hors de la sauvagerie. Et les assemblées de commerce disaient de même que l'émancipation était illégale pour le propriétaire et inhumaine pour le travailleur, et faisaient connaître au gouvernement provisoire les conséquences à envisager : perte des colonies, anéantissement du commerce, destruction des manufactures, découragement de l'agriculture, avilissement de tous les genres de propriété, de population, désespoir et mort de la plus belle contrée de l'univers.

Entre-temps, on fit tout pour adoucir le contenu de l'esclavage afin d'en conserver la forme. On ne sépara plus les esclaves mariés. Le régime disciplinaire des ateliers fut amélioré, ainsi que la nourriture, l'entretien (droit de porter des chaussures), et les soins médicaux. Mais, surtout, on développa l'instruction religieuse et élémentaire, en ouvrant des églises et des écoles, afin que les Noirs apprennent un usage raisonné de la liberté avant que les Blancs n'en adoptent le principe. *(« La liberté va venir ! Courage, mes enfants, vous la méritez ! Tous les maîtres qui se trouvaient à Paris se sont réunis et ont chargé ces messieurs de demander votre liberté au gouvernement qui y a consenti ! Louis-Philippe n'est plus roi ! C'était lui qui enrayait votre libération, parce qu'il voulait que chacun de vous se rachetât, et la République au contraire va vous racheter tous à la fois. Mais il faut que la République ait le temps de préparer les fonds du rachat et de faire la loi de la liberté. Jusqu'alors, il faut que vous travailliez d'après les prescriptions de la loi pour le bénéfice des maîtres.*

Il faut prouver que vous comprenez que la liberté n'est pas le droit de vagabonder, mais bien le droit de travailler pour soi-même. En France, tous les gens libres travaillent plus encore que vous qui êtes esclaves, et ils sont bien moins heureux que vous car, là-bas, la vie est plus difficile qu'ici. Mes amis, soyez dociles aux ordres de vos maîtres, pour montrer que vous savez qu'il n'appartient pas à tout le monde de commander. Souvenez-vous qu'à la Guadeloupe, du temps de vos pères, tout le monde fut libre, mais les esclaves abandonnèrent le travail et devinrent plus malheureux de jour en jour.

Après sept années de liberté, ils obligèrent la République de les remettre en esclavage.

Vos ennemis, ce sont les paresseux ! N'ayez pour eux qu'une parole : allez au travail et laissez-nous mériter notre liberté. Monsieur le curé est là pour vous dire qu'il faut travailler et se marier pour obtenir les récompenses de l'autre vie. Le Christ est né dans une étable pour enseigner aux gens des campagnes qu'ils ne doivent pas se plaindre de l'humilité de leur naissance. Il a permis qu'on le mît à mort sur une croix (c'était le supplice de l'esclavage en Judée) pour que les malheureux ne vissent dans les prêtres que des amis destinés à les bien guider.

Allons, mes amis, ayez confiance et patience ! Aujourd'hui, je suis tranquille car j'ai vu vos camarades, ce sont de braves gens qui savent comprendre la liberté. Quand j'ai annoncé à l'atelier de M. de Lourcy que tous allaient être libres, tous, ils se sont écriés : Merci monsieur le Directeur ! Vive le travail ! Vive Monsieur ! Vive Madame ! Et le soir, ils donnaient une sérénade à leur maîtresse. Pendant le dîner, ils m'avaient envoyé onze hommes mariés qui m'ont présenté leurs femmes et m'ont chargé, au nom de l'atelier, de remercier la République.

Mes amis, cela était beau ! Cela prouve que l'atelier avait compris que, dans la société, les gens mariés sont les plus honorables et plus dignes de venir promettre à la Républi-

que que les esclaves désormais se marieront pour avoir un vieux père, une mère, une femme et des enfants, des frères et des sœurs, toute une famille à nourrir et à soigner, parce qu'ainsi tout le monde sera obligé de travailler quand tout le monde sera libre.

Adieu mes bons amis ! Je viendrai vous voir les uns après les autres. Quand vous voudrez manifester votre joie, criez : Vive le travail ! Vive le mariage !

Jusqu'à ce que je vienne vous dire : La loi est arrivée ! Vive la liberté ! La présente circulaire sera adressée à MM. les maires des communes pour être affichée aux portes de la mairie, du presbytère et des hospices. Il en sera par leurs soins transmis des exemplaires à tous les propriétaires de la commune avec invitation de les placer aux lieux les plus apparents de leur propriété, tels que l'hôpital, les bâtiments d'exploitation, la case du commandeur, et leur propre demeure. »)

Que tes yeux se souviennent de la parole : parce que nous sommes une petite île, ils nous considèrent comme des souris en cage affamées de libertés en miettes. Mais nous n'aurons d'oreille que pour les tambours des crapauds et notre regard sera à la hauteur du vol des colibris.

Loin de calmer les esprits, la proclamation donna au contraire le signal de la révolte généralisée. Basse-Terre, Saint-Pierre, Pointe-à-Pitre et Fort-de-France (qu'on venait de débaptiser du nom de Fort-Royal) étaient en état d'insubordination. Les esclaves de Saint-Pierre cessèrent le travail dans les ateliers, et commencèrent à incendier méthodiquement la ville, en préparant la résistance aux troupes françaises, tandis que leurs maires suppliaient le gouverneur de décréter l'abolition pour éviter l'insurrection qui avançait du Prêcheur jusqu'au Lamentin. (« Citoyens, vous connaissez les malheurs de la nuit dernière. La Patrie éplorée se voile la face de douleur. Elle appelle à son secours tous ses enfants, tous ceux qui ne veulent point sa perte. Des amis de l'ordre se font inscrire immédiatement pour rétablir la paix publique par des

*patrouilles citoyennes. Réunissons-nous en frères. Devant
la liberté, il ne peut plus y avoir d'ennemis. Votre conseil
municipal a demandé, à l'unanimité, l'abolition de l'esclavage. Vive la liberté ! »)*

À la Guadeloupe, les délégations des conseils munici-
paux, débordés par la désertion des ateliers et les incendies, se pressèrent au Conseil privé pour déposer requêtes
urgentes et vœux angoissés en faveur de l'abolition. Tous
les Noirs des ateliers avaient déclaré être libres et ne vouloir reprendre le travail que contre un salaire. Avec sang-
froid, ils préparaient la guerre civile pour la liberté, sans
promesse, ni délai. Ti-Carole fut désignée avec d'autres
par la commission des gens de couleur de Pointe-à-Pitre
pour accompagner jusqu'à Basse-Terre les délégués blancs
du conseil municipal venus plaider l'émancipation immédiate. *(« Citoyens, je suis heureux de vous annoncer que,
par délibération de ce jour, le conseil municipal de votre
ville a décidé qu'une députation prise dans son sein irait
porter à M. le Gouverneur l'expression de ses vœux, tendant
à ce que l'abolition de l'esclavage soit immédiatement prononcée. Mais si je suis heureux d'annoncer une pareille
rémunération à cette partie de la population qu'elle intéresse, je veux être sûr aussi qu'elle s'en montrera digne, en
modérant les transports de sa joie, et en ne perdant pas de
vue qu'en entrant dans la grande famille des Français, ils
deviennent tous solidaires pour le maintien de l'ordre et de
la tranquillité et que, là où l'impunité est sans prétexte, la
répression sera sans pitié. »)*

Or, à Paris, le Gouvernement provisoire de la révolution
de 1848 avait décrété en mars, non pas l'abolition, mais la
désignation d'une commission instituée pour préparer
l'acte d'abolition, dont le principe fut proclamé par le
décret du 27 avril 1848, prévu pour être promulgué deux
mois plus tard dans les colonies, afin que les Noirs puissent
effectuer encore dans l'état d'esclavage la récolte de canne
à sucre de l'année.

Mais déjà, exactement le même jour, les Noirs de la
colonie avaient imposé au gouverneur de décréter leur
liberté. Le Conseil privé de la Guadeloupe avait été réuni
d'urgence dès 6 heures du matin. Le gouverneur proposa

de voter l'émancipation immédiate, après que la situation des deux îles eut été décrite par les délégations. Cependant, le commissaire ordonnateur proposa d'accompagner le décret de mesures d'ordre public concernant le recensement immédiat des esclaves, l'obligation de porter un passeport sous huit jours, et la répression du vagabondage, afin de rendre à l'agriculture les travailleurs que l'ivresse de la liberté allait amener dans les villes et les bourgs. Le Conseil fut d'avis que ces mesures feraient une ombre sur le décret de liberté, et augmenteraient les troubles au lieu de les calmer. Aussi le décret fut-il voté en trois mots sans aucune disposition répressive :

ARTICLE PREMIER :
L'ESCLAVAGE EST ABOLI.

Toute la journée du lendemain se passa en fêtes, défilés, proclamations, messes solennelles dans toute l'île, et les autorités blanches, gouverneur, officiers, maires, prêtres, ne manquèrent pas de se dépenser pour donner aux Nègres le baiser de la fraternité, les bras ouverts et le cœur fermé.

Quand, au mois de juin, la frégate *Chaptal*, porteuse du décret de France, accosta à Basse-Terre, tous les Nègres de la ville accompagnèrent en liesse les commissaires de la République au palais de justice pour l'enregistrement solennel de la liberté qu'ils s'étaient donnée : « *Je croyais descendre sur une terre d'esclaves, et je mets le pied sur une terre de liberté. De tous les faits accomplis, il n'en est pas de plus acceptable, assurément, que cette anticipation de la délivrance de mes frères noirs. Homme et abolitionniste, je m'en réjouis. Salut donc à la liberté irrévocablement acquise aujourd'hui par la double consécration du fait et du droit. C'est par le travail, frères noirs, que se manifestera votre reconnaissance envers vos vrais amis, envers vos libérateurs. Par le travail et par l'ordre, vous conserverez à la France ses colonies.* »

En conformité avec leur politique d'alliance avec une partie des gens de couleur, les éduqués et les propriétaires, afin de faire prévaloir leur ordre, leur paix et leur prospérité, les colons blancs réunirent une Commission d'administration intégrant la Commission des hommes de couleur *(Tous, quelle que soit la couleur de leur peau, devront être admis dans les cercles, les bals, les réunions. Il en est des individus comme des castes, comme des nations. L'isolement les rend ennemis ; c'est donc l'isolement qu'il faut détruire. Voilà ce que la classe blanche vous propose. Pour y parvenir, elle tend une main fraternelle aux autres citoyens et leur dit : Que nos lieux de réunion soient les vôtres, qu'aucune question d'intérêt public ne soit discutée qu'en commun, plus d'exclusion comme autrefois dans les fêtes et réunions publiques ; que les enfants reçoivent indistinctement, sur les mêmes bancs, la même éducation ; plus d'institutions privées, exclusives, que toutes s'ouvrent à tous parce que là se forment les amitiés durables. Ainsi sera née l'affection avant les préjugés qui la refoulent. Tout ce que nous avions fondé pour nous, nous l'offrons à tous cordialement.)*

Au nom des gens de couleur, le mulâtre libre Bloncourt accepta la fusion des deux commissions blanche et de couleur : « *Nous acceptons avec bonheur l'alliance que vous nous proposez. Qu'une mutuelle confiance en soit la base. Pour l'obtenir, il faut une fusion. La seule fusion sociale et politique des races.* » Ainsi fut créé le club de la Concorde, dont les membres noirs et blancs se jurèrent fraternité devant le Christ, après un somptueux banquet fusionniste.

Que tes yeux se souviennent de la parole : les Nègres libérés souffrent de la hantise d'être à l'image des feuilles de bois-canon, verts dessus, blancs dessous.

C'est ainsi que des peuples qui ont su mourir pour la liberté s'en aliènent la jouissance par des actes de savoir-vivre.

Tu te souviendras que le premier acte de la commission Nègres-Blancs fut de désigner les candidats de la Guadeloupe aux élections de l'Assemblée constituante. Les trois représentants élus furent Perrinon, Blanc-France et commissaire du gouvernement ; Dain, Blanc-créole et avocat à Basse-Terre ; et Schoelcher, Blanc-France, sous-secrétaire aux Colonies, le Français qui s'était le plus battu pour notre libération et qui déclara à un banquet anniversaire de l'abolition : « *Après quelques jours donnés à l'expression de leur joie d'être libres, et grâce à la mise en application progressive des décrets consécutifs à l'abolition, les anciens esclaves reprirent le travail dans le calme pour le plus grand bien des colonies.* »

Charbon n'est pas farine, farine n'est pas charbon...

La veille des élections du 22 août, un cyclone dévasta la Désirade et tout le nord de la Guadeloupe. Les paysans comprirent que Shango-orisha, Ogou-ferraille, Azaka-médé et Papa Damballah avaient ainsi décidé de voter les premiers.

C'est du moins ce qu'on se disait avec résignation et bonne humeur, malgré les dégâts, dans l'école Bébian de la rue de la Loi où, huit jours après, Ti-Carole avait organisé avec ses voisines un bal à Nègres pour fêter l'élection comme suppléant des trois titulaires blancs de leur ami l'esclave de Basse-Terre Louisy Mathieu, qui avait même obtenu plus de voix que son colistier titulaire, l'avocat Charles Dain. Et ce fut un déchaînement de rires lorsque, aux douze coups de minuit, les musiciens de l'orchestre revêtirent de grands masques blancs à tête de chat, et se mirent à jouer avec toute leur chaleur la méringue haïtienne sur le bal des rats en se répandant dans la salle pendant que le chef d'orchestre avec un masque et une queue de souris faisait des efforts inutiles soutenus de cris aigus pour ramener les chats sur leur estrade.

> Rat' là fè on batèm'
> Yo vinn fè yon bal.
> Ki mizicien yo pren' ?
> Yo pran' misicien chatt !
> Lè i té fè minui
> Chat' fèmé tout' pot'
> Yo mangé tout' rat' !

Manman-Louise

Alors, à ce moment du récit qu'elle faisait à Louise, sa petite- fille de sept ans, en feuilletant le cahier de Jonathan, couchée malade dans son lit, Ti-manman Carole fut prise d'un rire qui remontait profond à trente ans de distance, et se mit à fredonner d'une voix encore claire et assurée la mélodie de Georges que la petite Louise rythma en frappant doucement des mains les jambes de sa grand-mère étendue :

> *Si rat' vlé dansé : mèt chat' dèrô !*
> *Si nèg vlé dansé : mèt chat' dèrô !*

Mais Ti-manman Carole arrêta vite sa chanson, car une très grande fatigue la prenait, augmentée par son rire et la chanson qui lui avait remué le sang. Depuis une quinzaine d'années qu'elle était devenue vieille, elle ne s'occupait plus de l'école Bébian, et s'était retirée dans une petite maison voisine de la rue de la Loi où elle prenait l'ombre sous un énorme fromager qui avait résisté à tous les cyclones et tous les incendies, et où elle se plaisait à recevoir de vieux amis et d'anciens disciples, qui passaient l'après-midi prendre de ses nouvelles et lui parler de la « situation », tout en dégustant les punchs aux fruits (surtout la pomme-liane) et la liqueur de schrub qu'elle faisait pour la Noël. Elle ne sortait plus guère que pour fleurir de conques de lambis à la Toussaint les tombes abandonnées (le soir, à sa fenêtre, elle restait de longues heures à contempler le cimetière de Pointe-à-Pitre illuminé par des milliers de bougies, surplombant la mer comme un navire au pont surchargé d'étoiles ranimées des caresses du vent par tout un peuple de fourmis digne et joyeux dans la compagnie de la mort). Elle était tout heureuse aussi de pouvoir assister encore chaque année comme invitée d'honneur au grand dîner et au bal des cuisinières, où on la sollicitait toujours au moment du dessert pour qu'elle chante de vieilles chansons créoles en s'accompagnant de son banjo, et parfois du saxophone dont elle savait jouer comme beaucoup de vieilles Da de sa génération.

Ses deux fils : Ignace, le père de Louise, s'était installé comme boulanger à Morne-à-l'eau, et Louis était menuisier à la rue de Nassau. Mais tout leur loisir était occupé à la musique. Ignace était aux tambours, et Louis au violon. Ils avaient monté un orchestre ironiquement nommé : les Légitimistes, pour soutenir en musique les campagnes politiques et syndicales du jeune Hégésippe Légitimus, fondateur du journal laïque *le Progrès,* destiné à répandre au pays les idées socialistes. Tous les Nègres de la Grande-Terre voyaient en lui l'espoir de leur race. À cause de l'approche des élections municipales, Ti-manman Carole n'avait pas vu ses jumeaux depuis un mois. Ce soir-là, profitant d'une réunion socialiste dans le quartier, les deux frères décidèrent de rester dîner et de dormir chez leur mère.

Pour se reposer du long récit qu'elle venait de faire à sa petite-fille, Ti-manman Carole demanda à Louise de lui préparer une tisane de rose-Cayenne. Elle cueillit dans la cour une fleur bien ouverte, et la mit à infuser dans une petite casserole qu'elle recouvrit d'une soucoupe blanche sur laquelle elle posa un demi-citron bien vert. L'infusion terminée, elle pressa avec délicatesse quelques gouttes de citron dans le bol de tisane brûlante et sourit comme à chaque fois en voyant le liquide rose prendre une teinte douce-orange à mesure que les gouttes de citron y pénétraient.

— Ti-Louise, reprit sa grand-mère, après avoir savouré la préparation de l'enfant, que ton cœur se souvienne encore que demain et hier ont même soleil, que celui qui craint le soleil craint un parent, celui qui craint le volcan a peur de son propre cœur, et celui qui craint la mer peur de son ventre. Souviens-toi aussi que la lune est plus modeste et généreuse que le soleil et qu'elle est la vraie mère du jour, car son coucher n'est pas obscur.

« Et n'essaie pas de trouver dans ta tête d'enfant la compréhension des histoires de Manman-Carole, car tu sauras un jour que le langage des femmes est composé toujours de phrases tamisées qui se méfient des oreilles trop exposées et vont s'installer au fond des yeux décirés, des cœurs ouverts et des ventres féconds. Tu sauras cela quand tu auras éduqué ton corps à la faim, à la peur et à l'amour, les trois sources qu'avait enseignées la câpresse Anaïs au fin fond Baille-Argent, aux petites filles et aux petits garçons des morts de 1802.

« Que tu te souviennes avec tes yeux, ton ventre et ton cœur, et tu n'ouvriras un jour les lèvres que pour donner la parole à l'un des trois, alors tes paroles diront la vérité de brise ou de cyclone, et ton corps s'il est sincère pèsera le vent de tes mots.

« Ti-Louise, cette semaine, tu as eu sept ans. C'est un âge qui a fait peur à Miss Béa quand je l'ai eu, et elle n'a jamais voulu me dire pourquoi, mais je sais qu'elle m'a toujours regardée avec des yeux de pierres précieuses comme si elle pensait à chaque sommeil devoir se réveiller orpheline de moi. Et j'ai trop peu connu mes frères Georges et Jonathan pour avoir su partager avec eux l'éclat de son regard.

« Ti-manman Carole te fait cadeau du cahier de Jonathan. Ce sont tes racines de sang, de boue, de lave et de sel. Si tu les plantes dans ton corps, elles pourront faire de toi une de ces fleurs qui poussent belles sur les tas d'ordures abandonnées, et s'il n'y a pas trop de sang lourd dans ta mémoire, peut-être pourras-tu t'envoler un jour.

Pendant la nuit, la petite quitta sa couche de cabanes au pied du lit de sa grand-mère et se hissa sur les trois matelas pour s'allonger dans la tiédeur du corps de Ti-manman Carole qui fredonnait la romance africaine de Miss Béa en attendant le retour de ses deux fils.

Le lendemain matin, 25 mars 1897, un très violent tremblement de terre (la septième colère de Shango depuis 1802) détruisit presque toute la ville de Pointe-à-Pitre, faisant des milliers de blessés et des centaines de morts, parmi lesquels Ti-Carole et ses deux fils Louis et Ignace, écrasés dans l'écroulement net de la maison, devant la petite Louise protégée par le fromager de la cour, et qui sentit alors son cœur et son ventre sauter jusqu'à ses yeux.

Tôt le matin, elle était sortie en douce avec le cahier de

Jonathan, et avait commencé de creuser avec une pelle d'enfant un trou très profond sous le fromager afin de l'y enterrer, comme si on lui avait soufflé que la terre est un ventre plus fécond que le souvenir.

Pendant que la maison s'écroulait d'un seul coup sous ses yeux, elle vit sortir des décombres une image tirée du long récit que Ti-manman Carole lui avait fait la veille, et s'installer pour toujours dans toute la longueur de son corps d'enfant : la patience est une pierre au cœur de laquelle une source creuse sa sortie.

Louise s'évanouit au pied de l'arbre en ayant l'impression de s'endormir tranquillement, le cahier tordu serré contre sa poitrine.

Deux mois plus tard, les Nègres socialistes de Légitimus, alliés aux républicains, emportaient les élections aux dépens du parti des colons, maître depuis quinze ans du Conseil général.

Louis-Gabriel

Dans sa vie, Louise connut la faim et la peur, et aussi beaucoup l'amour. Elle fut recueillie et éduquée par les amis de Ti-Carole, devint institutrice au cours Michelet créé pour les filles en 1917. Elle donna naissance cette année-là à deux garçons jumeaux : Jean-Louis, du prénom de son mari professeur au lycée Carnot, et Louis-Gabriel. (Elle avait souhaité retrouver dans leurs prénoms les initiales de Georges et Jonathan.) Elle mourut en 1928, avec les deux Jean-Louis, son fils et son mari, au cours du plus terrible cyclone que les Antilles aient jamais connu, qui fit 1 500 morts et 15 000 blessés, et ravagea de fond en comble l'île de la Guadeloupe. (« *Les maisons culbutées, éventrées, les rues encombrées de débris de toutes sortes, les arbres réduits à leurs troncs, pour ceux du moins qui n'ont pas été déracinés. Le pays devenu méconnaissable. Toute une terre dévastée, roussie, sur laquelle les premiers secours commencèrent de s'organiser péniblement. Toutes sortes de choses horribles, de scènes atroces, dont le nombre allait croissant. Des cadavres arrachés aux décombres. Et maintenant, c'est l'isolement, toutes les communications interrompues, la famine et l'épidémie devant soi, parmi les fers tordus, les poutres rompues, les maisons renversées. »)*

Après ce désastre, un grand effort d'investissement fut accompli par la métropole. Un crédit de 130 millions fut versé au département. Il fut dépensé pour les ouvrages suivants : ouverture du port de Pointe-à-Pitre aux paquebots à quai, érection d'un phare à la Désirade, construction ou reconstruction du palais du gouvernement et du Conseil général à Basse-Terre, de 4 gendarmeries, 5 bureaux de postes, 3 bureaux des contributions, 5 hôpitaux, 4 dispensaires, 4 palais de justice, 26 écoles, 19 mairies, 7 églises, 10 presbytères, 4 justices de paix, 9 marchés, 1 chambre de commerce et 3 monuments aux morts.

Cette fois, la civilisation était bien installée « à toujours » dans la pierre et le ciment à l'épreuve des cyclones et des séismes.

Sur la scène de la Guadeloupe, le drame bourgeois vint prendre la suite de l'épopée.

Le matin du cyclone, Louis-Gabriel avait fait l'école buissonnière afin d'assister à la répétition d'un orchestre haïtien qui venait d'arriver pour animer le samedi suivant un grand bal à Blancs à l'hôtel Royal. La répétition ayant eu lieu dans les caves de l'hôtel bien abritées du bruit, le cyclone, surgi brusquement vers la fin de la matinée, ne fit aucune victime parmi les musiciens et leurs jeunes admirateurs.

Le hasard, ce jour-là, s'étant joué en musique du destin, Louis-Gabriel, l'orphelin, devint musicien, grand spécialiste de l'improvisation.

Échappé au cyclone, il ne connut l'amour, puis la mort, qu'à la seule altitude du volcan de la Soufrière.

3

L'ISOLÉ SOLEIL

À la sœur d'élection

Marie-Gabriel,

Moi, je suis amoureux des commencements. J'admire un peu tous ceux qui, comme toi, suivent une source avec assez de confiance en elle et en eux pour ne pas l'abandonner avant la mer, attentifs à chaque paillette d'or à extraire de ses boues.

J'aime autant l'eau que la soif.

Si j'en juge par les documents que tu m'as demandés, te voilà sur le point de refaire la chronique de l'épopée de Louis Delgrès, qui fascine tous nos poètes et nos historiens. (Nous sommes bien le peuple le moins chauvin de la Terre : nous avons érigé des statues à nos trois héros nationaux : Colomb le Génois, Schoelcher le Parisien, et Delgrès le Martiniquais !)

Qu'ajouter de plus à la biographie lyrique du Larousse du XIXe siècle, sinon rappeler quand même à la postérité émue que notre héros n'a pas été tué, mais qu'il s'est tué comme un nouveau Léonidas ! (Ne jamais oublier la comparaison avec un ancien héros gréco-latin qui aura toujours par avance accompli le geste du nouveau héros, asiatique, africain ou américain !) Et enfin essayer de retrouver quelle musique il a bien pu jouer pour accompagner sa mort.

Pourquoi s'étendre sur un acte si peu en accord avec la chronique de nos soumissions ? Il n'y a guère que le paysage qui en soit à la hauteur. J'ai pensé une fois que Delgrès s'était sacrifié, coupable d'avoir nourri des rêves de surhomme dans un pays de cuisinières.

Peut-être aurait-il dû réunir la patience de tous les sabliers afin de protéger notre île de l'invasion par une ceinture de bassiers ?

Deux mystères persistent pour moi, que n'éclaircit aucun des quelques récits que je t'envoie : est-ce un hasard s'il s'est donné la mort le jour de ses trente ans, ce que personne ne signale ? A-t-il attendu jusqu'à ce jour, ou au contraire s'est-il hâté d'agir avant la fin de ce jour ? Que signifierait ce combat orgueilleux entre le hasard et le destin, et lequel aura vaincu ?

Ensuite, qu'allait donc faire Delgrès au Matouba ? Avait-il décidé de résister à l'esclavage dans l'endroit réputé le plus imprenable de l'île ? Comptait-il donc avec le temps malgré sa faim d'éternité ? Et pourquoi n'a-t-il pas fait sauter plutôt le fort Saint-Charles, incendiant Basse-Terre, ou n'a-t-il pas tenté avec Ignace de réoccuper Pointe-à-Pitre, même par une attaque-suicide ?

Avait-il déjà choisi de mourir avec la complicité de l'histoire, plutôt que d'espérer le secours de la géographie ?

As-tu remarqué dans tes lectures à quel point le suicide est le seul héroïsme de nos îles écrasées par le déferlement des escadres des continents : les Caraïbes se sont jetés des falaises par villages entiers, les esclaves se sont empoisonnés par familles entières, étouffant les nouveau-nés. Que de sang dans nos mémoires. La mort est naturelle comme les suicides par cyclones, éruptions et tremblements de terre.

Parfois, je me demande s'il ne faut pas nous débarrasser d'urgence de tous ces pères qui ne nous ont laissé que leur mort comme souvenir éclatant.

Leur paternité fonde son emprise sur un mensonge par omission : car ils se gardent bien de nous enseigner que pour naître à la vraie vie, il nous faut aussi par une seconde naissance nous dégager de leur ventre paternel. Ils tiennent nos cœurs en laisse au bout d'un cordon invisible, coqs en sentinelle à l'affût de l'éclosion des œufs couvés ; et, de crainte que dans l'espace du ventre au sein nous perdions la mémoire de leur fécondation, ils s'érigent au présent en gardiens du souvenir. Les pères ont la maîtrise du passé, c'est pour cela que j'appréhende un peu que tu veuilles assumer le nôtre avec tant d'indifférence pour l'avenir.

Quelle utilité y-a-t-il à décrire le peuple comme un agglutinement de poules couveuses insensibles au passage des aigles noirs et des mal-finis ? Ou comme un banc de

poissons promené sans inquiétude à l'abri des requins dans
la masse immergée, et qui ne se débat qu'à l'instant de
l'asphyxie à l'air libre du rivage ?

Et comme il a parfois raison, le peuple, d'attendre sans
impatience un avenir qui si souvent bifurque au large ! Puisque c'est avec une même patience que le temps transforme
presque toujours chez nous le rebelle en oppresseur : le dictateur, c'est le rebelle plus une question de temps. Et seule la
mort précoce sauve de la corruption du pouvoir, seuls le
suicide et l'assassinat préservent la pureté du Rebelle, de
Delgrès, de Toussaint Louverture et de Lumumba.

Le peuple freine l'élan du héros en lutte, et c'est le héros
qui meurt. Il freine l'élan du héros au pouvoir, et c'est le
peuple qui meurt. Tu vois bien le dilemme de nos écrivains
dans toute l'Amérique latine : le poète engagé est en puissance un soldat qui tremble d'avoir un jour le pouvoir de
tuer. Et l'horizon politique se rétrécit aux bornes sanglantes
du cauchemar des coups d'État et du rêve de révolutions.
Car tout le reste n'est pas littérature.

En ce sens, Delgrès est bien mort en poète.

J'ai vu au festival de Salzbourg (Paris est toujours à la
traîne pour accueillir la culture noire !) la Tragédie du roi
Christophe, dans la mise en scène de Jean-Marie Serreau.
Je crois justement que Césaire a bien compris que pour que
nous nous réconcilions avec l'histoire, il fallait tenter la
synthèse entre l'épique et le bouffon : Christophe cuisinier,
Toussaint Louverture cocher, et Lumumba camelot ven-
deur de bière belge ! Mais l'origine n'a jamais garanti la
finalité, ni la cause justifié la conséquence !

Je me souviens que pendant nos enfances, à la période du
Carnaval, des groupes de masques venaient jouer le dimanche à Saint-Claude des épisodes célèbres ou anecdotiques
de l'histoire. Ils représentaient par exemple à travers les
rues de la commune : l'Assassin et le Malheureux, d'après
le meurtre d'Henri IV par Ravaillac. Le plaisir et la peur se
relayaient en nous jusqu'au dénouement, mais ce qui domi-
nait était l'émerveillement des yeux devant les magnifiques
costumes des acteurs, et celui des oreilles à l'écoute de leur
déclamation d'alexandrins terrifiants et pompeux. Eh bien,
je pense que nous devrions représenter de cette façon popu-

*laire carnavalesque les épisodes de notre histoire. Je rêve de
(voir) jouer en créole l'épopée de Delgrès sur les places de la
mairie les dimanches gras, avec un Richepanse enfariné
tenant des discours endormants pendant que ses soldats
entourent la foule, des officiers de couleur en beaux costumes napoléoniens en train de s'engueuler sur la marche à
suivre (à savoir : jouer le bœuf, ou le cheval, ou le chien, ou le
crapaud, ou Compère Lapin, ou le colibri, en face de
l'oppresseur), et des Nègres-marron en pantalon noir, torse
nu, en bakoua et en sabres, qui sortiraient de la foule pour
les mettre d'accord, montreraient à Ignace le chemin de
Baimbridge et à Delgrès celui de la montagne, et mime-
raient l'explosion héroïque du Matouba, attirant les soldats
de Richepanse dans leur piège en faisant semblant de se
rendre et les invitant à danser avec eux la valse finale :
Adieu foulards, Adieu madras !*

*Sais-tu que nous aurions été un peuple libre à la même
date que Haïti si la Soufrière avait explosé sur Basse-Terre
en 1802, applaudie par la joie du peuple insurgé ? Combien
de cyclones faudra-t-il pour nous réconcilier avec notre paysage ? La nature et le peuple ne se retrouvent plus que pour
commémorer — comme la montagne Pelée en 1902 — des
actes d'héroïsme auxquels ni l'un ni l'autre n'ont parti-
cipé.*

Résultat : nos rebelles font de la concurrence au soleil.

*Ce printemps, nous avons écouté aux réunions d'étu-
diants de l'AGEG, les poèmes de Sony Rupaire. Il est
revenu d'Algérie, où il était parti enseigner à la fin de ses
études.*

*Les images de ses poèmes d'aujourd'hui disent que le
soleil est un torero plantant ses banderilles sur le sein roussi
de notre île, perdue dans une arène salée ; qu'il veut voir ce
soleil pâlir dans le sang qui glisse sur les flancs du marron
aux abois, que la lave crasseuse creuse l'hébétude dans nos
visages, que Marie-Galante est une limace bleue sur la
sueur d'un peuple rouillé.*

*Il a composé, pour son frère Georges, un poème sur le
suicide collectif de 1802 que je t'enverrai bientôt. Tu verras
qu'il oppose aussi Delgrès au volcan silencieux : la gencive*

*verte-ouverte du Matouba à la canine cariée de l'orgueil-
leuse Soufrière gris lézard, et le soleil aveuglé par de vivants
coutelas aux trois cents sangs giclés vers le ciel du
Matouba.*

Cependant, chose rare, à aucun endroit de son texte il ne
cite le nom de Delgrès. Silence du soleil, du volcan et du
héros ? Est-ce qu'il pense que le chœur seul — même fort
d'une foule de 300 rebelles — peut être le ressort de notre
tragédie ?

Aujourd'hui, nos poètes ont peur d'être catalogués
comme des écrivains à grande parade, donnant des ti-
coups-bâton à un peuple d'analphabètes. Beaucoup de jeunes ne veulent plus écrire en français, mais seulement en
créole. Et certains militants trouvent cela secondaire par
rapport au travail d'éducation politique des paysans. Moi,
je pense qu'on n'a le droit de déchirer que ce que l'on a déjà
remplacé. Comment pouvons-nous être à ce point coupés de
nous-mêmes et du peuple pour faire dépendre la création
d'un verdict d'utilité publique ?

Mais que ceux qui écrivent pour vivre laissent aux commissions de censure le soin de faire le tri dans leurs œuvres
entre le révolutionnaire et l'anodin ! Les militaires sont sur
ce point meilleurs juges que les poètes.

Qu'on écrive comme on respire !

Écrire un poème, c'est avoir envie de jouer à cache-cache
entre les slogans de la manifestation à laquelle on participe.

C'est avoir une envie folle de boire du jus de canne pendant une grève de la faim.

Moi, je me sens encore mal à l'aise dans l'écriture, les
grèves et les manifestations.

Sur la Terra Nostra de l'Amérique, les écrivains doivent
écouter le chant des aveugles qui font peau neuve dans la
zone sacrée, et leur conseillent d'écrire d'une manière
impure, parodique, mythique, et documentaire tout à la
fois.

Je suis presque certain que tu composes ton roman avec
trois de ces quatre écritures. Je ne te dirai pas auxquelles je
pense, à cause de ton pacte de silence ! (Pas de questions,
pas de conseils !)

Ève écrit en douceur et secret des poèmes de combat et d'amour. Elle m'a seulement dit qu'elle cherchait le chemin qui mène de la fleur à l'abeille. Et moi, du soleil au papillon.

À la sortie d'un meeting à Londres, j'ai entendu un certain Stokely Carmichael (c'est un militant du Black Power*) affirmer à deux cousines que les seuls vrais révolutionnaires qu'il avait rencontrés, c'était des musiciens dans une cave de jazz. J'ai trouvé cela surprenant et louche de la part d'un amoureux de la révolution et du jazz. Je pense qu'il se trompe : la musique ne joue jamais la révolution. Elles peuvent toutes deux parfois danser ensemble, comme deux corps amoureux improvisant leurs gestes au diapason du rythme, quand la révolution a un moment de liberté.*
C'est la troisième énigme que me pose Delgrès : quel chant d'amour a-t-il bien pu jouer sur son violon en attendant l'assaut final ?

Je t'envoie les treize feuillets de mon Cahier d'écritures. *(2 ou 3 pages par an ! Alors que tu as presque fini ton roman paternel. Tu me devances pour la demande d'écriture, mais je suis en avance pour l'offre de la lecture !) J'ai maintenant le pur désir de ta lecture, et non plus le besoin de ton interprétation. Mon désir d'écriture me paraît maintenant assez déshabillé d'angoisse pour crayonner le huis-clos des pages blanches !*

JE *sera toujours à* TU *et à* TOI.

Adrien.

Cahier d'écritures

1. Programme

Vers l'âge de dix ans, j'avais souhaité peindre une petite cabane située en plein centre de Saint-Claude sur la savane dégagée par le grand incendie de la rue principale. Je l'ai observée du balcon pendant plusieurs années. Cette petite case fermée surgie de l'écroulement des riches maisons coloniales du bourg était dans mon esprit le refuge d'un esclave endormi depuis des siècles et qui allait sans doute ouvrir la porte en voyant mon attente, le soleil et la liberté. Avec le temps, la végétation occupa l'espace laissé par les maisons incendiées. Les lianes et les arbustes recouvrirent la petite case qui disparut dans la nature. À quatorze ans, j'en fis un grand tableau sur un carton de caisse. Je peignis dans le ciel une aurore boréale faite de larges bandes ondulées bleues, rouges et vertes, et sur le toit de la case, seule dans un paysage de neige, j'ajoutai une cheminée d'où je fis sortir un mince filet de fumée. C'est la seule peinture d'enfance que j'ai conservée. J'avais confondu le trajet du soleil avec un vol de papillons.

Depuis lors, je me méfie. Nos rêves blanchissent les cheveux de notre imagination. La lumière de l'attente est un éclair de titiri, sec, sans tonnerre ni pluie.

L'orage va désaltérer la sécheresse du voisin.

Les feuilles blanches se ramassent à la pelle dans les forêts d'indécision.

2. *Afrique*

L'Afrique est la mère absente de mon enfance.

Mais nous la traitons comme une petite fille à qui montrer son chemin et qu'il faut aider à traverser.

Il y a longtemps que le tambour gros-ka des paysans de la campagne n'attise plus le souvenir mais l'imagination.

Nous, les Noirs des Antilles, nous avons ainsi nos Nègres : à l'école, moudongue et soubarou sont des injures, prétextes à grand combat. Zoulou et congo sont des injures habituelles pour les marchandes.

Afrique, monde de reddition sans révolte, de croyances sans scepticisme, cannnibale dévoreuse de civilisation.

Quel monde étranger, rien d'autre qu'un lointain sperme originel, oublié dans l'épaisseur de notre chair durcie par le chanvre et le carcan. Et notre peau, non plus couleur d'ébène, mais rougie au feu en acajou, polie par la douceur marine et le soufre, notre peau neuve qui fait de nous les seuls héritiers des Caraïbes beaux et fiers.

Lorsque, enfants de douze ans, réunis sous les manguiers du lycée, révoltés impuissants devant le racisme du professeur d'anglais (les garçons noirs au fond, puis les filles noires, puis les garçons blancs, enfin les filles blanches au premier rang), lourds de notre colère rentrée, nous parlions des formes de notre futur combat d'adultes, nous étions certains que le salut du monde noir viendrait des Noirs de l'Amérique, tendus comme un arc tout d'une pièce depuis Bahia jusqu'à Harlem, avec nos Antilles au centre, sûrs de vaincre lucidement après trois siècles d'expérience de révolte. Nous étions naturellement solidaires de nos cousins d'Alabama et Chicago, même sans comprendre la dureté de leurs voix et la tristesse de leur blues comparées à la chaleur de nos rythmes. Sans doute notre sentiment s'accompagnait-il d'un peu d'envie de gratte-ciel, de chevrolets et de westerns.

En revanche, nous avions du mal à inclure les Africains dans ce destin neuf que nos voix dessinaient pour nos cœurs. Ce n'était ni mépris ni indifférence, mais l'Afrique nous semblait encore une terre d'innocence, où la pacotille d'Europe pouvait encore payer le travail forcé, où l'homme blanc pouvait encore cacher la vraie couleur de son âme, et obtenir par le sourire ce que nous ne lui donnions plus qu'obligés par le fouet. Nous avions pour elle le regard que l'adulte, qui a digéré tous les noyaux de la vie, jette sur l'enfant qui remercie de l'offrande d'un fruit étranger. De nous savoir descendants d'esclaves donnait à notre âge une fierté adulte, une maturité imaginaire que nous revendiquions comme un trésor arraché aux caravelles.

Nous avons un jour assisté ensemble à l'un des événements les plus troublants pour l'identité de notre génération : l'arrivée au lycée de Basse-Terre du premier professeur africain. La rentrée de 2 heures allait sonner. Une DS blanche conduite par une femme aux cheveux très longs et très blonds s'est arrêtée devant le porche. Il est descendu sans un regard pour elle ni pour nous tous et il a grimpé l'escalier comme un président. Cette scène, inoubliable comme un mirage d'Éthiopie à l'œil d'un esclave et rapide comme un séisme, a bousculé des années de l'histoire sagement apprise de notre supériorité antillaise sur les cannibales du Congo. Pendant vingt secondes, tout le lycée resta sans une parole ni un mouvement au passage de ce professeur de philosophie, pareil au paysage figé à l'instant sans souffle qui précède toujours l'arrivée du cyclone.

La sincérité du regard commence à entamer l'innocence, comme les lunettes sur ma myopie (1960, lycée de Basse-Terre).

3. M-G

Tu connais les arbres mieux que moi. Pendant dix ans, tu as grimpé en fugue sur un pied de letchis pour cacher ta fraîcheur sous l'écorce de ses fruits. Et les mille-pattes se cachaient pour ne pas te faire peur, car ils savent qu'à leur vue les enfants ne remontent plus dans l'arbre maudit. Pendant dix ans, tu t'es protégée des caresses et du dressage dans ton refuge entre les deux branches maîtresses du manguier, dressées comme les cuisses d'une mère géante enfoncée dans la terre, d'où tu es tombée ivre de champagne la nuit de tes dix-sept ans.

Pour ma part, je sais que les humains ne doivent jamais grimper aux arbres la nuit sans invitation :

La nuit, les arbres se lavent les cheveux en attendant la laque des rosées.

La nuit, les arbres sous la mer vont prendre l'air, les algues s'étalent en herbiers sur les buvards de sable et, de crique en sous-bois, par les sentiers de sel et d'incarnat, les anémones cousinent avec les actinies.

La nuit, une grande circulation d'êtres morts à nos yeux de jour, se fait au fond des mers et des forêts. Les poissons armés d'or et de silence croisent les songes des chats, des filles et des oiseaux endormis pour mieux voïr.

J'aime bien les forêts car elles disent leur générosité. La mer me fait un peu peur, car elle cache sa forêt.

4. Cyclone annoncé

Tout le paysage se prépare à se prosterner, et fait avec les hommes des provisions de silence et d'immobilité.

Les couleurs et les parfums reprennent provisoirement le chemin des racines. Les douze notes de l'indicatif Radio-cyclone égrennent son avancée de quart d'heure en quart d'heure, au rythme du chapelet des vieilles, et on espère que ce sera cette fois le tour de l'île voisine.

Jusqu'à la démission de l'espoir.

Le vent investit les cases barricadées, par les fissures des planches et par les toits de tôle qu'il arrache clou par clou. À l'intérieur, on a relevé les lits avec de grosses pierres, les sièges sont sur le lit, et les enfants cachés entre les matelas, à côté du sac de pain et des boîtes de bougies. Le ciel se remplit de planches, de chaises et de buffets, comme si un immense salon d'exposition s'était envolé à la rencontre des branches cassées et des arbres déracinés pour des retrouvailles en miettes à l'endroit précis de la commune où le tourbillon rassemblera sa braderie de ferraille.

Le vent rase en tondeuse les cannaies et les bananeraies,

rompant même les roseaux pliés. Les feuilles de tôle sec-
tionnent le corps des arbres dont les racines ont résisté.

Et la mer vient rajouter son sel, lécher les vitrines des
boulevards maritimes en ville, vider les entrepôts du port,
et déposer dans le cimetière les restes des canots résignés :
ici reposent le *Si Dieu veut,* le *Quand bien même,* le *Malgré
tout.*

Quelle que soit l'heure, il fait nuit.

Le pompier fou du ciel projette des tonnes d'eau contre
les feux du cœur et du foyer, du plancher jusqu'au galetas et
de la tête aux pieds. Tout est mouillé dans les maisons.
Seuls les yeux n'ont pas pleuré.

5. Ouverture

Il paraît qu'il faut choisir dans la vie : être un homme de
témoignage, ou bien de participation. Cela est faux. Il faut
participer à ce dont on veut témoigner. Les témoins à
charge et à décharge qui observent à la jumelle ne méritent
ni de la poésie ni de la justice.

Il ne faut pas imiter les poètes, il faut les parodier.
L'apprentissage est un temps d'ouverture, et non pas de
clôture.

Je sens mon corps plus vaste que l'horizon de l'île.
J'admire la mer et le soleil qui caressent mon île tout en
restant au loin. J'ai condensé leur fraîcheur et leur tiédeur
sur ma peau, dans mon cœur et dans mes yeux. Le cœur,
c'est le volcan ; les yeux sont le soleil, la peau douce est la
mer. Soufre, Sel et Source : les trois « S » de mon désir.

6. Regards

Je n'aurai jamais la lâcheté de mettre quelque future
démission ou résignation sur le compte de l'harmonie du
paysage caraïbe. J'ai trop peu souffert dans ma chair du
racisme pour accepter qu'il bouche l'horizon de ma fraternité. Et mon imaginaire est resté libre d'identifier mon
corps à l'histoire de mes ancêtres, et je resterai libre de

justifier ma vie sans les rendre coupables de mon héroïsme
ou de ma soumission.

Paris m'a moins aliéné que les Antilles de mon enfance.
Car le soleil me cachait l'ombre de mon double, qui a
grandi sans troubler ma solitude, jusqu'au moment du
déracinement. Au premier jour du lycée à Paris, 1er octobre, juste après l'appel, mon double a reçu un coup de pied
aux fesses, pas méchant du tout — plutôt du genre Banania
— mais rempli de tous les symboles dont il attendait la
manifestation, comme une pratique simple peut éclairer
des volumes de théories.

À ce moment, j'ai senti violemment à quel point j'étais
loin de moi-même ; totalement maître de mon agressivité
ou de ma honte, de mon indulgence ou de mon mépris. Je
pouvais calculer ma réaction comme un tribunal délibé-
rant au calme, pesant en trois secondes ma réponse en
fonction du degré d'aliénation de mon camarade blanc.
Son coup de pied avait atteint ma peau jusqu'à mon cœur,
mais n'avait pas touché les yeux. Aussi, pour protéger mon
double, je décidai de l'installer dans mes yeux, derrière
mes grosses lunettes de myope, et de m'élancer sans crainte
à la découverte de ce nouveau monde, mais à distance de
leur corps et de leur cœur. Le coup de pied accompagnant
une question pour savoir si je jouais bien au basket (la
constitution des équipes de classe était la première chose
que faisaient les anciens élèves dès l'appel de la rentrée.
Savoir que tel avant-centre avait redoublé, ou que tout le
pack d'avants se retrouvait dans la même terminale suffi-
rait à faire supporter ou regretter toute une année de sco-
larité. Et les rares Antillais que nous étions faisaient naître
de grands espoirs pour le football, à cause du Brésil, et pour
le basket, à cause des Harlem globetrotters), je décidai
donc d'y répondre seulement par un petit sourire de côté et
un regard calculé, épicés d'indulgence, de colère, de
mépris, de honte, de détachement et de sérénité, qui donna
l'impression à ce nouveau petit camarade blanc — d'après
son recul de chien battu — qu'il s'adressait peut-être au
capitaine de l'équipe de France cadet ! C'est grâce à cette
distance du regard que j'ai été préservé du ressentiment,
des vengeances froides et des emportements à chaud. Mais

mes yeux gardent ma sincérité pour tous ceux qui savent les lire.

Ma valeur au basket fut reconnue comme allant de soi de la part d'un Nègre, et pour contrer la ségrégation que je ressentais chez mes camarades entre notre corps et notre esprit, je tentai de me montrer aussi brillant en anglais, par vengeance contre mon ancien professeur raciste ; en français, par amour de la poésie ; en histoire et en géographie pour m'ouvrir au monde sans sectarisme, m'offrant le luxe d'argumenter avec le professeur très jacobin pour défendre mes amis bretons et corses, objets de ses sarcasmes. Sans négliger aucun des loisirs de théâtre et de cinéma auxquels nous initiaient Agel et Bory, et la danse à l'Escale et La Habana ; et le jazz aux Trois Maillets. J'édifiais tout mon être comme un fils du roi Christophe : « Et voilà pourquoi il faut en demander aux Nègres plus qu'aux autres : plus de travail, plus de foi, plus d'enthousiasme, un pas, un autre pas, encore un autre pas et tenir gagné chaque pas, à l'air, à la lumière, au soleil. »

J'endossai donc le fardeau de la négritude avec légèreté, puisqu'il me faisait papillon multicolore pour prouver ma liberté !

7. Corps colonisé

Depuis l'enfance, mon double m'a investi jusqu'à m'imposer en douce de le modeler, le guider, le projeter vers autrui, comme si j'étais devenu mon propre père.

Du même coup, il m'a protégé de l'aliénation face au monde blanc et m'a préservé de la tendance des colonisés à construire à l'intention de leur oppresseur une image d'eux-mêmes qui correspond sans doute à ce que souhaite ou ce que craint le maître mais pas à ce qu'ils sont eux-mêmes dans leur cœur et leur chair d'Africains ou d'Antillais. Moi, j'ai colonisé mon double en lui donnant pour fonction de représenter ma maîtrise de moi-même.

Ainsi au lieu de réduire ma lutte contre l'aliénation à l'affrontement de deux regards extérieurs, de deux stratégies d'échange, de deux mensonges calculés, ceux du Blanc et ceux du Noir, j'ai intériorisé mon combat en un affron-

tement principal entre mon corps et ma conscience, mes
désirs et mon image, de telle façon que même en plein jeu
de rôles, en plein mensonge, en pleine représentation lucidement tactique de tel ou tel aspect de moi-même en fonction de mon désir ou du désir des autres, j'ai toujours pu
garder, enfouie silencieusement derrière le bouclier du
double, la chose qui reste la plus importante pour accéder
un jour à l'autonomie vraie et au don de soi sans calcul,
c'est-à-dire : la sincérité.

Je suis un Nègre, mais je n'ai besoin ni des Noirs ni des
Blancs pour en avoir conscience. Je ne suis pas nègre par
réaction : de fraternisation imposée avec les uns, d'hosti-
lité distante avec les autres.

Alors, mon double, un jour, s'est endormi dans la
confiance en moi.

Sauf pour l'amour.

Mon double n'aime pas l'amour car ce sentiment le
réveille. Pour se rassurer, il m'a fait promettre de m'arran-
ger pour que mon grand amour soit une fille de race noire !
Comme si l'amour était une mission, comme si ce n'était
pas lui qui décidait. J'ai transmis sa demande au fond du
cœur. Heureusement, je sais déjà que je reconnaîtrai
l'amour les yeux fermés.

Les lignes de partage des races et des sexes ne coïncident
pas. Trop d'hommes noirs recherchent la compagnie des
Européennes pour se blanchir à leurs yeux ou au contraire
pour posséder une victime expiatoire des crimes des colo-
nisateurs. Ou bien celle de leurs sœurs noires par solidarité
de race ou pour jouer à leur tour les colons.

Pourquoi les femmes vont-elles plus naturellement que
les hommes au-delà de la couleur de peau, jusqu'au cœur
des êtres ? Contrairement à ce que l'on pense, je crois que
quand elles se regardent ou se font regarder, ce n'est pas
seulement leur apparence qu'elles voient, leur regard traverse une barrière inaccessible à l'œil des maîtres, pour
accéder à une terre humaine pareille au fond des eaux ou
au sein des forêts.

Elles ne sont pas des Narcisse, elles sont amoureuses de
Narcisse, et tâchent de détourner son regard de l'eau, afin
qu'il trouve dans leurs yeux son image vraie.

Je ne pourrai aimer que quand j'aurai aussi décolonisé mon corps.

> *Je,*
> *tu,*
> *île,*
> *aile,*

Il faut faire avec ce que l'on EST.

8. *Immigrés de première classe*

Ce jour-là, Antoine et moi dégustions un sorbet-poire que nous avions fait arroser d'alcool du même fruit, sous le regard attentif et discrètement étonné de vieux couples vieille France, pareil à celui que l'on porte lorsque paraît l'animal apprivoisé, qui a appris à sourire, à se tenir sage et poli hors de sa cage. Leurs sourires esquissaient un appel de reconnaissance complice. Mais je sentais entre eux et nous une distance, large, comme un siècle, inutile à remonter pour moi qui étais à l'avant. Ils étaient prêts à nous admettre pour notre innocence, alors que nous étions si loin de leur naïveté.

Une heure plus tard, chez un disquaire, je dénichai quelques occasions rares dans le nouveau rayon antillais, en particulier un enregistrement public de Steel Band de Trinidad, dont la pochette contenait un texte de présentation en trois langues destiné aux curieux européens :

« Le calypso est la musique originale propre aux Antilles. Elle a su capter tout le côté magique et féerique de ces îles, et elle reflète admirablement le tempérament heureux et insouciant des insulaires de la mer Caraïbe. Il est réconfortant de penser que les Antillais en Europe demeurent fidèles à la musique de leur pays d'origine. Les harmonies remarquablement gaies d'un calypso reflètent le caractère même de l'Antillais : heureux, insouciant, mais aussi très sensible. Malgré les nombreux et constants obstacles qu'il rencontre, l'Antillais ne se décourage pas : il n'en demeure pas moins courtois. »

En payant, je rendis son sourire à la jeune caissière courtoise qui paraissait très sensible à notre côté magique et féerique, et semblait vouloir surmonter les nombreux obstacles la séparant du tempérament heureux et insouciant et des yeux verts d'Antoine. En rentrant, j'écrivis ceci :

Peuple blanc de Londres et de Paris, accorde ta confiance à ces Antillais qui sont les cochers de tes autobus et les filles de salle de tes hôpitaux. Préserve ton fond de racisme en feignant de saluer leur courtoisie, et d'apprécier le rythme de leurs reggae, leurs biguines, leurs cadence-rampas et leurs calypsos. Ne mêle pas trop ta police aux bals du ghetto de Brixton, aux folies du carnaval de Notting Hill, aux surboums antillaises des HLM de Sarcelles. Limite le seuil de ta tolérance. Sois sensible à la qualité de leur service et de leur dévouement garantie par trois siècles de fréquentation de l'office. Ferme tes oreilles à leurs musiques trop colorées, ton nez à leurs odeurs de sueur et de plats pimentés, et tes yeux à leurs regards, ou alors déménage plus loin, ou éparpille-les en petites cuillers de lentilles dans la vaste grisaille des banlieues. Mais ce ne te sera pas chose facile de réussir cette fois la colonisation douce et heureuse de ces deux nouvelles îles des Antilles que tu as voulu créer toi-même pour ton profit à Londres et à Paris.

9. *Calendrier d'oppression*

L'hécatombe des rossignols d'Amérique se poursuit, poètes morts pour avoir osé écrire :

MAI AU PÉROU — forêt — dictature — chasse — rio Madre de Dios — guérilla — torturé — assassiné — Javier Héraud — 21 ans — poète — guérillero — le Fleuve — le Voyage — « Il se trouve que je n'ai pas peur de mourir parmi les oiseaux et les arbres. »

MAI À LA GUADELOUPE — plage de sable blanc — clair de lune — solitude — assassinat — Max Lancrerot — poème de Sony — Écoutez — mon cœur cisaillé par un instant de lune — nuit de sel, de solitude et d'iode — scindée la symphonie des vagues — la cymbale d'une balle — Max était mort — enfant précoce face au silence barbelé — nos mains soudées — chaîne de soleil — de livre en livre — jusqu'aux racines —

MAI AU SALVADOR — clairière — forêt vierge — cinq policiers — exécution de Roque Dalton — poète — résistant — communiste — les morts sont de jour en jour plus indociles :

> « Quand tu sauras que je suis mort, dis des syllabes étranges,
> Prononce fleur, abeille, larme, pain, orage,
> Ne laisse pas tes lèvres prononcer mes onze lettres
> J'ai sommeil, j'ai aimé, j'ai gagné le silence
> Ne prononce pas mon nom quand tu sauras que je suis mort
> De la terre obscure je viendrai vers ta voix. »

MORT DE GUEVARA — On essaye aujourd'hui de faire revivre Che Guevara avec des souvenirs affichés dans les chambres. Je me demande s'il ne s'est pas engagé dans la guérilla bolivienne pour illustrer d'un exemple présent la tradition antillaise du suicide comme ferment révolutionnaire, ou pour échapper lui aussi à la métamorphose du rebelle en dictateur. J'ai depuis des années retenu par cœur cette phrase de lui :

> « Laissez-moi vous dire au risque de paraître ridicule que le révolutionnaire véritable est guidé par de grands sentiments d'amour. »

L'amour préfère-t-il la mort à la prison ? Question difficile pour qui connaît mal tous les trois.

10. Projet de roman

Idée de scène pendant l'esclavage :

Une femme autour de la cinquantaine, esclave de première classe formée à l'école d'esclaves de la Nouvelle-Orléans, la meilleure d'Amérique, est vendue à la Guadeloupe avec ses deux petites filles, Geneviève et Jenny, par un négociant anglais de passage. Elle exécute à merveille pendant des années sa tâche principale : gouvernante-Da d'Elisa, la fille de ses maîtres, à qui elle apprend l'anglais et le français, la religion et les bonnes manières. Un soir, raz de marée des Nègres en révolte dans tout le sud de l'île. Elisa et ses parents sont tués. Elle revient le soir sur l'habitation avec ses filles, qu'elle avait conduites dans la forêt pendant l'insurrection. Elle cherche le corps de la petite Elisa, le transporte dans leur petite case qui a été épargnée par l'incendie, la lave et la recouvre de sa grande robe de madras, couchée sur le lit de la cabane, et ferme son poing sur la petite croix noire de Jenny. Les deux fillettes assistent sans un mot à toute la scène en se donnant la main. Elles sortent toutes les trois de la case, la mère prend des mains de sa plus grande fille la lanterne qu'elle tenait pour les éclairer, et la lance avec force, par la porte restée ouverte, à l'intérieur de la case qui flambe instantanément. Puis elles s'enfuient dans la forêt rejoindre les insurgés. Les deux petites filles ne se sont pas lâché la main. La plus grande passe au cou de sa sœur sa propre petite croix d'ébène pour remplacer celle qui brûle avec leur innocence.

11. Quatre vérités

C'est vrai que les chiens sont les complices des colons et que les femmes qui s'envolent peuvent compter sur les chats. C'est vrai que la faim, le rêve et la peur sont la Sainte Trinité des Nègres d'Amérique.

Ce n'est pas vrai qu'on peut soulever une montagne avec des mains. Ou alors il faut être au moins deux.

C'est vrai que le mensonge, dans le langage et dans l'histoire, peut donner des fleurs, mais jamais de fruits.

C'est vrai qu'il faut accepter de perdre pied dans la mer.

Ce n'est pas vrai que tu es pressé d'écrire.

C'est vrai qu'il faut se charger de parole ainsi que de silence.

C'est vrai que le soleil en a marre de faire chaque jour tout seul sa révolution.

Ce n'est pas vrai que l'œil est un miroir.

C'est vrai que l'eau nous facilite le destin, car elle relie l'aval et l'amont.

Ce n'est pas vrai qu'il faut refaire l'histoire de nos héros.

C'est vrai que le soleil approche la lucidité.

C'est vrai que pour écrire il faut force et courage, et faire confiance à la fragilité.

C'est vrai qu'il faut toujours avoir sur soi un mot chaud et un mot frais.

C'est vrai qu'il vaut mieux réaliser ses désirs que justifier ses manques ou désirer le désir.

C'est vrai que l'amour parle une langue si douce que tout d'abord tu ne comprends pas.

C'est vrai qu'aux Antilles il y a une rivière souterraine que les Nègres ont appelée : bonheur.

C'est vrai que tu as peur de raconter notre histoire.

C'est vrai que tu as peur de notre histoire.

C'est vrai que le mal-fini et le sucrier sont des oiseaux.

C'est vrai que ton île pèse sur ton aile.

C'est vrai qu'il nous faut parler créole :

le créole des tambouyeurs
le créole des tambours-ka

C'est vrai que la géographie a défait notre histoire.

C'est vrai aussi que l'œuvre vient toujours seulement de commencer tant que nous sommes debout.

12. *Généalogie*

Elle avait hérité de sa mère l'art de faire les plus belles robes que son goût savait imaginer. Pour chacune de ses clientes ou de ses amies, elle découvrait d'un regard la coupe qui tomberait comme un corset-à-Blaise, et elle fouillait tout Basse-Terre pour trouver le coloris et la matière qui conviendraient le mieux à sa taille et à son teint.

Ennuyée de l'impérialisme des roses dans les salons de Saint-Claude, Siméa avait créé en 1940 avec d'autres jeu-

nes filles le club des Hibiscus, pour redonner dans chaque
fête leur place aux fleurs tropicales des hauteurs du
Matouba : anthoriums, arums, hibiscus et orchidées. Le
soir, elle jouait du banjo. Elle ne portait jamais de boucles
d'oreilles, de bagues ni de colliers, non pas parce qu'elle
était reconnue de tous comme la beauté et la modestie les
plus pures, mais parce qu'elle ne mettait rien d'autre que
les trois bracelets de forçat en argent que son unique frère
Adrien lui avait envoyés de Guyane, avant de mourir en
1943 en soldat dissident, après avoir gravé un « S » sur
chacun d'eux.

Le jour de son mariage, pendant la guerre, le vieux Chi-
nois, son voisin de la ruelle numéro un lui avait dit :
« Observe que l'eau coule toujours à la place la plus basse.
Je te souhaite dans ta vie d'être la soif et l'eau. »

Son mari — un Marie-Galantais « émigré » à l'hôpital
de Saint-Claude —, bien qu'il fût le plus fidèle soutien de
Nainsouta, avait toujours refusé d'être élu adjoint ou
conseiller sur la liste qu'ils composaient ensemble avant
chaque élection. Ils partageaient la fidélité au Parti et la
liberté de n'y avoir jamais adhéré. Il oscillait parfois tragi-
quement entre l'engagement désintéressé et le désintérêt
pour tout engagement impur. Le combat politique n'était
pour lui qu'un biais pour la culture, et il passait ses loisirs
d'infirmier à s'occuper du Club des jeunes et à composer
des poèmes français et des contes créoles contre l'assimilation : assi bourrique, c'est ti-moun et ti-coco, mais assi
milet, c'est simoun et sirocco !

Les amis qui avaient fui au galop dès les premières cendres ne leur pardonnèrent pas d'être restés — confiants
ou inconscients — à Saint-Claude avec tous leurs enfants
pendant les trois jours de la petite éruption de la Soufrière en 1956. Et non plus de ne posséder ni radio ni
frigidaire ni voiture, et de louer une maison à étage au
bourg au lieu d'acheter un terrain et de faire construire à
crédit.

Ils pensèrent que la dernière arme qui leur restait pour
combattre l'assimilation, c'était de partir pour la France,
sans jamais rien oublier de l'île dans les bagages, dans les
rêves et les repas quotidiens. Ils prirent le bateau en

sachant qu'ils rentreraient au pays dans vingt ans à la majorité du dernier fils.

Chaque année au mois de juin, Siméa envoyait de Paris, à la fille orpheline de l'autre Siméa (son amie morte en couches en 1945) une robe qu'elle avait faite pour son anniversaire, toutes ses mesures fidèles dans sa mémoire. Elle était chaque fois si belle que c'était presque toujours celle-là que mettait Marie-Gabriel pour la fête du soir. Sauf quand le tissu avait un motif à pois, car alors elle préférait la garder neuve pour la chance de l'année nouvelle, le soir du réveillon.

13. Identité

Je voulais être SOLEIL

J'ai joué avec les mots

J'ai trouvé L'ISOLÉ

Adrien.

À l'exilé soleil

Adrien.

D'abord merci pour tous vos documents sur la période de l'esclavage. Vous savez qu'ici on ne trouve rien, puisqu'ils continuent à nous confisquer notre passé dans l'espoir de maîtriser notre avenir.

C'est bien là ce qui enracine ma volonté de recomposer notre histoire. Mais si j'ai noirci quelques feuillets du cahier noir, je n'ai pas l'impression d'en avoir fleuri.

Seulement moi, je n'écris pas pour passer mon plaisir. Vous avez tort de penser que je m'applique à un camouflage de la mort de Louis-Gabriel, en promenant mon imagination dans nos cimetières. J'écris au contraire pour lui survivre, et même repliée sur moi-même, j'aspire par l'écriture à créer du désir. Le jour où nous déciderons — mais ensemble — de rompre le contrat de silence sur ce que nous écrivons chacun, vous pourrez constater que le sang de mon père est trop rouge à mon corps pour alimenter — sinon inconsciemment — l'encrier de nos archives et que j'ai appris à me protéger de son souvenir.

Cependant, je ne cesse de rêver à son journal perdu, et j'imagine parfois une œuvre impossible à réaliser, puisqu'il s'agirait d'un récit avec des vivants qu'il aurait rencontrés et des phrases vraiment prononcées, dans lequel le mensonge ferait enfin vivre la vérité, au lieu de se faire passer pour elle.

Vous avez rompu notre contrat en m'envoyant votre Cahier d'écritures. *Mais je suis contente que vous ayez accompli ce geste sans m'en demander par avance l'approbation et sans attendre que je vous rende la pareille. J'ai lu*

vos textes parce que vous me dites aujourd'hui enfin ne plus
vouloir les déchirer si je vous le demandais. Quand vous
m'aviez déclaré cela il y a longtemps, aux Flamboyants,
votre peur de vous-même m'a fait peur et votre confiance en
moi m'a fait douter de mon miroir. Comment vouliez-vous
en ce cas faire vivre entre nous la fraternité ? C'est aussi
pour cela qu'à votre départ j'ai souhaité ne plus rien recevoir
de vous et ne rien vous adresser avant que nous ayons cha-
cun accompli un ouvrage sans le matériau de la peur de
l'autre ou de nous-mêmes. Sur ce point, je suis comme Ève :
je me méfie de la littérature comme procuration de vie, ce
qui procure la vie aussi bien que ce qui prétend la rempla-
cer !

Vous me proposiez un envol et vous me teniez par la
main !

J'ai reçu sans préavis votre Cahier *par la poste, avec les*
documents annoncés. Sans doute n'aviez-vous pas pensé
que ces textes envolés de l'avion me rappelleraient trop le
journal disparu, et que je vous accuserais un moment —
injustement peut-être — de vouloir le remplacer dans mon
cœur ? D'ailleurs, c'est peut-être pour cela que j'aime si peu
recevoir des lettres. De plus, le vrai plaisir des lettres vient
pour moi au moment où on peut les relire ensemble, avec la
correspondance des voix et des regards. C'est une des gran-
des joies que j'espère de votre retour au bout d'un lointain
matin. Parce que quand même il faudra bien que vous reve-
niez nous voir à la Guadeloupe !

L'héroïsme de Delgrès m'embête ! Je n'arrive pas à faire
respirer des personnages à sa hauteur. Vous me dites qu'il a
rendu fous tous nos poètes. Mais vous avez remarqué à quel
point, dans tous ces hommages, Ignace et lui apparaissent
seuls, isolés du peuple, comme deux mal-finis planant le
soir au-dessus d'une forêt crépue. Je n'imagine pas quel
mensonge vraisemblable je peux créer à côté de la roma-
nesque vérité de son sacrifice, le seul événement de notre
histoire que nous connaissons tous, avec la découverte de
Colomb, et l'abolition de Schoelcher : Colomb, le Jupiter
fondateur ; Delgrès-Mars, notre soleil noir ; et Schoelcher-

Quirinus, qui nous a offert la liberté contre notre travail. Quelle épopée peut-on composer avec de tels héros devant qui le chœur du peuple n'est en apparence que silence et immobilité ? (Au fait, vous vous trompez, il n'y a pas de statue de Delgrès aux Antilles. Juste une pierre au Matouba. Juste une première pierre.)

Parfois, j'ai le désir d'abandonner cette éruption d'héroïsme, comme vous dites, qui fait tant de bruit comme si c'était l'exception utile pour confirmer la règle de notre servilité, et de la remplacer par une seule question en titre du chapitre laissé en blanc : que s'est-il passé le 28 mai 1802 ? (Puis, à la fin du livre, je délivrerais la réponse : ce jour-là, Delgrès a eu juste trente ans.)

Le sentiment croissant que l'histoire n'est qu'un mensonge des hommes m'arrête aussi. Mensonge par rapport à la manière dont les femmes vivent leur histoire. J'ai parfois l'impression que lire son histoire telle qu'on l'a écrite jusqu'ici, c'est accomplir une visite contre nature à l'intérieur du ventre paternel. Naturellement, vous ne manquerez pas d'en accuser les circonstances de ma propre histoire, mais je pense que ceci correspond à une vérité qui la dépasse. Si vous saviez comme vous avez raison d'affirmer que pour devenir adulte, il faut accomplir deux naissances, la première bien réelle hors du ventre maternel, et l'autre plus secrète et imprévisible hors du ventre paternel. L'histoire est un piège tendu par nos pères. Nos mères n'ont pas besoin du passé pour se rattacher à nous. Et alors que mon ventre n'a pas encore fécondé de descendance, je me sens aujourd'hui dans la situation d'avoir à assurer la paternité de mes ancêtres. Il faudra bien que j'élucide cela avant de pouvoir continuer !

Si on écoute nos poètes, nos révolutionnaires, nos romanciers et leurs historiens, la seule fonction des femmes noires serait d'enfanter nos héros. Et le pis est qu'ils ne nous le reprochent même pas, car il ne saurait être question de nous demander de faire plus que la Sainte Marie, ni d'imaginer une quelconque voleuse crucifiée à la gauche du Christ. Cela me donne, par moments, l'envie de concevoir une histoire où seules des femmes apparaîtraient, mais ce serait aussi vain que si quelqu'un prétendait imiter les gestes que lui reflète son miroir.

Finalement, j'écrirai un jour l'histoire de Delgrès. Mais au lieu de lui composer un bouquet confertiflore d'hommages, j'éparpillerai au contraire ses éclats au vent et à la mer. (Est-ce que des femmes sont mortes au Matouba ? Ou n'était-ce qu'un duel masculin-pluriel, entre soldats blancs et noirs, comme au jeu de dames ?)

Antoine a raison : parmi les poètes, les plus modestes, ce sont les musiciens !

Je ne connais pas beaucoup de musiciens qui se prennent pour le Christ.

Mais quelle prétention chez tous ces écrivains mâles ou ces héros de romans fournisseurs d'Édens perdus à leur Anaïse, et leur Harmonise et leur Fidéline et leur amante peureuse et leur mère pleureuse. Et tous ces Moi-je toujours seuls face au peuple silencieux. Littérature expiatoire. Littérature christique.

Alors que pour le roman hispano-américain, c'est le contraire : littérature diabolique : le dictateur seul face au peuple à genoux.

Et le théâtre de Césaire qui oscille entre les deux structures : un dictateur — mais pour la bonne cause — face à un peuple couché.

Et le Christ qui meurt avant de tourner en diable.

Eh bien, dans ces trois cas, il faudrait l'intervention d'une femme qui refuse de jouer le jeu (héroïne ou écrivain) !

Adrien, quand je lis votre Cahier d'écritures, j'ai l'impression que vous décrivez à chaque phrase votre regret d'écrire ou votre inquiétude. Et que vous vous demandez si vous n'avez pas mieux à dire ou mieux à faire.

Et si nous mettions la vérité au service de l'imaginaire, et non pas le contraire. C'est un petit conseil tiré de mon Cahier à moi. J'en remplis à peine une page par an. Je vous fais cadeau — hors contrat ! — d'une de mes profondes pensées : Tu enfonceras tes racines jusqu'à trouver la source des feux de joie : un conte, un poème, une danse, une chanson. Tu ouvriras tes yeux, tes oreilles, ta bouche et tes mains à l'histoire de tes pères, et tu n'omettras pas de faire parler *les mères, car elles ont des racines puisqu'elles portent des fruits.*

Vous prendrez ceci pour un encouragement à votre papillonnage, ou une critique de votre improductivité ! Peut-être l'un et l'autre me sont-ils plus essentiels qu'il n'y paraît.

Moi, quand j'écris, je fais comme si c'était la dernière fois !

J'envie tout ce que vous me dites et ce que vous faites, comme une fleur peut envier un papillon.

TU *et* TOI *vous embrassent !*

Marie-Gabriel.

P.S. *Mon grand-père devient aveugle. Ma mère Siméa avait ses yeux. C'était donc la seule chose vivante que je connaissais d'elle. Et j'essayais d'y lire un message : tout ce que j'y ai vu, c'est qu'ils partageaient, lui et elle, un secret. Il m'a promis de me le délivrer dans neuf mois, pour mon anniversaire. Je sais qu'il saura faire attendre la mort jusque-là.*

4

LE JOURNAL DE SIMÉA
(Paris, 1939)

« S » comme
Une saison en enfer

Tout en déluge, en séisme et en raz de marée, le cyclone de 1928 vient de repasser onze ans après au pays de mon corps ; la maison de mon ventre culbutée, son cœur éventré, mes rues encombrées de débris de toutes sortes, mes artères déracinées. Toute ma terre dévastée, vagin roussi. Ton cadavre arraché à mes décombres. Et maintenant, c'est l'isolement sans lumière, toutes les communications interrompues, la famine de toi parmi les fers tordus, les poutres rompues, mon visage renversé sur un sommier rouge de mes eaux et de ton sang mêlés. Ton corps de braises humides happé loin de ma tendresse pourtant bien lovée contre mes seins déjà gonflés par l'appel du ventre en effusion, mon ventre trahi par l'amoureux de mon cœur, mon ventre pris au lasso des laminaires qui l'écartèlent à grands coups de fouets salés, sans que ni toi ni moi poussions un seul cri de haine pour atténuer l'acier bleu des yeux de la mulâtresse la meilleure amie de ma mère, qui m'a traînée avec l'aide de sa bonne bretonne jusqu'à cette faiseuse d'anges pour t'arracher mon enfant à leur honte bourgeoise, plongeant ma tête dans un nuage bourré de somnifères, traversant Paris capitale de ma douleur bleue comme un orage dans cette saison d'enfer. Et le visage rassuré de ma mère posé à sept mille kilomètres de distance sur ton corps paquet ensanglanté dans un ciré pour les poubelles du petit matin — mères mulâtresses, je vous hais ce soir pour la première fois —, elle aurait mieux aimé le faire elle-même pour t'extirper à coup sûr non seulement de mon corps, mais aussi de mon cœur encore où elle devine que je te garderai à sa place, et de mon avenir qu'elle a cru préparer : non, certainement pas la mer à boire, juste la Seine à avaler. *(« Ma chère Léonne, je préfère savoir Siméa morte à Paris que la savoir enceinte. Je te demande de tout faire pour débarrasser ma fille de l'enfant de cet étudiant architecte dont j'ai su qu'il appartenait à une des meilleures familles bordelaises, qui ne saurait donc consentir à ce qu'il épouse une Antillaise, fût-ce en réparation d'un outrage à notre honorable famille. Prends-la par surprise, car je sais qu'elle résistera. Mon malheur ferait tout son plaisir. Je ne mettrai Gabriel au courant qu'après que tu auras tout mené à bonne fin, car tu sais combien son Nègre de père risque de tout subordonner au désir de sa Négresse de cœur, comme il l'appelle, aux dépens de sa carrière et de notre rang. Qu'il garde la maîtrise de son électorat, et moi celle de mes enfants. Rozette. »)*

Ma fille, mon fils, mon enfant de cœur, je te ferai renaître de ce viol avorté. Je t'installerai sauvage dans les broussailles de mon cœur, hors de portée des vomissements et des pertes, des saignées en règles rassurantes, des ventres désertés et des seins délestés, de leurs aspirations maternelles, leurs caoutchoucs stériles et leurs bassines d'eau chaude, leur viol, leur violette, leur voie de fait, voie d'eau, voirie, intempéries des pays tempérés. Je vais pouvoir longtemps revivre avec toi. Tu n'étais qu'un hôte de passage ; mais ils n'ont aspiré que ton image, et moi, j'ai profité du noir pour avaler ta force, rafraîchir mon bas-ventre avec le drap souillé avant qu'on ne l'arrache, et farder pour toujours mes lèvres de ton sang. J'ai beaucoup soif depuis, et je dis en secret : ma bouteille à la mer boit un verre dans le fruit. Tu vois tu me fais déjà sourire et nous sommes presque familières. Moi dans la mer, toi dans la bouteille de granite, de soleil et de vent, j'ai enfin compris la prophétie. Ma couleur est intacte, plus tenace que ma douleur. La mulâtresse, l'adjointe à mère paye l'avorteuse en buvant du vin cuit dans la cuisine. Moi, je reprends des forces sur mon sommier. J'ai dès ce soir deux cœurs à faire battre sans décourager. Je vais m'ouvrir pour deux à déchirer tous leurs raccommodages. Je suis ta mère adoptive et nous allons enfin voir clair dans le jeu des poètes et des amants : ce soir j'ai brûlé aussi des feux d'amour comme une Marguerite effeuillée. Mon ventre est un scandale innocent, ta virginité hors de portée du monde. Je pourrai marcher nue dans une ville en haillons sans trébucher sur des poèmes d'amour. J'ai accouché d'une sœur. Toutes les Antigone me comprendront. J'ai accouché d'une étoile hors de portée des obus mâles. Je vais tresser une corde de foulards et de madras, mais ce ne sera pas pour nous pendre, ma fille, ce sera pour grimper jusqu'à la lune, où se soignent les étoiles fusillées par les miradors. Nous sommes en 1939. Toutes les Antigone me comprendront. Il n'est plus temps de laisser mourir la moindre parcelle de vie choisie par nos cœurs menacés. Il nous faudra protéger de tendresse toutes nos sœurs, nos Polynice, et toi mon amour. Même les poètes aujourd'hui se courbent sur leurs gardes prétoriennes, et se saoulent de vers automatiques comme des mitrailleuses affolées de la froideur de leurs servants. Oui, toutes les femmes, ô mes Négresses blanches et noires, il nous faudra enfin voir clair dans le jeu des poètes et des amants. Et toi, Gerty, ma seule amie, ma Négresse fraternelle, pourquoi n'es-tu pas là pour me sortir des puits de somnifères, pour m'arracher à ces bras de femmes claires acharnées à sauver malgré moi ma peau noire. O ma studieuse étudiante, tu dois terminer à cette heure ta promenade du dimanche, ta longue tournée de l'Oratoire jusqu'au poulailler du Palais-Royal, les petits chanteurs de Saint-Germain-l'Auxerrois, Notre-Dame-de-Lorette et son prédicateur (« Plus on a de liberté, plus on a de devoirs », ta leçon de dimanche dernier), le sandwich de midi arrosé d'un verre de beaujolais seule comme une grande dans un bar — si Damas te voyait — puis *Athalie* à 2 heures par les chœurs de l'Opéra, et *l'Enlèvement au sérail* au Trocadéro, avant de rentrer enfin dans ta chambre toujours bien fleurie de notre pension de famille où je t'attends pour me mettre enfin à pleurer, depuis une heure qu'elles m'ont ramenée avec tisane et excuses : c'était pour mon bien, c'était pour ma mère, c'était pour mon pays. Tu auras sans doute acheté ton millefeuille et pour moi une tarte aux myrtilles, deux tartes peut-être, tu me soignes depuis que je suis enceinte de celle que tu avais décidé d'appeler : notre fils. Ma petite mère orpheline, les Blancs nous ont encore trahies, débarquées par surprise en

plein corps, volées, violées de leurs mains blanches non
salies, les mulâtresses sont là pour ça : Mme Léonne avait
seule tout arrangé. Elle n'a demandé à mon architecte que
sa complicité muette, pâle comme sa ligne de vie. Il est
venu ce matin calme de dimanche avec son angoisse et des
croissants frais. Gerty, pourquoi n'as-tu pas su lire sa trahison dans mon inquiétude ? Nous avons joué tous les
trois à mon jeu préféré. Si les poètes ont inventé l'écriture
automatique, moi j'ai imaginé mieux : la lecture automatique. Au beau milieu de la conversation, ou d'une lecture,
ou d'une question, ou d'un silence, on ouvre au hasard un
livre de poèmes ou une revue et on écoute l'oracle d'une
ligne de hasard. Ainsi, ce matin, nous avions fait un jeu de
questions : 1) Qu'est-ce que l'amour pour Gerty ? Réponse
de Magritte : « Je ne vois pas la femme cachée dans la
forêt », et tous les poètes ferment les yeux sur la photo.
2) Qu'est-ce que l'amour pour Ariel, mon archi-tête aux
yeux bleus ? Réponse par Desnos : « C'est une île qui se
détourne au passage des navires. » 3) Qu'est-ce que
l'amour pour moi ? Réponse par la Suzanne de Breton :
« Aimer, c'est être sûre de soi. » 4) Est-ce qu'Ariel et moi
nous nous verrons ce soir à la Cabane cubaine ? Réponse
par Desnos qui justement la fréquente : « Dans la nuit, il y
a le pas du promeneur et celui de l'assassin et celui du
sergent de ville et la lumière du réverbère et celle de la
lanterne du chiffonnier. Il y a toi. Il y a toi, l'immolée, toi
que j'attends. » Mauvais signe !
    Gerty s'en va à la messe et à sa tournée de concerts, nous
restons deux, toi avec mon amour, et moi avec ma
confiance. Deuxième essai de réponse, toujours sans changer d'auteur : « Tu me suicides si docilement, je te mourrai
peut-être un jour. » Nous avons fini les croissants et le thé.
J'ai un peu sommeil. Mon archi-tête pâlit et se lève pour
rentrer mais je devine ses larmes aux yeux. Si la réponse
n'est qu'un jeu, pourtant quel aliment de son angoisse. Je
ne savais pas encore que je le voyais pleurer pour la dernière fois. Ariel, mon Blanc cannibale, je garderai cet
enfant, il ne pèsera que son seul poids sur notre amour.
Qu'as-tu donc si peur de perdre en moi à soulever ce rideau
d'avenir ? Préserve ta liberté, les conventions et convenan-

ces, c'est mon affaire. Une liberté a trouvé repaire dans mon ventre. Aucun complot de mères, ni la tienne ni la mienne, ne pourra l'en déloger. Je ne comprends rien à ta peur, toi qui ne vis que dans les poètes d'avenir, toi qui me parles toujours Breton, toujours Eluard, toujours Rimbaud. Toi qui avais tracé au rouge à lèvres sur mon ventre nu cette pensée d'une Amazone : « Espérons l'impossible ; car c'est peut-être une bassesse que de mettre son espoir en lieu sûr », et je n'avais pas voulu ce soir-là me laver, mais laisser fondre cette vérité rose dans l'écume de notre premier bain de minuit. Mon corps est un lieu sûr. Midi sonne le départ d'Ariel.

Ariel, mon amour, tu n'es pour l'heure qu'une petite aiguille enchaînée au cadran de ta vie. Les hommes marquent l'heure fixe, mais comptent sur la femme, l'aiguille des minutes rares, pour les raccommoder avec l'instant, et la laissent tourner folle mais autour de leur axe. Et les amours serties durcissent comme un diamant. Ariel, sache que ton ange d'ébène saura briser le cercle de l'amour enchâssé dans un boîtier d'argent.

Deux heures. On frappe doucement à ma porte. Mme Léonne, la bonne amie de maman, entre avec sa servante. Gerty, où es-tu, ma fraternelle ? Je n'ai pas envie de combattre seule. Cesse tes prières, notre fils est en danger. Reviens avant la nuit des temps. J'ai besoin d'une main de femme, de femme-soleil, de soleil noir, de Noir bien nègre, de Nègre bien marron pour ma défense, ma légitime défense. Je me ferai cyclone pour décoiffer les arbres décrépés. Je me ferai Soufrière pour protéger mon fils du vent, je ne laisserai filtrer que la pluie comme le volcan au gros dos protecteur de Saint-Claude et du Matouba. Je me ferai orage pour éteindre l'incendie de mon cœur attisé par le souffle doudoucereux de la dame mulâtresse : « Pense, ma petite fille, que ta mère a failli mourir de la nouvelle. Pense à tes études, ton métier de professeur interdit à une fille-mère de chez nous. Et je crois pouvoir te dire aussi que ton père a donné son accord. » O mensonge tiède plus bas que la bassesse sur mon père Gabriel. Ah ! ma mère, ce soir je me déclare orpheline de vous seule. J'appelle un tremblement de terre pour vous enterrer plus bas que les cimetières, un raz-de-marée pour vous noyer plus profond. Légitime, légitime défense. Les bourgeois de couleur sont à exterminer. Au secours, tous mes amis de notre légitime défense, Léro, Ménil, Simone, écoute-les bien toujours, mon enfant, mon amour. Écoutez bien, Mme Léonne, voilà ce que la jeunesse aujourd'hui répond à des mères comme la mienne et comme vous : « ... *Nous nous adressons aux enfants de la bourgeoisie noire, nous nous adressons à ceux qui ne sont pas encore tués placés foutus universitaires réussis décorés pourris pourvus décoratifs pudibonds opportunistes marqués ; nous nous adressons à ceux qui peuvent encore se réclamer de la vie avec quelque apparence de vraisemblance...* »

Et cela, Mme Léonne, c'était il y a déjà sept ans. Sept ans de lutte, de joies de vivre, de vivres et de bourses coupés, de familles reniées, par des filles et des fils prodigues au bord du rêve, de la folie, de la maladie, du suicide, de la fraternité. Étienne Léro vient de mourir de tout cela à l'hôpital Necker. Et notre patience est en colère. Nous divorçons de nos mères bourgeoises pour renouer avec l'insoumission de nos ancêtres. Ne comptez pas sur moi pour laisser une grand-mère esclave étouffer mon enfant.

Maintenant, je suis fatiguée de tempêter contre leur sérénité. Mon raz de marée n'est plus qu'une légère écume à mes lèvres, mon éruption n'iradie que mes yeux et mes mains. Qu'est-ce qu'elles attendent puisqu'elles n'ont rien à espérer de moi que des injures polies. Est-ce qu'elles passent le temps ? Et ma mer qui se retire encore, mon orage qui s'embrume, ma tête qui s'endort. Est-ce mon fils qui me trahit au lieu de redoubler ma force ? Elle sourit, Mme Léonne, elle attend son heure patiente, et sa servante pose un regard mort sur sa maîtresse et voici que dans une dernière éclaircie mes yeux s'entrouvrent à la trahison mortelle de mon poète Ariel.

Et quelle comédie du remords les larmes de mon architecte doseur de somnifères dans sa dernière offrande d'une tasse de thé trop sucrée pour mieux faire passer en douce la mort de son enfant. Ah ! Rimbaud mon archi-texte trafiquant d'âmes de toutes les Arabies, je découvre vos illuminations, Ariel-Arthur deux fils de famille des droits de l'homme blanc. Et vos membres de fer dédaigneux des orties, le mage et l'ange, magellan d'imaginaires Turquies, aux faces de sang séché, poètes de cirques et risques calculés, vos deux sous de raison se sont joués de ma folie. J'ai voulu croire vos paroles belles d'oxygène. Je te vomis ce soir, poésie blanche, parlote de lune en quartier, paroles de lait de génisse, vos génies frères de lait, billets doux en compresses sur la fièvre de l'imagination, propos de plus malins prisonniers de rimes et raisons, sachant aller trop loin sous garantie du retour, libérés en parole de la folie rôdeuse. Poésie d'architectes contre nature, au rythme de dormeuse et au son de berceuse. Ah oui ! Rimbaud, ton livre nègre est bien un livre païen, bien parisien. La terre te donnait l'illusion de ne pas tourner rond, en fait tu marchais droit, aller-retour en fugues programmées vers ta mère. Faux-Nègres, vous n'êtes qu'à moitié blancs. Vous ne méritez pas la vraie couleur du blanc, le blanc de la pleine lune ronde comme une vérité, et de la Voie lactée aux soirs d'équinoxe, celui de la neige purifiée des crèmes et des crimes de Paris. Légitime, légitime défense, je veux vous tuer et je m'endors. J'ai tout Rimbaud à déchirer avant qu'elle ne m'entraîne. S'il vous plaît, juste une page, encore une lecture automatique. Non, je ne suis pas vraiment folle, Mme Léonne. Nous savions tous les deux par cœur les Délires d'*Une saison en enfer*. Dans le taxi de ma prison, entre la servante et la maîtresse, je déchire chaque page expulsée de ma mémoire, et je revois ton insistance, Ariel, pour mettre au masculin la folie de la vierge : « *Si elle était moins sauvage, nous serions sauvés !* »

Quels beaux calculs, Ariel, je vois tout blanc autour de moi. Je comprends tout jusqu'au subtil dosage des comprimés, juste assez trop pour que je puisse résister, juste assez pour que je ne m'endorme pas. Les faux-Nègres triomphent, Rimbaud, poète démissionnaire, Ariel, ordonnateur des funérailles de l'imagination et du regret des souvenirs fous.

On m'a fait monter un escalier sordide. Je vois des cadavres d'albatros et de colombes offerts en sacrifice à des théories de corbeaux blancs, et leurs entrailles rendent des oracles d'infanticides dans un bruit de chemin de fer, des enfants blonds et crêpus aux fenêtres des wagons. Je suis étendue sur un sommier sans matelas, des serpillières à terre pour éviter au plancher l'hémorragie. J'ai horreur des algues quand je nage et je me sens flotter sur une colonie de laminaires. Je sens sur mon ventre une chaleur de cuir salée. J'imagine qu'un oursin pénètre dans mon sexe, non c'est comme une cheminée d'usine qui tourne dans mon vagin. C'est le poisson armé dans la gorge du colibri. Il faut que je vomisse ce cadavre. Je n'arrive pas à m'évanouir pour résister. C'est moi tout entière la machine à coudre sur une table à repasser la mort. Je ne pleure pas, je ne crie pas, les yeux fermés, j'écoute tout mon corps. « Qu'est-ce que le viol ? » demande Breton. « C'est l'amour de la vitesse », répond Péret. « Qu'est-ce qu'un flot de sang ? » demande Péret. « Tais-toi, raye cette abominable question », répond Breton.

Mes frères, mes poètes, sauvez-moi encore la vie, juste une fois encore, après j'irai toute seule, mais rendez-les-moi mes poètes noirs, rendez-la-moi ma poupée noire, Damas, rendez-la-moi ma poupée noire, noire de corps calcinés, noire de chairs mortes, ma poupée noire de tisons, noire de fer rouge, de bras brisés sous le fouet qui se déchaîne. Et rends-le-moi, Césaire, de toutes tes Volontés tendues au *Cahier* que je viens d'apprendre par cœur : ce qui est à moi, mon enfant inviolé, emprisonné de blanc, qui défie les cris blancs de la mort blanche, mon enfant trahi en plein viol, seul dans la mer inféconde de sable blanc, aspiré par les mains de la mort et qui résiste encore seul dans mon corps engourdi. La mort chuchote, étoile doucement au-dessus de sa tête, la mort souffle, folle dans la cannaie mûre de ses bras, la mort est un oiseau blessé, la mort décroît, la mort vacille, la mort expire dans une mare blanche de silence.

Ce soir encore, la mort malgré moi m'a ratée. Je n'ai même pas eu la force de pisser tout mon sang tout mon saoul. J'ai senti passer mon enfant dans un bruit de faucille et de vapeur d'alcool. Elles ont récuré le dépotoir de mon bas-ventre pour le passage futur d'ovules bien stériles ou de sperme bien légitime. J'ai survécu aussi grâce à la servante bretonne qui m'a tenu la main sans jamais la lâcher, sans un regard ni une parole. J'ai presque tout perdu ce soir, ma mère, l'amour de l'homme, leur poésie et mon enfant. Non. Mon fils je te garde et je te déclare ma fille. Je ne suis pas devenue folle. C'est au contraire l'hypothèse la plus raisonnable. Pourquoi détruire encore ce qui vient de mourir ? Ces dames s'en vont à la cuisine. Il n'y aura pas d'autre hémorragie. Mon enfant, restons seules, je vais tout te raconter, tout te dire de mes souvenirs et mes pensées nouvelles, tout partager, mes lectures et mon oracle d'amour de poésie. Et surtout, j'ai décidé de tout t'écrire de ce que j'avais à te dire. Tu n'entendras pas ma haute voix ni ne comprendras mes regards. Mais tu seras la seule à lire — même parfois aussi à écrire — ce que j'écrirai à partir de ce soir.

Je ne sais pas pleurer toute seule. Il me faudra ta compagnie. Nous serons deux espions complices de mon seul miroir. Vois comme déjà tu me fais chaud au ventre et à la poitrine !

Ce soir, la guerre sous-marine est déclarée aux timoniers de l'Occident.

« I » comme
Clair de terre

Il fait trop froid ici au-dehors de leurs étés : je t'élèverai sous les tropiques de mon corps. Gerty n'arrivera jamais à temps pour mon final. Gerty, nous ne nous méfierons jamais assez des Blancs, parole et musique. « Non, ma fille, répondra-t-elle, des hommes, pas des Blancs, des hommes, des mâles multicolores. » Je me sens ce soir décuplée, large ouverte, c'est tout mon sang qui bat. Il faut que je sorte mon cœur pour la nuit. Je mettrai mon costume de velours bleu. Je m'aime en pantalon, une main dans la poche. J'aime danser en pantalon. J'attends encore un moment pour que Gerty m'accompagne. Elle n'a jamais été à la Cabane cubaine, vous la découvrirez ensemble. Je

m'habille en l'attendant. Je ne lui révélerai rien quand elle
arrivera. Je lui dirai : Je suis fatiguée, accompagne-moi au
rendez-vous d'Ariel à la Cabane cubaine, j'irai seule si tu
ne viens pas. Elle ira avec moi jusqu'à la porte, elle ne
voudra pas rester, prétextant son équivalence à préparer
pour la semaine prochaine. Elle m'attendra dans ma
chambre avec ses livres de droit. Je ne l'ai jamais vue
danser. Elle aime trop rire pour ne pas aimer danser. À son
retour, je vais tout lui raconter. Tout ce temps encore à
attendre ces larmes qui résistent à se laisser couler. Mon
visage est affreux de fermeté sereine ; leur crime n'est visible que dans mes yeux, ma tendresse a reflué au ventre tout
près de toi. Toute la pension de famille fait un silence
complice du sommeil de mon enfant. Je vais bientôt la
quitter, jamais notre directrice polonaise n'aurait accepté
une jeune fille enceinte parmi ses pensionnaires. Je serais
partie avant que mon corps ne l'en informe, car nous ne
saurions entamer le crédit de ses trois Antillaises, ses trois
petites Négresses de première classe qui savent les bonnes
manières mieux encore que les provinciales de provenance
garantie : Paule-Aimée, la philosophe grâce à qui son fils
est imbattable sur Kant, Gerty, l'avocate qui l'aide à sa
comptabilité, et moi-même, sa petite folie noire, toute en
élan et en réserve, la seule qui ait la clé pour rentrer à
minuit car ses sorties nocturnes sont destinées à son travail : les poètes sont des oiseaux de nuit, madame, et je
traduis les graffiti nocturnes des surréalistes et des poètes
de la Renaissance noire de Harlem. « J'avoue, Mademoiselle, sans offense, que je ne suis pas sans être surprise
d'apprendre qu'il y avait des poètes noirs du temps de
notre Renaissance ! » — C'est que, Madame, nous ne parlons pas de la même, il s'agit des poètes noirs de l'Amérique d'aujourd'hui, les descendants via l'esclavage de ces
grands artistes du continent noir d'Afrique, dont toute
civilisation du reste est fille, et qui faisaient l'enthousiasme
de vos capitaines barbares et vos marchands du Moyen
Âge bien avant votre propre Renaissance (un petit jeu des
étudiants noirs du quartier Latin consistait à s'offrir le
plaisir malin de citer modestement en toute occasion à nos
concierges, barmans, professeurs, condisciples blancs, ce

que nous appelions le couplet de Frobenius) : « *Savez-vous que l'organisation particulière des États du Soudan existait longtemps avant l'Islam, que les arts réfléchis de la culture des champs et de la politesse, que les ordres bourgeois, oui, madame, les ordres bourgeois, et les systèmes de corporation de l'Afrique nègre sont plus anciens de milliers d'années qu'en Europe. Lorsqu'ils arrivèrent dans la baie de Guinée et abordèrent à Vaïda, les capitaines furent étonnés de trouver des rues bien aménagées, bordées sur une longueur de plusieurs lieues par deux rangées d'arbres ; ils traversèrent pendant de longs jours une campagne couverte de champs magnifiques, habitée par des hommes vêtus de costumes éclatants dont ils avaient tissé l'étoffe eux-mêmes ! Plus au sud, dans le royaume du Congo, une foule grouillante habillée de soie et de velours, de grands États bien ordonnés, et cela dans les moindres détails, des souverains puissants, des industries opulentes. Civilisés, jusqu'à la moelle des os ! »*

Et nous terminions en prenant l'air accablé : « *Hélas ! la barbarie de l'esclavage a fait du Nègre une marchandise, et enlevé aux noires phalènes la poussière de leurs ailes imprudemment déployées à tous les vents du monde !* » Effet garanti ! Du coup notre hôtesse était rassurée et fière : ses trois Antillaises si cultivées, si belles et bien éduquées ne pouvaient être que trois Grâces descendant des princes du Bénin. Je souris en te racontant ces espiègleries au vrai si nécessaires à notre survie dans un monde qui prétend étouffer l'univers dans ses draps blancs, et qui n'a d'autre but en nous accueillant que de nous teindre et de nous raisonner. Nous l'avons écrit noir contre blanc dans *l'Étudiant noir*, notre journal d'étudiants : « *L'étudiant noir semble le type de " l'assimilé ". Mais l'est-il vraiment ? Il porte veste, pantalon et cravate, œuvres de Blancs. Il parle langage de Blancs. Il passe sa vie dans des milieux blancs. Mais il reste nègre. Nul ne s'en étonnera, car un morceau de bois, dit le bambara, a beau rester dix ans sous l'eau, il ne devient pas crocodile... Et le zèbre ne se défait pas de ses zébrures !* »

Mon enfant au rire facile, au rire à me tordre le ventre, il ne faudra jamais oublier de rire et de sourire beaucoup

beaucoup. Sourire et rire des Nègres qui se blanchissent, rire des Blancs qui se noircissent, rire des sang-mêlés aux deux rateliers à héritage partagé : nos ancêtres les Gaulois et les princes du Dahomey ; rire de tous nos complexes d'infériorité et de supériorité et de nos triples fiertés de sang-mêlés, rire de nos dégradés de couleurs ; rire des poètes-griots d'Haïti et de leur douleur à nulle autre pareille d'apprivoiser avec des mots de France ce cœur venu du Sénégal, rire du double jeu de nos oreilles bourgeoises : Prélude au violon à l'heure du thé et des gâteaux enrhumés, et veillée aux tambours estampillés nègres à la nuit tombée. Et rire et sourire de nos folies de jeunesse, ma fille, je parle de vraie folie, notre génération paye sa révolte de la folie toute proche, celle des rythmes échappés à la mesure, des alcools d'oubli, des nuits blanches, des nuits noires, des promesses avortées, des essais déchirés, des poèmes accouchés dans la douleur. Et Rabéarivelo, notre grand poète malgache, qui s'est suicidé à Madagascar, las de vivre une vie sans sortie de secours, la sortie de secours étant pour lui le milieu littéraire de Paris, encore une mort par défaut d'assimilation promise, on lui a refusé un passage pour Paris à l'occasion du Congrès culturel colonial : « Dernier journal. 22 juin. 14 heures : Je prends 14 pilules de 0,25 de quinine pour avoir la tête bien lourde. Un peu d'eau pour l'avaler. 14 heures 37 : l'effet de la quinine commence. Bientôt dans un verre un peu sucré, plus de 10 grammes de cyanure de potassium. Ça sonne, ça sonne. Fermer les yeux pour voir Voahangy (ma fille morte en 1933) et commencer les adieux silencieux aux chers vivants. Parents, amis. Il est trois heures. Ça sonne, ça sonne. Je viens d'éteindre. Je vais m'étendre après avoir bu mon verre. Toute ma pensée étreint les miens. 15 heures 02. J'embrasse l'album familial. J'envoie un baiser aux livres de Baudelaire que j'ai dans l'autre chambre. Je vais boire. C'est bu. Mary. Enfants. À vous tous mes pensées les dernières. J'avale un peu de sucre. Je suffoque. Je vais m'étendre... » Il faudra sourire ma fille : un baiser aux livres de Baudelaire ! Et il se nommait lui-même Rimbaud anténéant, dans son dernier poème : « *Parce que cette vie est pour nous trop rebelle. Tendresse de l'absence dans le néant. On se retrouvera tous dans la solitude, et peuplée, et déserte ainsi que l'Océan.* » Ah ! Ce blanchiement inespéré du Nègre, levain des races claires dans le pétrin des lois françaises, offert aux élites d'élection de la mère patrie, Malgaches, Sénégalais, Martiniquais, Guadeloupéens, Guyanais. Retour de Guyane, comme tu as raison, Damas, de le leur dire : « *Non et non, la politique de la France en matière coloniale ne fait pas l'admiration de l'univers civilisé. Non, l'assimilation ne fera pas passer l'Équateur par la rue Oudinot. Non, quand on aura fait de 600 000 Nègres des assimilés français, on n'aura pas fait rentrer ceux qui s'exilent, on n'aura pas ressuscité ceux qui meurent de faim, on n'aura même pas vêtu décemment les futurs assimilés. Non, il ne faut pas agrafer cette Légion d'honneur sur un torse nu et squelettique.* » Damas, prends garde à tes sarcasmes. On vient d'interdire *Pigments*. Je sais que la police enquête au Quartier sur tes agissements. Les exemplaires de *Retour de Guyane* ont été presque entièrement rachetés par l'administration coloniale. Beau succès de librairie. Ton rire est en danger. Ils t'avaient cru inoffensif par tes excès et voici que tu as réveillé, traduit en baoulé, un régiment entier de tirailleurs qui refusent la mobilisation. Ce n'est pas encore la guerre, Damas, mais ce n'est déjà plus la paix des races. Écoute encore, ma fille, le poème qui mettra peut-être Damas ce soir en prison. Il faut que je sorte. Il faut que j'aille aux nouvelles à la Cabane ou chez Keur Samba : « *Aux anciens combattants sénégalais, aux futurs combattants sénégalais, à tout ce que le Sénégal peut accoucher de combattants sénégalais futurs anciens de-quoi-je-me-mêle-futurs-anciens... Moi, je leur demande de remiser les coupe-coupe... Moi, je leur demande de taire le besoin qu'ils ressentent de piller, de voler, de violer, de souiller à nouveau les bords antiques du Rhin. Moi je leur demande de commencer par envahir le Sénégal. Moi, je leur demande de foutre aux Boches la paix.* » Les Boches, mon enfant, c'est Hitler au pouvoir, les lois racistes de Nuremberg. Il paraît qu'ils ont pour leurs prisonniers des étoiles de couleur pour chaque catégorie : les Juifs, les communistes, les homosexuels, les artistes. Ils n'ont pas encore choisi une couleur pour les Nègres. Notre livrée de chair fera sans doute de nous au dernier acte les

blanchisseuses de ces aryens. Et c'est le moment choisi par
nos bourgeois de couleur pour courtiser la duègne *Raison,*
alors que la duègne enfante Hitler, que la duègne enfante
Mussolini à l'assaut de nos cousins d'Éthiopie, que la duègne *Occident* enfante Splengler, et Alfred Rosenberg, et
Jules Romains *(« La race noire ne produira jamais un
Einstein, un Stravinsky, un Gershwin. Je chante l'homme
blanc, l'homme premier, la race belle, la chair non déguisée
où le sang fait des pas visibles, celle que le jour épouse, en
qui le marbre commence »).* Et pendant ce temps-là, des
Sénégalais recherchent Damas dans tout le quartier Latin
pour lui casser la figure comme traître à la patrie. Et il faut
expliquer à Ousmane et à ses amis qu'il y a bien un sursaut
de dignité nègre là où ils n'ont vu que le mépris d'un Antillais pour les Africains, que Damas ne les a pas jugés indi-
gnes d'être assimilés, mais au contraire dignes de ne pas
l'être. Et cela au moment où le député Blaise Diagne du
Sénégal déclare : « Redevenir Nègre d'Afrique ! J'aime
mieux rester Français ! » ; et au moment où Ousmane Socé
termine son premier roman par le suicide dans la Seine de
son héros Fara, déçu que Paris ne l'ait pas plus vite et plus
complètement blanchi. Mon enfant, sache bien ce secret
bien gardé : il y a beaucoup de suicides chez les colonisés
de Paris. Quelques morceaux de bois d'ébène flottent sur
la Seine ayant rêvé de devenir ange ou crocodile. Et malgré
tout il faut sourire. Il faut sourire comme j'ai souri pendant
les trois jours du Congrès sur l'évolution culturelle des
peuples coloniaux. J'y étais comme traductrice, et je
n'arrêtais pas de penser à Rabéarivelo qui était mort de ne
pas y avoir été invité, car sans doute aurait-il compris
l'hypocrite marché de cette blanchitude offerte comme une
mesure d'urgence pour combattre à la tête le réveil des
peuples de couleur : *Préface :* « *Il est bon de respecter le
Noir, meilleur de l'équiper, et de l'équiper largement, quelque dommage qu'en doive souffrir l'" originalité " chère
aux amateurs de fétiches " nègres ". Au reste, le problème
n'est pas tellement un problème artistique. L'essentiel n'est
pas d'obtenir le maximum de talents dans la production de
poèmes et de chansons. Il s'agit pour l'instant de nourrir
l'indigène, qui est sous-alimenté, de le soigner, parce qu'il*

est souvent un malade, de l'envoyer à l'école. La colonisa-
tion serait vaine si elle avait pour but de faire de l'Afrique un
musée, un immense conservatoire de " civilisations " origi-
nales...

    « *Tout n'est peut-être pas à rejeter en bloc, des coutumes*
et techniques indigènes. Bien des choses, au contraire, sont
à respecter, ne serait-ce que pour faire l'économie d'un
dépaysement superflu. Autrement l'action colonisatrice qui,
pour porter ses fruits, doit être collaboration, se verra entra-
vée, ralentie, annulée peut-être par des maladresses, des
erreurs et des méprises, des froissements et des incompré-
hensions mutuels. C'est pourquoi Rivet a pu dire qu'il n'y a
pas de bonne colonisation sans ethnologie bien faite. Pour
agir sur l'indigène et le promouvoir sur le plan humain,
pour utilement perfectionner ses techniques, et pour réaliser
dans un minimum de temps cette double promotion, il est
bon de connaître à fond le " terrain " (entendez l'indigène et
son apport culturel). » Signé Lénis Blanche, notre professeur bien nègre noir de philosophie au lycée de Pointe-
à-Pitre !

    Alors n'as-tu pas, ma fille, la certitude que Rabéarivelo
est mort pour rien, comme tué par une flèche imaginaire ?
Ah ! Si tous ces hommes à la peau incertaine pouvaient
faire une bonne fois l'expérience de leur assimilation et
que la fée les abandonne, je ne leur donnerais pas dix ans à
vivre dans cet état sans se rendre compte que le ravale-
ment de leurs zébrures ne tient pas, et que l'assimilation
est bien, comme toute décalcomanie, une mesure d'économie, une petite case louée dans leurs cerveaux. Il y aura
vraiment alors de quoi mourir de rire. Alors, la fée viendra
éveiller tous nos rebelles au bois dormant. Et ils reparti-
ront dans les veillées paysannes pour retrouver la leçon des
contes et des tambours. Tous les dix ans, chez nous, les
calculateurs s'inclinent devant les danseurs.

    Les Nègres sont à la fois les pères et les enfants du
monde. Ils savent souffrir et ils savent jouer, ils savent
jouir et ils savent souffler. Ils ne savent pas très bien tri-
cher. Les Blancs sont tricheurs comme des adolescents,
cœurs rapaces dans des regards d'enfants, stratégies dans la
tête et visages innocents. Mais nos danses et nos chants

jouent à déjouer leur marche. Les Nègres sont restés les enfants du monde des ancêtres et les derniers ancêtres du monde de l'enfance.

J'aime les mots que je t'écris, et les livres à te lire. Ce soir les clefs ont perdu la prisonnière. J'ai à te mettre sous mes yeux tout ce qui m'a fait telle, tout ce qui t'a fait mourir, tout ce pourquoi je te revis. Je suis large comme l'écriture, longue comme une lettre qui n'en finit pas de raconter des histoires pour ne pas se quitter. Mon enfant, mon amour, ma sœur jumelle, j'ai vu tellement d'étoiles dans mon voyage à ta rencontre que je me suis retrouvée en plein soleil, et sans avoir fondu, en pleine mer, sans m'être noyée, et nous sommes toutes deux corps et âme, et mot à mot, loin de leurs corps d'Europe à Sacré-Cœur, à pied de tour Eiffel, à ventre de Paris, à bouche de métro, à tête de station, enfin hors de portée de leur monde de petit matin, de petit jour, de petit pain, de petite main, de petit bonheur, de petit calcul, de petit rien, de petit à petit.

Me voici prête enfin à prendre aux mots mes actes, à prendre la parole pour te la donner, prête à me laisser dire, à me laisser faire, à me laisser recevoir. J'ai choisi un jour de viol et de laideur pour m'ouvrir à la beauté sereine de la force d'aimer. Il faut que je fasse l'effort de manger quelque chose sans vomir. Je croque dans cette pomme, et cette fraîcheur aux dents, c'est comme si tu m'embrassais. Derrière chaque visage, il y aura un fruit à rechercher, derrière chaque fruit, une phrase bien verte.

J'ai dépassé le stade du *niger duplex*. Nous ne sommes pas doubles, mon amour, nous sommes deux.

« M » comme
Légitime défense

Nous sommes prêtes à sortir. Pourquoi Gerty n'est-elle pas rentrée ? Encore quelques phrases à t'écrire pour la faire revenir et pour oublier ta douleur à mon ventre. Je

veux m'en aller, méthodique, à la recherche de la trahison
des poètes et des amants. J'ai tant fait confiance aux hommes que je n'ai jamais composé une seule phrase de ma
création. J'ai joué jusqu'ici la muse traductrice, secrète
intermédiaire entre la langue de Shakespeare et de Langston Hughes — comme aime à dire Damas —, et la langue
de Rimbaud-Léro. Je traduis les poèmes de Hughes,
Cullen, MacKay, j'ai peur d'y mettre trop de douceur. Je
traduis Roumain et Damas en harlémicain, en peinant sur
leur tendresse enfouie. Il faut être musicien pour traduire
Guillen, et pour traduire Césaire avoir passé par la folie.
Damas souhaite que je traduise le *Cahier d'un retour au
pays natal,* pour les Noirs américains. Je suis en train de
l'apprendre. Je n'arrive à traduire que ce qui s'est installé
par cœur en moi, images dérivant dans ma mémoire et qui
s'accrochent à leur rythme aux mots français, anglais,
espagnols qui la sollicitent.

Mais cette semaine, j'ai traduit l'*Union libre* de Breton.
Il faut que je m'allonge, la pomme-France à digérer pèse
trop lourd sur mon cœur. J'ai un peu de fièvre. André
Breton, idole d'Ariel. *Ma femme à la chevelure en feu de
bois,* my woman ou my wife ? *aux pensées d'éclairs de
chaleur,* éclairs de titiris, mirages de nos orages, *ma femme
à la taille de sablier,* et je m'amusais avec Ariel à chercher
dans ces vers l'image d'une Antillaise, à la taille haute et la
chevelure chabine dorée des sabliers de nos grand-places.
*Ma femme aux yeux de savane, ma femme aux yeux pleins
de larmes,* Ariel, *ma femme aux yeux d'eau pour boire en
prison, ma femme aux yeux de bois toujours sous la hache,*
ma femme Ariel tu m'as fait très mal, *aux yeux de niveau
d'eau, de niveau d'air de terre et de feu, ma femme aux
yeux, à la taille, ma femme à la bouche, aux dents, à la
langue, aux sourcils, aux tempes, aux épaules, aux poi-
gnets, aux doigts, aux aisselles, aux bras, aux jambes,* ma
femme en détail, en bétail détaillé, ma femme débitée,
tronquée, traquée, analysée, synthétisée, poétisée, automa-
tisée, *ma femme aux mouvements d'horlogerie et de désespoir,* mon espoir de femme de casser vos horloges mâles et
vos petites aiguilles prudemment piquées dans le foin de
nos sexes, *ma femme aux pieds, ma femme au cou, ma*

*femme à la gorge, aux seins, au ventre, ma femme au dos, à
la nuque, aux hanches, aux fesses, au sexe d'algue, ma
femme aux yeux, aux yeux de,* aux yeux de l'homme, aux
yeux de l'homme dans son miroir à refléter ses habits
d'homme sur l'objet aimé, la femme niveau d'eau des poètes chirurgiens et des amants architectes, femme objet à
mesurer si leur amour tient debout, si leur costume tombe
mâle, et notre fidélité rectiligne. Race d'Hommes-Ma-
Femme, vous parlez d'union libre sans jamais citer ni le
mot cœur ni le mot sang. Vous ne saurez jamais combien
de cœurs peuvent battre et de sangs circuler dans un corps
féminin.

Et vous qui déclariez pareils l'amour, la poésie ! Pourquoi tant de questions à l'amour s'il n'est pas autre chose
tout comme la poésie, qu'une pensée dévêtue, un sauve-
qui-peut-le-plus, une inspirée révolte innocente des pourquoi et comment, la forme du fond du cœur, et les caresses
improvisées une paresse de la perfection. Aragon, Breton,
Crevel, Desnos, Eluard, A-B-C-D'airs surréalistes, j'appré-
cie mais sans vertige l'étendue de votre innocence.

Vous avez fui les apparences pour atteindre la vérité
dans ses profondeurs. Vous risquez de tout perdre, le rêve
et la réalité, poètes et amants. Car toutes les femmes me
comprendront : la vraie vie parle à la fleur de la peau, au
tremblement d'une lèvre, au battement d'un cil.

Vous avez posé sur les femmes les yeux du veilleur de
nuit dans une usine de parfum. André Breton, je vous
l'accorde, la mort, c'est bien l'heure d'aller se coucher, et le
surréalisme, c'est de la boue dans la composition duquel
n'entrent guère que des fleurs.

Tous les vrais poètes noirs aujourd'hui vous tiennent
compagnie. Heureusement, rares sont ceux qui vous ont
bien suivi. Vous savez bien ce que fut le Parnasse : pour
l'essentiel l'aventure parisienne de créoles d'outre-mer.
Quand nul poète chez nous ne sera plus tenu à l'impassi-
ble, et refusera d'éclairer nos élites de couleur, alors vous
verrez s'échapper des Antilles des poètes et des fleurs et des
amants et des femmes et des fruits et des révoltes plus
merveilleux plus obscurs plus rieurs plus généreux qu'un
clair de terre sur vos chansons de mal-aimants.

Pas plus tard que jeudi dernier, Ariel en partant m'avait fait lire : *la Forêt dans la hache,* ultime appel pour que j'interpelle sa lâcheté avant qu'il soit trop tard, et je m'étais contentée de traduire sans vouloir comprendre ce coup de revolver à cheveux blancs.

Mais ce soir, je reconnais d'un trait ton écriture, mon enfant de cœur, mon petit mâle au ventre, sœur de mon lait, relève-toi de mon lit, prends une autre feuille blanche et ce stylo violet, recopie toi-même la réponse avec ta première lettre à ton père mort-né, signe ton acte de reconnaissance. Puise aux mêmes sources que ton père cannibale pour le renier avec les mots qu'il aime : « *On vient de mourir mais je suis vivant et cependant je n'ai plus d'âme. Je n'ai plus qu'un corps transparent à l'intérieur duquel des colombes transparentes se jettent sur un poignard transparent tenu par une main transparente. On vient de mourir — ni toi ni moi ni eux exactement mais nous tous, sauf moi qui survis de plusieurs façons : j'ai encore froid par exemple. Du feu ! du feu pour qu'on ne soit pas mort pour des prunes à l'eau-de-vie. La couronne noire posée sur ma tête est un cri de corbeaux migrateurs car il n'y avait jusqu'ici que des enterrés vivants, et voici que je suis le premier AÉRÉ MORT. Il faut que j'écrive une longue lettre à cette ombre que j'ai perdue. Je commencerais par Ma chère ombre. Tu vois. Il n'y a plus de soleil. Il n'y a plus qu'un tropique sur deux. Il n'y a plus qu'une femme sur l'absence de pensée qui caractérise en noir pur cette époque maudite.* » Maintenant, plie la feuille en quatre, mets-la dans cette enveloppe, écris bien son adresse, je mettrai un timbre et nous irons ce soir même la poster. Je suis inquiète. Gerty n'est pas rentrée. Cesse ta course dans mes entrailles, ma fille, ma pomme, ma peur. Nous allons partir à la Cabane cubaine. J'ai tant appris ce soir de ton petit cœur au ventre. J'aime trop donner. Il faut savoir aussi recevoir. Recevoir est une longue patience. Les visites des mots, des corps, des odeurs, des musiques, des couleurs, il faut se préparer à bien les recevoir. Ce soir, les yeux de tout mon corps sont sans balisage, et je t'écris en joie toutes ces paroles, moi qui croyais l'écriture faite seulement pour me donner à lire. Écrire aussi est un jeu de patience, où l'on retient tout ce

qui reste à dire et qu'on ne doit pas précipiter. Mon enfant
morte, jamais tant je n'ai eu le désir de te voir, de te parler,
de te lire et de t'écrire. Il n'y a aucune, aucune folie à écrire
à une enfant morte, car elle ne peut plus entendre que
l'essentiel, le vital, le tenace. Mon enfant de cœur, quand je
te regarde, ce sont mes yeux que je vois. Je n'ai pas l'habitude de bien regarder mes yeux, mes lèvres, mes doigts. Tu
me découvres et je me trouve un visage en fossettes creusées par un sourire légèrement décentré comme le pétale
unique de la fleur d'anthorium, des yeux larges offerts
comme des hibiscus à la rosée, des yeux sur la réserve, trop
profonds pour tout dire. Mon enfant recrée sa mère
comme une nouvelle source remodèle l'océan. Le cyclone
avorté maintenant me donne soif. Gerty dans tout Paris
court à ma recherche. Je t'arrête d'écrire jusqu'à demain.
Jamais je n'ai senti ma peau si douce comme ce soir sur le
papier à lettres. Mon armure est passée de l'autre côté de
ma chair vive. En descendant l'escalier, je déposerai Rimbaud dans la poubelle, il faut savoir jouer à être folle pour
ne pas le devenir :

Comme je descendais d'écrivains impassibles
Je ne me sentis plus guidée par leur pâleur
Des Peaux-Rouges, des Noirs les avaient pris pour cible
Europe clouée nue aux poteaux de couleur !

« E » comme
Capitale de la douleur

J'ai bien fait de nous sortir ce soir : la pleine lune de ce
dimanche frais rafraîchit un peu mon corps consumé par
cette braise oubliée entre mes jambes. J'arrive sous le parasol rouge de la Cabane cubaine, parasol protecteur de notre
soleil, paravent des nuits blanches. Le vieux groom nègre
de l'entrée m'ouvre en souriant la porte des rythmes fra-

ternels. Je descends l'escalier un peu trop étroit pour nous deux. Le mouchoir de piste est presque vide. Les mélodies des blues et des boléros s'étalent comme au repos des descargas et des jams du samedi. La contrebasse et la conga s'écoutent respirer et mesurent trois silences pour laisser démarrer la plainte du chanteur-guajiro. J'aurais souhaité qu'il fasse encore plus noir pour installer plus à l'aise cette musique dans ton corps chaud. Je ne danse pas. Je ne danse presque jamais. Je m'assieds à ma petite table préférée près de l'orchestre, à côté du tambourineur, seule, en l'absence de mes compagnons poètes et musiciens, tous mes chaperons-marrons des fugues bohèmes d'une jeune fille de bien, qui ne sauront jamais à quel point j'ai besoin d'être seule et j'ai besoin d'eux.

Un soir d'avril, un soir où ils m'avaient presque laissée dépasser l'heure de trop tard avec eux, Oscar le percussionniste, à force de me voir jouer de mes yeux avec ses mains, m'a laissé sa place aux tumbas le temps d'un boléro, sous le regard réprobateur de Damas, qui n'admettait pas, vue l'heure, que sa petite traductrice puisse donner sa mesure à la douceur du rythme, avant de rentrer sagement dans sa pension. Les poètes se méfient des élans de la musique nue : alors, ils l'habillent de paroles comme des amants jaloux. *Plazos traícioneros.* Oscar chantait en envoyant au ciel ses grands yeux tristes, toute la douceur de la guajira enfouie dans les fossettes de son visage de gros bébé :

> *Cada vez que te digo lo que siento*
> *Tu siempre me respondes de este modo :*
> *Déjame, déjame ! Si mañána púede ser lo que*
>   *tu quieres...*

La contrebasse donne sa cadence sur trois notes fatiguées, auxquelles je réponds en quatre coups alternés sur les deux tumbas, pesant bien de la main gauche sur la conga basse, celle qui me touche au centre à chaque fois, le vrai cœur de réserve de la section rythmique, indifférent à l'excitation des bongos et des maracas, qui résonne entre les inspirations des poumons de la basse, juste entre l'appel du chanteur et le chœur des répondeurs.

> *Pero asi van pasando las semanas*
> *Pasando sin lograr lo que yo quiero*
> *yo no sé para qué*
> *Para qué son esos plazos traicioneros...*

À la fin du morceau, je sentais venir les larmes et la fatigue des plus grandes joies. Je calmais mes mains rouges et mon front humide et chaud sur l'épaule d'Oscar. Un jeune homme aux doux yeux, qui m'avait regardée appuyé au mur sous un palmier du décor, m'apporta du bar un grand verre d'eau : « Pour vous rafraîchir du grand voyage, mademoiselle ! » C'était Ariel pour la première fois, et déjà son sourire me ramenait à la terre ferme. Aucun insulaire n'a tant de légèreté dans le regard.

Ce soir, je ne resterai pas longtemps. Oscar me fait un petit signe étonné de ma présence et de ma solitude. Pourvu qu'il ne chante pas notre boléro comme il aime à le faire en guise de bonsoir complice. Heureusement non, il chante le dernier succès d'Alberto Beltran, toujours les yeux au ciel, en caressant ses tumbas sans un regard sur leur peau tiède.

> *Cantando, quiero decirte*
> *Lo que me gusta de tí*
> *Tu frente, tus cabellos, y tu ritmica*
> *El dulce sortilegio de tu mirar*
> *Me gusta todo lo tuyo*
> *Todo me gusta de tí...*

Ton front. Tes cheveux. Ton regard. Encore ma femme au front, ma femme à la chevelure, ma femme aux yeux. Je repense à l'*Union libre* de Breton sur un rythme afro-cubain. J'essaie d'effacer les paroles de la musique. Je ne peux plus supporter d'entendre les poètes et les chanteurs dépecer les femmes aimées. Nos cheveux plantes nourries par vos larmes, et nos désirs filtrés par vos regards. Mon Dieu ! Faudra-t-il aussi pourchasser la traîtrise des blues et des guajiras. Il faudra s'il le faut déchirer tous mes livres, mais je ne pourrai jamais sans mourir ne plus chanter ne plus danser. Mais toutes vos paroles ce soir me font mal, vous les chanteurs cubains et les poètes antillais, vos corps d'hommes sont enfermés dans des paroles et des serments de stratèges amoureux, que seuls peuvent briser le rythme du jazz improvisé et celui de la folie douce ou furieuse des mots. Ce soir, ce soir seulement, je comprends le rôle aigu des timbales et des bongos qui viennent déranger la régularité grave et mesurée des sons-*montunos*, des guajiras et des valses créoles. Ce soir enfin, je comprends pourquoi je ne comprenais pas comment les poètes antillais de mon cœur et de ma saison pouvaient dans leurs écrits à la fois théoriser comme Breton, se révolter comme Rimbaud, et chanter l'amour comme Verlaine. Je n'ai jamais mieux que ce soir réalisé l'éclaircie du mystère d'Étienne Léro, notre héraut martiniquais, poète par légitime défense contre le lyrisme de classe des bourgeoisies de toutes les couleurs assimilées au blanc, poète partisan du poème dynamite à retardement qui n'explose sans vendre la mèche qu'à l'endroit du cœur, mais hélas poète à polir des sizains ravissants où l'on croirait entendre Verlaine pleurer de n'être pas Rimbaud. O mon Rimbaud-Léro, comme j'aimais à t'appeler, es-tu vraiment mort l'autre soir en vidant tes bouteilles pleines de temps perdu, sans savoir que les vierges noires n'ont pas les seins d'argile ni les mains de glace, sans savoir que l'eau fraîche des ravines ne suffit pas à noyer nos désirs, ni vos tambours à dévêtir nos sentiments ? Léro, Picabia de nos paysages, les femmes ne sont pas nues noires devant vos solitudes, votre avenir ne s'arrête pas dans nos bras, vos traces de sang salissent nos lignes de vie. Rimbaud-Léro, poète-colibri-trois-fois-bel-cœur, les surréels poissons armés ont crevé ton tambour à petits coups automatiques. J'ai vu trois fois le mot cœur dans toute ta poésie, et c'est le cœur-cinéma, le cœur-simulacre, et le cœur-à-louer.

Ce soir seulement, je comprends pourquoi je n'ai jamais pu traduire tes vers en harlémicain.

Ce soir, Léro, je comprends mieux ta mort, et toi, ma fille, j'ai presque envie de remourir avec toi. Tout mon espoir ne vivait que de confiance totale en nos poètes et nos musiciens. Leurs voix douces et brutales disaient à mes oreilles des messages de révolution. Je n'écoutais de l'avenir que les tambours et les chants du Nègre colporteur de révoltes. Il vaudra mieux que je meure, si vivre c'est découvrir les serments non tenus des révoltes poétiques. Ce soir, je ferme mes oreilles au boléro d'Oscar. Seules peuvent encore m'atteindre les vibrations de la conga et de la contrebasse. Mes yeux suivent les mains d'Oscar pour oublier les paroles de sa bouche. J'ai peur de m'en aller trop loin. Mon corps échappe à la silhouette sculptée par mes compagnons, je me sens terrifiée de sa légèreté acquise au prix de ton sang. Les hommes sont un désert, je suis une oasis réfugiée en pleine mer.

Maintenant, c'est au tour de Malhia de chanter, ma belle Malhia à la voix d'eau de source et de torrent, ma Cubaine aux belles eaux, tu me fais mal, ta voix emporte ce qui me reste de corps loin de portée des hommes, de tous ces hommes futurs, ces musiciens et ces poètes que je rêvais en secret d'aimer, d'inspirer de mes yeux et de ma bouche. Je sais que mon corps va se fermer maintenant au contact de leurs mains, comme des oreilles se ferment docilement à leurs chansons et à leurs vers :

> *Espérame en el cielo corazón*
> *si es que te vas primero*
> *espérame que pronto yo me iré*
> *alli donde tu estás...*

Malhia, Malhia *de mi corazón,* faudra-t-il que je passe le reste de ma vie à pleurer seule la trahison des hommes à cause d'un enfant tué dans le ventre d'une jeune fille encore au brouillon de l'amour ?

> *Por eso yo te pido una vez mas*
> *me esperes en el cielo*
> *y allí entre nubes de algodón*
> *haremos nuestro nido.*

Malhia, tu m'avais dit un soir que s'ils avaient pu imiter notre voix, les musiciens se seraient passés de nous. La musique est une propriété privée des hommes. Tu avais ajouté : « *También la poesía !* » La poésie aussi. J'apprends trop de choses ce soir pour mon cœur trop lourd à mon corps trop léger. Les hommes me font payer mon amour de leur basse et de leur conga. Toute mon existence d'étudiante antillaise de Paris me revient comme la brûlure à retardement d'une écharde sur une plaie oubliée. Comment faire seule le tri entre leurs calculs et leurs innocences ? Toi, mon poète d'avenir, et toi mon amant de demain, et toi mon ami des révoltes futures, qu'as-tu fait de nous femmes dans tes gestes et tes paroles d'aujourd'hui ? Où sont les femmes dans ton *Bois d'ébène*, Roumain ? Où sont-elles dans ton *West-Indies*, Guillen ? Que faisons-nous, Damas, dans tes *Pigments* ? « Nous autres, griots, disent les Haïtiens, devons chanter la splendeur de nos paysages, la beauté de nos femmes, les exploits de nos ancêtres. » Et voilà le fier programme de notre génération : chanter la splendeur des beaux exploits. Vous faites le tri parmi nos ancêtres esclaves pour ne chanter que les révoltés. Vous faites le tri parmi nos paysages et taisez les mangroves au profit des volcans. Vous nous faites inspiratrices au départ de vos actes et consolatrices à l'arrivée, mais nous sommes absentes des chemins de votre mâle héroïsme. Poètes, vous trichez : vous prenez bien soin de nous désarmer avant de nous ouvrir grands vos bras. Ce soir, je voudrais apprendre l'injustice pour jeter dans le même puits ma cargaison d'étoiles blanches et noires, Rimbaud-Léro, Desnos-Damas. Mais la voix de Malhia dépasse la mesure de mes paroles : je n'ai quand même pas préservé ta vie, ma fille, pour mourir mon corps à tout homme futur.

Je sais à une vibration de mon cœur qu'Ariel vient d'entrer dans ma Cabane. Ou bien je rêve ou j'espère avoir rêvé tout ce dimanche ? Je presse dans la poche de ma veste la lettre que tu lui destines. Aurais-je la force de la lui remettre en supportant qu'il la prenne sans un regard sur toi et moi ? Son visage sous la clarté du bar semble plus doux encore qu'avant, ses yeux brillent d'un excès d'alcool et d'angoisse. Il m'a trouvée. Nos yeux se rencontrent et s'appellent, nul ne sait encore pour quel dernier message. Nos regards tissent dans la pénombre un fil ténu qui guide jusqu'à moi son grand corps comme un pantin qui aurait perdu ses ficelles en recherchant des chaînes.

Aquellos ojos verdes...

Ariel s'assied à côté de moi. Il y a celle qui comprend l'espagnol, mais qui n'y croit pas, et celui qui ne le comprend pas, mais s'efforce d'y croire encore, aux amours de boléro que Malhia chante les yeux fermés. Nous avons perdu toutes nos langues de communion. Nous n'avons plus que les yeux pour mourir en beauté. Peut-être sa main sur mon visage brûlant pourrait-elle encore adoucir ma blessure ? La pause de Malhia installe dans notre cabane un chuchotis confidentiel couvrant à peine le bruit de nos cœurs qui s'interrogent sur leur trop-plein qu'aucune de nos bouches ne veut déverser. Tous deux les mains dans les poches, moi presque enfoncée dans ma banquette qui me protège de tout envol prématuré, nous baissons lentement les paupières chacun sur soi comme à chaque fois que la tendresse, venue des yeux de l'autre, investit tout le corps attiédi et prend ses aises du fond du cœur au bout des doigts.

Je ferme doucement le poing sur ton petit message. Ma fille, je découvre que je t'aime et que nous allons bien toutes les deux, ensemble dans ce sourire blessé vers celui qui avait cru nous faire et nous défaire.

Ariel tire de sa grande poche un paquet qu'il pose à côté de mon verre, toujours sans un mot. Ce sont les deux ouvrages que je lui avais prêtés lundi dernier. Paul Eluard : *Capitale de la douleur*. Et le *Cahier d'un retour au pays natal*, qui vient d'être publié dans ce numéro vingt de la petite revue *Volontés*. Il les a traînés dans sa poche toute la semaine, avide surtout d'apprendre aussi vite que moi chaque page du *Cahier* de Césaire. Dès que je l'ai trouvé chez Corti, nous l'avons lu et relu ensemble toute une soirée et nous avons beaucoup ri et pleuré jusqu'au bout du petit matin, certains de voir le jour s'ouvrir sur une cinquième saison. Que viennent faire ces deux bouées de sauvetage sur mon île désertée ? Est-ce un appel ou un adieu ? L'ultime parole en bouche pour enfin pouvoir dormir tranquille ? L'étendue enfin mesurée de la lâcheté des trahisons d'amour ? Ariel, quel usage as-tu fait du pouvoir de l'amour, d'où t'est venue cette ambition de défendre l'amour contre l'avenir, et d'étouffer la parole de nos corps, sans prendre le risque de laisser le désir s'élancer vers le possible ? Ce soir, entre nous deux, la poésie pèse des tonnes et je souhaite qu'elle explose en bombes d'hypérite dans tes retranchements. Césaire, toi notre coup de folie nègre, prends garde à toi, prends garde à moi, si je trouve ce soir chez toi une seule ligne d'excuse au Blanc, si le hasard ce soir me fait proférer un seul vers qui trahirait ma révolte en se faisant complice de ce monde blanc que j'aime autant que le mien. Ariel nous allons pour la dernière fois nous jouer de la poésie. Je te laisse Eluard et je choisis Césaire ; et nous allons jouer aux douze coups de minuit le final du plus bel amour que tu auras jamais connu. Ce soir la poésie a les bras tendus trop court pour échapper à mon émancipation. La poésie, l'ambassadrice des amours en paroles va déchirer tous les traités de paix, bousculer les silences complices ; éclater de toute la force des mots que je n'ai jamais osé écrire. Les femmes et la nature peuvent se passer de poésie. La réciproque n'est pas vraie. Césaire j'ai un peu peur d'ouvrir au hasard ton *Cahier*, je ne sais pas encore ce que tu sauves des femmes et des enfants. Je n'ai pas encore trouvé la couleur de ton poème. Tous les grands textes tournent autour d'une couleur comme la terre tourne autour du bleu. Il y a trop de bleu chez Breton, juste assez chez Paul Eluard. Grâce aux peintres, le bleu n'est plus un sentiment. Je repousse doucement vers Ariel sa douleur capitale, et je me retourne vers le pays natal. Une ville et une île vont échanger leurs dernières paroles et leurs dernières volontés. Toujours sans une parole, nos regards retrouvent nos sourires dans un chassé-croisé d'adieu et de peut-être, au dernier carrefour avant le désert et la mer. Ridicule bataille entre le poète blanc de l'amour et le poète noir de la révolte ? Ah, non ! Ces phrases qui volent ne sont pas des mots en l'air. Un page de poésie, même tirée au hasard, saura toujours, par son message, extirper en couleur en douceur en douleur tout l'essentiel caché dans une minute qui passe, une seconde d'inattention, une soirée perdue, un jour qui s'en va vers une nuit blanche, une éternité de rêves, un dimanche comme tant d'autres, un instant de vraie vie.

Paul Eluard, blanc comme le sable en grains de bouchées de pain et de flocons de neige, poète veilleur de nuit du prisonnier au clair de lune, je remets ton sort entre les mains de mon amour Ariel, qui me remercie presque car il te connaît bien, il a toujours fait confiance à tes paroles, car elles déclarent presque partout l'amnistie des évasions pures. Ariel tourne et retourne les pages de son recueil. Il sait qu'il doit commencer, il appréhende que tout finisse. Sans doute va-t-il chercher dans sa mémoire les phrases d'un autre recueil de son poète qui pourraient m'imposer sa soumission que je refuse. Moi, j'ai toujours une main dans la poche, les yeux posés sur mes premières Volontés. S'il y a une ligne de trahison, je saurai mettre la main dessus. Tu m'y aideras, je garde une main serrée sur ta réponse au père inconnu. Dans mes quelques souvenirs de ce *Cahier* tout neuf, je ne retrouve rien qui chante « la splendeur de nos paysages, la beauté de nos femmes, les exploits de nos ancêtres ». Je suis sûre de moi comme de lui. Mon cœur est au diapason de ce retour sur soi, et j'additionne l'espoir et la sérénité.

« A » comme
Cahier d'un retour au pays natal

Chacun de nous deux glisse l'index dans son recueil.

Écoute bien ma fille, mon fils, Ariel va nous parler, une douce caresse et puis s'en va, écoute passer la voix très tendre, la voix très riche de mon amour ton père à venir, écoutons-le parler sang-cœur, à corps écrit. Ce soir, Ariel, tout mon corps redécouvre pourquoi je t'ai aimé. Je saurai m'en souvenir si je ne t'aime plus. Nous rapprochons nos bouches de nos oreilles car Malhia vient de se remettre à chanter. *« También la poesía ! »* Il faut que sa voix aussi me protège. Je suis ce soir sans balisage ; Ariel, Eluard, Césaire, vous êtes presque trois hommes en face de moi. Je ne t'écouterai qu'attentive à moitié mon amour. L'autre oreille sera pour les romances de Bienvenido Granda.

Malhia nous sommes seules à nous comprendre. *Por dos caminos de angustia y amor, Aunque me cueste la vida :*

— La voix blanche : *Le désespoir aura la belle allure des victoires sans lendemain, et un jour, la femme se lèvera avec des mains dangereuses ;*

> *(Angustia de no tener te a mí*
> *Tormento de no tener tu amor...)*

avec un corps dévasté, rayonnant à toute heure, et le soleil refleurira comme le mimosa.

— La voix noire : *Embrasse-moi d'un plus vaste frisson, embrasse-moi jusqu'au nous furieux, embrasse, ma pureté ne se lie qu'à ta pureté... et va-t'en, je déteste les larbins de l'ordre et les hannetons de l'espérance.*

Je n'ai pas ouvert mon livre ; j'avais déjà choisi de lui dire cela d'abord. J'ai un peu triché en posant le début à la suite de la fin, mais j'ai triché par cœur.

> *(Nostalgia de no escuchar tu voz...)*

— La voix blanche : *Le supplice est plus dur aux bourreaux qu'aux victimes, mon bel esclave du présent... Je me suis brisé sur les rochers de mon corps, avec un enfant que j'étranglais : lequel de nous deux est absent ?...* « O mon amour, poursuit Ariel, je sais que le dialogue est terminé. Tu vas t'en aller, mon amour, petit soleil crépu. J'ai bien joué ton jeu. J'ai gravi ton calvaire de citations... Depuis midi, je te cherche dans tout Paris. Gerty après la messe était venue m'attendre chez moi. Elle était inquiète. Je lui ai tout dit. Elle n'a rien dit. Nous te cherchons dans Paris. Je viens de la raccompagner à la pension. J'avais peur de ton suicide. Je ne pensais pas te trouver à la Cabane... Coleman Hawkins est de passage ici, retour de Suède vers Harlem... Il n'y a plus que lui que je peux encore entendre ce soir. Je l'avais présenté à Oscar ; il arrive pour faire le bœuf... Siméa, mon amour, tais-toi, garde ta dernière parole bien choisie pour toi : je sais comment finit le *Cahier*. Aucun poème ne tient devant un corps violé. Mais j'ai trop peur de nos silences. Je te parle avec tous les débris de tendresse éparpillés par ma lâcheté. Même si je t'avais tuée, je serais revenu te chercher avec ce qui me reste de folie. Je ne peux pas m'abandonner à ton imagination. Je préfère parler sans m'arrêter sur ton silence. Je préfère fermer les yeux devant toi sur ton regard. Je t'ai fait trop de mal, mon amour, pour te laisser tranquille... »

(Ariel, je voudrais boire de l'eau, je voudrais un grand verre d'eau bien fraîche, mais sans glace !)

Doucement, doucement, ma main se pose sur sa bouche entrouverte, ses lèvres douces et tièdes sur ma paume brûlante : Tais-toi, Ariel, tais-toi. Le jeu est terminé. Moi seule j'ai encore droit à une phrase. Il était une fois, une dernière fois. Le poème est presque fini. Je n'ai pas eu peur de le parcourir dans l'ordre page après page. Écoute bien ma dernière parole, non, je vais plutôt te l'écrire sur cette enveloppe, sur cette lettre à ton adresse, ce premier et dernier message d'un amour à qui tu n'as donné aucune chance, frappé de silence et de sang comme par un rejet de pourvoi.

La voix noire : *Je me cachais derrière une vanité stupide, le destin m'appelait j'étais caché derrière et voici l'homme par terre ses déclarations pédantesques rendant du vent par chaque blessure. Il y a encore une mer à traverser pour que j'invente mes poumons :*

Expéditeur : notre enfant de cœur, tué d'un coup de revolver à cheveux blancs de peur de son père et de sa grand-mère, tué pour des prunes à l'eau-de-vie. Ma mère votre coup a raté : pour tuer l'espoir au ventre d'une mère, c'est la femme qu'il faut viser. Ma mère, tu m'as jetée au fond d'un puits aux murs tapissés de feuilles de bananier de corrosol et d'avocat pour mieux te faire croire qu'un arbre m'a laissée tomber sur la tête. Mais je suis remontée pierre à pierre, mot à mot, les ongles agrippés à des branches de poèmes et de serments, avec à chaque étape l'eau fraîche d'une feuille blanche à noircir de souvenirs désaltérants. Ce soir, j'écris comme une folle qui urine de plaisir après s'être retenue jusqu'aux larmes. Je réalise noir sur blanc la transmutation des larmes et du sang. Ariel, plus haute que le soleil et plus bas que le feu, plus liquide que le vent et plus dure que le granite. Ariel, tes douze coups d'Eluard n'ont élu au hasard ni le mot cœur ni le mot sang.

Sang-cœur : tout ce à quoi pourtant je me résume ce soir.

Et voici que surgit au milieu de ma renaissance le visage de Gerty à la Cabane cubaine : elle a trouvé mon mot. Et son regard m'est précieux comme un phare intimant aux récifs ses ordres lumineux sous la tempête. Bientôt enfin sur son lit, au final de ce dimanche de vie ou de mort, les larmes du repos que je sens venir vont couler libres sur son épaule, et nous serons enfin seules, deux femmes à caresser ma douleur et ma joie, Gerty, je t'embrasse, oui, ma joie d'avoir échappé à leur mort, et aussi à la haine et pis encore au mépris. Ariel, allons danser notre au revoir.

Malhia ne chante plus, les Cubains font la pause, les jazzmen sont arrivés. C'est l'heure du bœuf et du blues, d'habitude trop tardive pour moi mais, ce soir, j'ai passé la démesure. Je vais danser le blues avec Ariel. Ariel m'avait parlé de ce saxophoniste. Depuis un quart d'heure, il a sorti son énorme instrument de sa boîte et égrené posément quelques notes ni tristes ni gaies sur les vocalises de Malhia, les yeux mi-clos comme un client au bout d'un dernier rêve avant le froid de la rue. Accrochée à ton rythme, Ariel, j'écoute pour la première fois ce Coleman Hawkins qui joue son air tranquille comme un désespoir assuré. *« Body and Soul »*, me dit Ariel, je regarde ses deux yeux de chat qui tombent sans rien voir au-delà de la courbure dorée de son saxophone. Grand sexe grave. *« Body and Soul,* sa dernière composition. »* Notre dernière danse, Ariel, j'essaie de suivre le fil de la mélodie dans le labyrinthe de son improvisation, j'essaie de suivre le rythme de tes pas réguliers et la chamade de ton cœur rendu sur ma poitrine, la tête sur ton épaule large, les deux mains jointes sur la ligne douce de ton cou, presque sous tes cheveux qui caressent mes doigts. Nous aurons tout dit sans une parole de procès ou de rachat. Les grandes amours se terminent sans avocats ni juges. *Body and Soul :* « Ce musicien a peur de la solitude comme moi de te revoir, dit Ariel, écoute, jamais il ne va directement à une note aiguë sans passer par toute une chaîne d'harmonie, écoute-le commencer chaque phrase par une note tremblée, comme seule peut le faire une clarinette d'ébène bien

chauffée ! » Je t'aime, Ariel, j'aime que ton désespoir ne
bouche pas tes oreilles. À mon retour au pays, il faudra que
je recommence à jouer sur la clarinette de papa-Gabriel.
La contrebasse joue en paix avec les tambours qu'Oscar
balaie les yeux fermés contre la brûlure de son cigare. Le
saxophone improvise seul des appels impudiques avec la
véhémence grave et aiguë des désirs étouffés. Ariel, moi
corps et âme tout le long de ton corps, je sais que je t'ai
aimé, tu sais que j'aime encore. Je glisse dans ta poche la
lettre de l'enfant de cœur. Nous n'avons plus rien à nous
dire d'autre que ce blues sans paroles et cet adieu sans
phrases. Toute ma vie, je saurai reconnaître cet air *Body
and Soul* qu'il croit jouer pour lui seul, corps et âme enfon-
cés sur la banquette obscure. Ariel, tu m'as appris le jazz, je
sens battre ses poumons derrière ses grosses narines à filtrer le souffle du ténor, *Body and Soul,* le souffle de ses
lèvres donne au cuivre une couleur plus vive que le bruit
des forges violentes. Son instrument énorme brille comme
une braise chauffée par l'air généreux de son inspiration. Je
me sens forte et sereine sans le secours de l'oubli. Ariel,
j'ouvre les yeux sur ton regard. Gerty restée debout regarde
le saxophone. Gerty, je danse parce que je suis heureuse, je
suis heureuse d'avoir restauré mon corps, Ariel ne s'en ira
pas avec lui, je suis pleine et entière, grave et aiguë, mélo-
dieuse et improvisée, je me sens bien *body and soul*. Moi
aussi, j'ai vu l'enfer des femmes là-bas, dépossédées de la
vérité de leur âme et leur corps, *body and soul*. J'ai perdu
mon ange et ses images. Ma saison en enfer se termine sur
un baiser d'adieu aussi long que le passé commun. Sans
victoires ni pardons, les souvenirs et l'imagination se sont
faits un ami de mon cœur. *Body and Soul.*

Ariel pour toi j'étais un toit à qui tu as offert ta maison.
Ce soir je suis une jeune femme noire heureuse par-delà le
bien et le mal. Je fête ma renaissance au-delà de la couleur
de peau. Je n'ai plus besoin ni de miroir blanc ni de miroir
noir. Le cœur est généreux mais la peau est un narcisse, elle
n'aime ni les prismes ni les verres colorés, les maquillages
décolorés. Elle n'aime être reconnue que par elle-même à
fleur de peau, chacun sa couleur sans tricherie, et bienvenue à la teinte des autres, le soleil saura harmoniser les

tons. Et les femmes ont quatre races. Ariel mon corps a passé en douce par la couleur de ta peau, mais ce soir je t'aime et je te quitte au-delà de ta blancheur. J'ai eu la chance extraordinaire pour mon premier amour d'aimer un toucher de peau avant la couleur de cette peau. Et cet aveuglement me préservera pour toujours du ressentiment des races. Mais aucun homme *body and soul* ne pourra-t-il désormais me toucher ? Si je ferme les yeux sur ce dernier blues de la Cabane cubaine, je fournis à ta peau la couleur de mon désir. Ce soir, Ariel-Rimbaud, tu es un Nègre, mais tu ne peux plus être sauvé ; Ariel-Breton, ce soir tu as perdu le secret de nous aimer toujours pour la première fois ; Eluariel le ciel s'est refermé sur ta maison sans toit. Ce soir est un jour de certitude, et de confidence. Un dernier mot Ariel, avant de t'embrasser. Il y a chez nous en Guadeloupe un proverbe des Nègres-marrons que mon papa-Gabriel m'avait appris juste avant mon départ pour Paris. Je te le donne pour la suite du chemin :

« Voyage vers le village où tu n'as pas ta maison, mais voyage avec ton toit. »

Je te donne le bras Gerty pour remonter l'escalier de la Cabane, la fraîcheur du dehors réveille ma douleur. Un vieux Nègre élimé comme sa veste négocie avec le groom le droit d'entrer boire les dernières notes du jazz. D'un seul élan, comme une envie de femme enceinte, je me précipite vers lui, je l'embrasse sur ses deux joues creusées de faim et de fossettes piquantes, je lui donne un petit billet pour qu'il s'offre un bon punch au citron, sans glace, et je dis au groom cubain : « Laissez-le passer ce soir. *Es mi tío de Guadalupe !* » « Tu as embrassé Hanna Charley ! » me dit Gerty presque offusquée. Oui, j'ai retrouvé force et courage, c'est un baptême dont je me souviendrai, le baiser au Nègre déshérité. Nous avons bien ri de lui pendant toutes nos années d'études, de notre Charley-philosopheur, grand seigneur souliers percés, négrofarandoleur du quartier Latin. Tu ne peux pas savoir comme j'en suis fière ! Tu me comprendras quand tu auras fini le *Cahier* de Césaire ; c'est lui le Nègre *comique et laid !* Maintenant seulement, Gerty, nous sommes des fruits bien mûrs pour le pays natal.

Leur guerre va bientôt commencer.

Dans trois semaines, nous embarquerons sur le *Bretagne* qui nous ramènera aux Antilles pour toujours.

Je renierai ma mère. Tant qu'elle y sera vivante, je ne verrai plus ma terre paternelle des Flamboyants.

Gerty, la vie est un village où je n'ai plus ma maison.

Et je me suis enfin mise à pleurer, dans la rue de la pension.

Mais, tu veilles trop tard, pour un enfant : emmène-moi nous coucher.

Siméa
(Dimanche soir, 1939).

5

L'AIR DE LA MÈRE

Siméa

*(Tu t'es bien souvenue de ce que tu ne savais pas encore :
créer du désir, de voir, de parler, de lire, d'écrire, d'aimer.
Aimer ne suffit pas, il faut dire que tu aimes.*

*Ta révolte a égaré ton architecture aux yeux bleus et ses
labyrinthes à filer le désir.*

*Ton être a été plus haut que le soleil et plus bas que le feu,
plus liquide que le vent, plus dur que le granite.*

*Rien ne te manque. Tu n'es ni je ni elle, ni objet ni
sujette.*

*Tu débordes sereinement ton identité comme toute fleur
déborde du vase.*

Ta lettre à ton aérée-morte est arrivée à sa destinée.

*Et la réponse repart à ta recherche, d'une écriture plus
vraie d'être légitimée,*
comme une nouvelle source remodèle la mer...)

L'hiver antillais

Tu as voyagé avec ton toi, vers le village où tu n'avais pas ta maison. Et tu t'es installée à Saint-Claude, au pied de la Soufrière.

Tout le corps du volcan te protège du souvenir depuis ces trois ans de ton retour. Son panache de fumerolles très visible message depuis ta chambre jusqu'à la Lézarde et l'habitation Flamboyants d'où ta mère-Rozette surveille ton silence rassurant pour sa réputation.

Comme toute femme-volcan, ton silence plus encore que ton cri sait tenir le monde en respect des futures explosions.

Saint-Claude semble si loin du monde. Comme si le danger suprême de l'éruption volcanique reposait l'esprit des petites peurs de circonstance humaine. Refuge des plus grands : le gouverneur Saurin y a sa résidence et l'amiral Robert, haut-commissaire de Vichy aux Antilles, aime y retrouver l'oubli de Fort-de-France. Refuge des plus malades, avec l'hôpital du camp Jacob, rempli des visiteurs venus le dimanche de tout le tour de l'île. Refuge des plus fous, avec l'asile d'aliénés au Premier Plateau, où tu as obtenu une place d'institutrice, en vérité totalement libre de tes activités avec ces enfants de tous âges dont personne n'attend plus rien.

La guerre elle-même a du mal à grimper le terrible morne Montérand, souvent fatal aux carburateurs des chars de transport en commun modifiés pour supporter le carburant d'alcool de canne à 95°. Les centaines de marins de la flotte d'occupation ne s'y hasardent presque jamais, plus familiers du sel des bouges du port que du soufre des hauteurs. Les soldats du petit contingent terrestre sont le plus souvent consignés au camp Jacob : ces Noirs des Antilles et ces tirailleurs sénégalais égarés jusqu'ici par la débâcle du monde n'inspirent pas grande confiance à l'amirauté.

Il faut dire aussi que la guerre ici s'est apparemment endormie, les forces de Pétain assoupies autour de l'île comme un concubin rassuré d'avoir bien écarté les autres soupirants, anglais et américains, dans ces possessions jugées trop lointaines pour sursauter longtemps à la violence de l'explosion nazie. Pourtant, les jumelles Martinique et Guadeloupe ont bien failli devenir le centre de résistance de la France libre, avec tout l'or de la Banque de France au secret dans les caves du haut-commissaire, et ce qui restait de la flotte de guerre en dérade à l'abri de nos anses. Les colonisés ont répondu sur l'heure, du Tchad aux Antilles-Guyane, à l'appel aux Nègres lancé de Londres cinq jours après l'appel du 18 juin aux Français de France, aux Français français. Le Conseil général de la Martinique s'est réuni le jour même pour prendre position en faveur de la France libre, en appelant à l'intervention des États-Unis et du Canada dans l'île. A Pointe-à-Pitre s'est constitué un comité de notables pour l'indépendance de la Guadeloupe, État libre sous la protection des États-Unis. Les Américains, tenant autant à protéger les Antilles françaises de l'occupation britannique que de celle de Vichy, et soucieux du *statu quo* colonial, ont préféré décourager l'opération Astérisk, visant à y instaurer un régime pro-gaulliste ; et signer un accord avec l'amiral Robert, le haut-commissaire de Vichy pour les Antilles et la Guyane, assurant une neutralisation de la flotte de guerre et de l'aviation consignées sous leur contrôle à Fort-de-France, et le gel des réserves d'or, en échange de leur assistance économique face au blocus des alliés, « pour soulager la détresse en Martinique et en Guadeloupe, en assouplissant les restrictions, particulièrement en matière de nourriture, de produits médicaux, et d'essence pour le transport automobile ».

La faim enfante la peur. La peur enfante l'oppression, qui enfante la peur au ventre vide de l'oppression : au final du compte, on gagne une addition de peurs, de famine et d'oppression. L'ombre fasciste s'étend sur la population noire des îles investies par des centaines de fusiliers marins imposant l'ordre uniforme blanc à coups de décrets d'épuration, de révocation, d'internement administratif, d'expropriation, de dissolution, de censure, de salut au drapeau obligatoire, de défilés d'écoliers tout de blanc vêtus, de dénonciation et de chasse à l'homme. Qui ne revêt pas la chemise blanche à col ouvert de la marine est suspect de dissidence. Les quelques Juifs des tropiques sont déchus de la nationalité, les premiers communistes sont pourchassés et les francs-maçons écartés de l'administration. Plus d'élections, les conseils sont dissous et remplacés par des assemblées locales nommées par l'amiral. Les Békés blancs-pays reviennent en force, suivis de quelques mulâtres qui portent leur chapeau. Conseils décolorés : pas un seul Noir n'y est nommé. Toute la classe politique noire est balayée : petits-bourgeois et libéraux, enseignants, avocats, médecins, depuis un demi-siècle dans l'antichambre d'un pouvoir sur leur destin, sont renvoyés à l'office exclus de tout avenir. L'invasion des poissons armés cuirassés de Vichy a transformé Martinique et Guadeloupe en deux immenses habitations à l'ancienne, en autarcie totale, sur lesquelles les Békés savourent leur revanche contre la République en sirotant les punchs trop sucrés des fastueux bals à Blancs de Basse-Terre et de Didier. Voilà pour l'oppression. Et même, par décret de 1942, la Guadeloupe, la Guyane et la Martinique sont alignées sur l'heure d'été et l'heure d'hiver de France. Mais ni les paysans ni le soleil n'ont obéi.

Toutes les occasions sont bonnes pour célébrer dans les rues la révolution nationale : la fête Jeanne d'Arc, la Saint-Philippe, la Quinzaine impériale. Même Schoelcher est fêté par les fascistes des îles, malgré sa négrophilie, parce qu'il avait su naître lorrain aux yeux bleus. Mais les monuments aux morts sont barbouillés régulièrement de peinture noire. Ceux-là mêmes que Paul Morand reprochait aux autorités d'avoir érigés aux colonies : « J'aperçois, disait-il à Fort-de-France, des monuments avec des soldats français, en marbre blanc, mortellement blessés. C'est une faute, car pour les Nègres le vainqueur est celui que les balles ne touchent pas et qui ne meurt jamais. » Il aurait été bien plus satisfait du monument à Schoelcher qu'on a élevé en Guyane, en plein centre de Cayenne : « Sur un immense piédestal se dressent deux êtres de bronze. L'un d'eux vêtu d'une longue redingote, retient doucement par la main un Nègre gigantesque, hagard et nu, qui déploie une imposante musculature. Aux pieds du géant noir gisent les lourds anneaux d'une chaîne rompue. Et l'homme en habit de cérémonie qui a le front haut et le regard serein du libérateur, de la main droite, montre à l'ancien esclave d'immenses horizons de flammes et semble lui dire : " Fini le cauchemar ! " » Barbouillé de noir, lui aussi le libérateur ! Et tu souris bien fort en l'apprenant, car tu devines le rire de Léon Damas quand il le saura, lui qui se terre en France avec Desnos du côté de Toulouse, et qui même s'il se réfugie aux Antilles risque le poteau d'exécution pour quelques poèmes-dynamite de *Pigments,* comme celui-ci qu'un soir il avait rapidement composé à la Cabane cubaine en montrant à Langston Hughes incrédule une belle carte postale du monument aux morts de Cayenne :

Passe pour chaque coin recoin de France d'être un monument aux morts.
Passe pour l'enfance blanche de grandir dans leur ombre mémorable vivant bourrage de crâne d'une revanche à prendre
Passe pour le crétin d'Allemand de se promettre d'avoir la peau du Français et de s'en faire des sauts de lit
Pour le crétin de Français de se promettre d'avoir la peau de l'Allemand et de s'en faire des sauts de lit
Passe pour tout élan patriotique à la bière brune au Pernod fils
Mais quelle bonne dynamite fera sauter la nuit
Les monuments comme champignons qui poussent aussi chez moi.

Mais aujourd'hui les Antilles ont sorti leurs hardes de clochard pour cacher leur ventre creux, avec, comme disait Damas, des yeux qui tendent la main.

Deux bateaux amènent tous les mois quelques bœufs de
Saint-Domingue. La Guadeloupe envoie à Fort-de-France
quelques chalands de poyos-tinains, qui retournent avec
quelques fûts du carburant local d'alcool de canne. Sur
vingt-sept tonnes de légumes débarqués, dix-huit vont aux
marins, cinq aux hôpitaux et quatre à toute la population.
Le fil à coudre est vendu au mètre, mais la faim n'empêche
pas les incendies réguliers des récoltes de canne à sucre : la
dissidence du rhum.

L'électricité est coupée la moitié du temps, mais le noir
favorise le départ des premiers révoltés pour la France
libre, via Sainte-Lucie et la Dominique. Il y a un mois s'est
tenu le procès des jeunes gens qui ont occupé une matinée
le bâtiment de la Poste et de la Radio pour lancer des
appels à la Résistance. Comme tous leurs avocats, Gerty
ton amie-sœur est en danger d'arrestation. Il faudra bientôt
installer un quartier de femmes au fort Napoléon pour les
fortes têtes féminines du barreau, du lycée et de l'école des
filles. « Mademoiselle et maître, je crois voir dans vos
plaidoiries un sentiment de haine envers les Allemands ! »
lui a déclaré le chef des Services de sécurité. « Non, monsieur le Commandant, d'amour pour les Français ! Les
seuls Allemands que je connaisse n'ont inspiré aucune
haine à l'enfant que j'étais : c'était les membres d'une délégation venue proposer l'aide humanitaire de Berlin après
le terrible cyclone de 1928. »

Tu sais qu'il faudra lui rendre visite plus discrètement
pour ne pas éveiller de soupçon sur ta personne, car l'hôpital psychiatrique recueille de temps en temps comme
malades quelques candidats à la dissidence, dans l'attente
de l'organisation du passage en canot, trop tôt découverts
pour avoir refusé de chanter « Z'enfants obéi papa
Pétain ! » lors du salut quotidien au drapeau, à leur lycée
ou à leur travail.

Tout ce qui a l'autorisation de se dire ou de s'écrire ne
respire que le culte de la France, à laquelle les Antilles sont
totalement assimilées : « Français, tous, nous sommes
avant tout (Noirs, Blancs et autres) frères en la patrie, notre
mère. » Car « nous ne sommes après tout que les perpé-
tuels élèves de notre bonne métropole ». En 1942, un

échantillon du sol de chaque commune a été expédié à Gergovie, capitale de nos ancêtres les Gaulois : « Où, de tous les coins de l'empire, arriveront des sachets semblables renfermant de la terre prise dans chaque village de France, de cette France métropolitaine et coloniale dont l'indissoluble unité a fait l'admiration du monde. (...) Sachets prélevés ici sur la tombe d'un légionnaire mort pour son pays, là au pied d'un monument aux héros des deux guerres, ailleurs sur l'emplacement d'une lutte héroïque où les Martiniquais soutinrent victorieusement l'honneur français, dans les siècles passés, contre l'Angleterre. »

Tous les journaux rivalisent de blancheur, *la Paix, le Clairon, la Petite Patrie* : « L'assimilation continue. Voyez, aujourd'hui, avec quel scrupule et quelle rapidité on nous applique les mesures adoptées dans la métropole. On n'a plus besoin de l'intervention parlementaire. C'est de la franche assimilation, n'est-ce pas ? L'œuvre d'assimilation se poursuit sans bruit, sans fête. Car il n'y en a vraiment pas besoin pour une chose si simple, nous dirons même si naturelle. »

Et les rimailleurs locaux claironnent des acrostiches au nom du maréchal :

P   *acifions l'État, à la France serrée*
É   *rigeons des remparts : qu'elle soit bien ancrée*
T   *ravaillons ardemment. Passons-nous le flambeau*
A   *fricains, Antillais ! Tous sous même bannière*
I   *nstiguons-nous au Juste, au Bien, au Fort, au Beau,*
N   *ous devons tisser tous l'étoffe printanière.*

Seuls ont la parole les Nègres qui se savent une race de seconde classe, nourrie, logée, blanchie, la place est bonne avec possibilité de promotion rapide pour ceux qui justement savent rester à leur place : « Voyez, je sais comme vous faire des courbettes, comme vous présenter mes hommages, en somme je ne suis pas différent de vous ; ne faites pas attention à ma peau noire : c'est le soleil qui m'a brûlé. »

Sur toute la négritude antillaise écrasée de silence, les

îles dérivent comme des wagons plombés de marchandises de petit choix.

Mais comment l'oppression pourrait-elle faire pour écraser le silence, qui ne se dit pas, ne s'affiche pas, la silencieuse dissidence qui touche d'abord l'un puis l'autre, puis l'un et l'autre, puis les uns et les autres, d'autres encore, plusieurs milliers aujourd'hui, révolte silencieuse méticuleusement lovée au creux même du silence complice de tout ce peuple des Antilles, on ne sait trop de qui ce silence se fait complice, des oppresseurs ou des révoltés.

D'ailleurs on ne trouve plus guère de cahiers ni de porte-plume. Comment casser un silence si bien entendu avec seulement des enveloppes récupérées et l'imprimerie officielle du gouvernement ?

Au plus bas de la fosse, voici venu pour vous le temps de remonter en poésie. Des poèmes écrits sur des enveloppes retournées, quand l'île aux fleurs et l'île aux belles eaux sont tenues sous le carcan d'une flotte de cuirassés ? Oui, des poèmes, et des cartes populaires, et des récits, et des chansons anciennes, et des musiques neuves, quand la géographie ne protège plus l'histoire, quand il n'y a plus le choix qu'entre le désert et l'océan, quand il est temps de mériter ses rêves, quand un assaut d'images renouvelle une pensée, quand le cœur prend les moyens de justifier sa faim, quand sur des îles sans remparts, dans un pays sans cartes, chez un peuple sans drapeau, l'homme se sent encore à la portée du monde, et que la femme écrit comme toi tu oses écrire, dans ta chambre de l'asile où sont posés sur un tambour les cinq numéros de la revue *Tropiques,* que tu feuillettes ce soir en souriant du cœur.

Ainsi toi-même, recluse dans ton asile où tu fais composer des poèmes libres aux enfants fous, tu t'es proposée comme correspondante dans ta commune de la revue *Tropiques* que Suzanne et Aimé Césaire et René Ménil ont lancée il y a deux ans comme un défi calme et sûr à toutes nos petitesses et nos reniements.

Avril 1941 : Acte de naissance d'une revue culturelle à Fort-de-France :

« *Terre muette et stérile, c'est de la nôtre que je parle. Et*

*mon ouïe mesure par la Caraïbe l'effrayant silence de
l'homme. Europe, Afrique, Asie. J'entends hurler l'acier, le
tam-tam parmi la brousse, le temple prier parmi les
banians. Et je sais que c'est l'homme qui parle. Encore et
toujours, et j'écoute. Mais ici l'atrophiement monstrueux
de la voix, le séculaire accablement, le prodigieux mutisme.
Point de ville. Point d'art. Point de poésie. Point de civilisation, la vraie, je veux dire cette projection de l'homme sur le
monde ; ce modelage du monde par l'homme ; cette frappe
de l'univers à l'effigie de l'homme. Une mort plus affreuse
que la mort, où dérivent des vivants. »*

Ah ! tous ces Antillais ne sont véritablement que
d'impénitents marmonneurs de mots ! Et vous avez
reconnu cette délicieuse manie qu'ils ont de passer leur
temps à se rabaisser et se critiquer entre eux ! Et les commissaires de la censure de partir d'un bon rire franc d'ignorance en accordant leur visa à ce respectueux petit groupe
d'enseignants esthètes et philosophes prétentieux comme
des Foyalais devant Saint-Pierre en ruine ; d'ailleurs leurs
élèves les adorent, et les parents les respectent : il paraît
qu'ils vous fabriquent un bachelier en six mois garantis !

Et le tour était bien joué. La force de la poésie, c'est de
jouer avec les mots sans s'arrêter jusqu'à sa mort ou celle
de l'oppression. René Ménil nous a prévenus en douce :

*« La revue nous permet de mettre à l'ordre du jour les
grands problèmes de la poésie, de la culture et de l'homme
antillais. Notre parenté avec l'Afrique, notre dimension
raciale et historique, la nécessité de faire l'investigation
méthodique de notre patrimoine propre (flore, faune, fol-
klore, contes et superstitions). Mais notre jubilation est à
chaque numéro d'opérer un ajustement à l'intention de la
censure préalable, où le jeu verbal et notre usage de
l'humour aiguisent le plaisir d'écrire.*

*Nous devons, en écrivant nos textes, doser l'expression de
façon à opposer à la doctrine de Vichy les valeurs de liberté
et dignité humaines sans cependant provoquer l'interdiction
de paraître puisque nous avions décidé d'écrire, d'écrire
malgré la censure. Mais jusqu'où pouvons-nous aller le plus
loin possible ? »*

Jusqu'à réveiller les consciences emprisonnées en endormant la confiance des geôliers. Et rappeler aux rebelles qu'ils doivent préserver leur don de chanter. Vous avez tous été pendant les années trente une génération d'intentions et de critiques. Vous voici tous et toutes de retour au pays natal à la découverte de ces îles oubliées dans vos consciences fidèles. Toi, tu sais dans la mémoire de ton corps que les seules révoltes justes sont celles porteuses de création. Et que la poésie jusqu'au bout sans faillir ni se taire doit pratiquer la dissidence, quitte seulement à cacher son jeu aux chiens de policiers.

C'était à ce moment la saison des lanternes. Tu écoutais passer devant la grille de l'asile les gamins des rues qui, de porte en porte, proposent aux enfants sages leur petit spectacle en boîte, pour deux sous d'émerveillement contre trois noix d'acajou :

> *Ah ! ma jolie lanterne*
> *Bâtie comme un château*
> *Qui veut voir ma lanterne*
> *Des magies pour des noix !*

Par la petite lucarne de la boîte magique, on voit une carte postale de France, ou une illustration de mode, collées sur les côtés, quelques fleurs fraîchement cueillies, des « caractères des hommes » qui, sous la lumière et la chaleur de la petite lanterne à huile, changent trois fois de teinte en un rien de temps, du blanc au rose et au rouge vif, et surtout, trônant sur un tapis de pétales de lilas, de roses et de jasmin, un petit pantin articulé qui répond par ses gestes comiques à la chanson du montreur :

> *La beauté, la clarté*
> *La magnificence si beau*
> *A ka mussieu Chon*
> *Ka vanne bouchon*
> *Pou bouché bouche*
> *A tout' ti cochon...*

La poésie est entrée elle aussi dans la saison des lanternes, bien à l'abri du couvre-feu dans sa petite boîte tapissée de fleurs, de mots obscurs et de formules imaginaires qui font sourire les folles et les enfants. Les poètes d'initiation ensemencent le feu dans un grand rire de singe qui dérange le repos des gardiens du zoo. Alors les parents raisonnables et les marins incrédules s'enfoncent bien au chaud de leurs draps blancs, et la nuit tropicale très complice s'étend sur leurs oreilles pour protéger l'avancée des Nègres-marrons et des enfants sauvages :

C'était à ce moment la saison des lanternes. Pour la première fois, tu as quitté ta réclusion pour écrire un petit mot aux Césaire que tu n'avais jamais eu l'occasion de rencontrer :

« Suzy-Aimé,

Nous saurons nous rebeller par amour, non de la révolte, mais de la fraternité des pur-sang.

Nous recréerons la poésie antillaise, blues taillé dans la pierre, notre cri de galet policé par la mer. Oui, faisons des diamants de nos injures. Collons au sol nos oreilles pour écouter passer demain.

Siméa. »

Trois fois bel conte...

En temps longtemps,
Il y a de ça longtemps longtemps
le diable était un tout petit bonhomme encore
Bon Dieu avait un grand chemin à faire construire.
Mais tous les Nègres disaient qu'ils ne voulaient pas travailler sans tambour-ka.
Il y avait un seul tambour sur la terre : et c'est Colibri qui avait ce tambour-là.

Bon Dieu appelle le cheval et lui dit comme ça :
— Chouval, mon fi, va auprès de Coulibri, demande-lui pour moi de me prêter son grand tambour-ka. S'il ne veut pas, bats-toi avec lui.

Chouval part, placata, placata, placata, jusqu'à ce qu'il arrive chez Colibri.

— *Bonjour, Coulibri.*

— *Bonjour, Chouval.*

— *Bon Dié, mon maître, te demande de lui prêter ton grand tambour.*

Coulibri prend un petit air effronté, et répond à Chouval :

— *Tu diras à Bon Dié ton maître qu'il n'aura le tambour que le jour où ma tête sera sous la pierre de taille, là dans la cour.*

Chouval se cabre en l'air. Coulibri voit bien qu'il faut défendre son corps. Sans perdre la carte, il hèle Crapaud, son Nègre :

— *Crapaud, tu veux bien manier le tambour-ka, oui ?*

Crapaud enjambe le tambour, et commence à battre clip, clip, clip, clim-clim, en chantant comme pour les zombis :

> *Ingoui, ingoua, gomboulé zombi*
> *Bambou lé bois, bambou lé zombi*
> *Ingoui, ingoua*
> *Bam si goin, timb min goui*
> *Tamb min goua*
> *Bann' si moin prété pou ran'ne.*

Ça chauffait, ça chauffait. Chouval envoyait des éclairs par ses yeux, des éclairs par ses pieds. Coulibri perd quelques plumes. Mais, cette petite bête-là, vous savez comme elle est pleine de courage ! Il fait la ronde sur la tête de Chouval, le frappe zip-zip dans ses yeux, et le rend aveugle comme Aliquio. Chouval demande grâce, met ses pieds de cochon dehors bien vite, et malgré ses yeux aveugles, arrive auprès de Bon Dié pour lui faire voir ce que la petite bête lui a fait.

Bon Dié commence à se fâcher. Sa bile bouillit. Il appelle le bœuf.

— *Bèf, mon fî, avec tes cornes à toi, tu sauras venir à bout de cette mauvaise qualité de bête qui s'appelle Coulibri. Tu vois ce qu'il a fait à Chouval alors va te battre avec lui.*

Bèf s'en va, faraud comme un petit docteur, sûr de tuer Coulibri.

Il arrive :

— *Bonjour, Coulibri.*

— *Bonjour, Bèf.*

— *Bon Dié mon maître te demande de lui prêter ton grand tambour bel-air.*

Coulibri ne lui répond même pas. Mais il s'envoie sur lui. Avant même que Bèf puisse garer son corps, ses deux yeux sont déjà arrachés.

Crapaud de toute sa force battait le tambour, et ça donnait du courage à Coulibri :

> *Ingoui, ingoua, gomboulé zombi*
> *Bambou lé bois, bambou lé zombi*
> *Ingoui, ingoua*
> *Bam si gouin, timb min goui*
> *Tamb min goua*
> *Bann' si moin prété pou ran'ne.*

Cette fois-ci, le combat ne dura même pas ça. Pauvre Bèf s'enfuit comme Chouval, prend sa course sans prendre haleine jusqu'à ce qu'il arrive chez Bon Dié. Bon Dié était en colère comme tout. Il roule son tonnerre, crie pour appeler Poisson-Armé. Et il l'envoie se battre contre Coulibri.

Poisson-Armé s'en va tout à fait sûr de son affaire.

Il faut le dire : Coulibri n'était plus bien portant. Il avait laissé un tas de plumes dans les cornes de Bèf, et puis Bèf l'avait blessé aussi sous l'aisselle. Quand il voit arriver Poisson-Armé, il sent passer un petit froid dans son corps mais il ne le laisse pas voir. Vous savez bien que c'est un vrai petit César. Aussi, avec un air très assuré, il répond à la bête à piquants :

— *Bonjour, Pouesson-Armé.*

Tout de même, il sentait venir la fatigue bien fort. Alors, avant de commencer le combat, il demande à Crapaud :

— *Crapaud, mon fi, t'en prie s'il te plaît, bats le tambour très fort, tu entends, chauffe bien pour moi.*

Crapaud ne se le fait pas dire deux fois. Ses doigts saignent tellement il frappe fort.

Pouesson-Armé se roule comme une boule piquante, fronce les yeux et s'élance sur Coulibri.

Pauvre Coulibri sentit tout son corps labouré au premier choc.

— *Crapaud, bats-le moi ce tambour. Chauffe-le ce tam-bour-là !*

Crapaud suait de l'encre à force de chanter :

> *Ingoui, ingoua, gomboulé zombi*
> *Bambou lé bois, bambou lé zombi*

Pouesson-Armé attaquait toujours. Au second coup qui frappa Coulibri, c'était fini.

Coulibri s'écria :

— *Fini de battre pour aujourd'hui !*

et puis il tomba mort.

Pouesson-Armé ne perd pas de temps, il prend un gros coutelas, coupe la tête de Coulibri, et la met sous la grosse roche en pierre de taille dans la cour.

Puis il prend le tambour et il l'emporte aller...

Angela

Tu abandonnes pour ce soir ta traduction du conte créole « Colibri ». Car c'est l'heure où la petite Angela vient te voir dans ta chambre pour le rituel des cheveux à natter, et il ne faut pas qu'elle pose son esprit — elle qui déchiffre tous tes papiers qui traînent — sur cette image du Poisson-Armé, la cause de sa brutale maladie du silence :

Une nuit où son père, un pêcheur de Marie-Galante, allait prendre la mer pour faire passer deux hommes en dissidence à la Dominique, elle l'avait supplié de la laisser l'accompagner jusqu'à son canot au bord de l'eau, bravant la noirceur à l'heure des zombis. Blottie pieds nus sur la plage dans le giron de sa grande sœur, elle regardait le canot sans fanal glisser en douce vers le large dans le silence des étoiles jusqu'à perte du sillage complice de son désir d'enfant. Elle le vit d'un seul coup se renverser dans un immense remous, projetant les trois hommes au milieu d'un tourbillon qui semblait résister à un ennemi surgi par traîtrise du fin fond de la mer, sous la forme d'un énorme poisson gris aux écailles lumineuses, son œil grand ouvert balayant toute la baie d'un rayon couleur soleil pour vérifier qu'il était bien seul : un des deux sous-marins allemands signalés depuis des mois à l'affût de la flotte française enchaînée aux Antilles venait de faire surface pour prendre l'air à l'abri de cette heure tardive.

Ce fut pour l'enfant comme si un requin géant de fer avait dans un coup de rage englouti par mégarde un trésor de poissons volants.

Les deux filles s'étaient dressées d'un seul bond. Angela, mordant jusqu'au sang le poing fermé d'Elisa, se mit à trembler jusqu'au cœur, les yeux et la bouche ouverts sans un cri sur cette horreur. Elisa s'avança jusqu'aux vagues en parcourant la plage espérant voir revenir leur père et ses compagnons. Quand elle revint vidée d'espoir chercher sa sœur, Angela était presque entièrement enfouie couchée nue sous le sable, et de son bras laissé libre, les yeux et la bouche toujours grands ouverts, elle finissait de se recouvrir la tête avec des poignées de sable qui se collaient à toutes les larmes et la sueur de son corps.

Le médecin de Grand-Bourg réussit à persuader sa mère de l'envoyer à l'asile de Saint-Claude, avant qu'elle ne soit morte, car elle refusait depuis cette nuit toute parole et toute nourriture, les yeux fermés couchée sur sa cabane, n'acceptant que le seul réconfort des tisanes de feuilles de corrosol préparées par Elisa.

Le docteur Frantz, médecin-chef de l'asile (un Juif émigré de Vienne juste avant l'invasion nazie, et réfugié à la Guadeloupe après un passage par l'hôpital de Saint-Alban en Lozère, où en pleine guerre étaient menées des expériences de transformation du ghetto asilaire rendu insupportable à ces quelques médecins échappés aux camisoles de force dans lesquelles la folie fasciste étouffait les libertés de Madrid à Berlin) avait réussi à redonner à Angela le goût de boire et de manger mais sans parvenir à lui faire exprimer une seule parole ni le moindre désir.

Jusqu'au jour où, alors que, assise sur ton lit, tu lui racontais des histoires créoles en raccommodant des effets

pour les malades, elle cassa brusquement l'ardoise sur
laquelle elle avait dessiné le cheval à deux cornes qui pro-
tégeait la forêt contre la curiosité de Pélamanlou, le petit
garçon à la flûte, saisit la paire de chaussettes vertes que tu
avais à la main, les enfila en roucoulant d'un plaisir
retrouvé, frottant doucement ses pieds l'un après l'autre
sur ta poitrine comme un chaton qui tète et, pour la première fois depuis trois mois que son père était mort, elle se
mit à chanter d'une voix trop grave pour ses sept ans, une
voix qui avait séjourné sous la mer, cette comptine avec
laquelle ta mère aussi avait accoutumé d'endormir ses
enfants :

> *Avec quoi vas-tu chercher de l'eau*
> *Chère Élise, chère Élise*
> *Avec quoi vas-tu chercher de l'eau*
> *Chère Élise, avec quoi ?*

Et c'était comme si elle avait osé enfin replonger les
pieds dans la tiédeur et la couleur interdites de sa mer
Caraïbe dévoreuse de pères et de désirs qui remontaient
tout doucement jusqu'à sa bouche qu'elle remplissait
maintenant de l'eau fraîche et de la crème des noix vertes
de coco qu'elle coupait elle-même à l'arrivage du matin à
la porte de l'asile pour le premier décollage des infirmiers
de garde, chaque jour apportant dans sa nasse une petite
phrase nouvelle, arrachée par ta tendresse à son corps
mutilé, comme une feuille volée à un arbre resté quand
même silencieux.

Le Carnaval des fous

Presque chaque fois qu'il y a une fête à Saint-Claude, la
pluie se dérange pour rafraîchir les cœurs de sa commune
préférée. Mais vous paraissez avoir bien de la chance pour
ces fêtes du Mardi gras. La Soufrière depuis quinze jours
écarte les nuages et il faut bien espérer que cela durera
jusqu'au mercredi des Cendres ! Il faut dire que la pluie a

dû se croire tranquille sans fête au rendez-vous jusqu'à Pâques ; et elle serait bien surprise en cet après-midi du Lundi gras de constater l'animation inhabituelle qui règne tout autour de l'asile au Premier Plateau.

C'est que, d'abord, les jeunes des clubs sportifs et surtout les lycéens ont décidé de célébrer avec faste le carnaval de cette année 1943 — non sans arrière-pensée de fronde —, mais avec la complicité indulgente des autorités d'occupation qui apprécient ce dérivatif à l'heure où leur pouvoir aux Antilles semble chanceler. Aussi, pour ce premier carnaval depuis la guerre, chaque ruelle s'active en secret à la construction d'un char pour le grand défilé à Basse-Terre, ou à la confection des masques et des costumes, et la répétition des saynètes créoles qui seront dix fois rejouées aux étapes du parcours. Pour remercier les autorités, les organisateurs ont prévu que le défilé s'achèvera en feu d'artifice à midi dans la cour de la résidence du gouverneur.

Mais, surtout, pour la première fois, les responsables de l'asile ont proposé que les malades participent eux aussi aux fêtes du carnaval — dangereux pari contre les préjugés — et organisent eux-mêmes un grand bal titane au pick-up en ce lundi après-midi férié, dans la cour pour cette fois grande ouverte de l'asile, pour tous les gens assez déraisonnables pour venir faire trois petits tours et puis s'en vont, aux bras de la folie. Le thème choisi par les malades pour les déguisements a tellement éveillé les imaginations qu'il a aussi été retenu pour le défilé du Mardi gras : illustrer les contes créoles recueillis par Lafcadio Hearn il y a cinquante ans : *Trois fois bel conte, Colibri, Yé, Soucougnan, Pélamanlou, La Bleu, Nanie Rosette...* Et depuis dix jours, un déploiement de papiers et de tissus multicolores vient recouvrir les corps en uniformes malades, démasquant les formes enracinées derrière leur folie en fête, Colibri-Tambour-Gros-Cœur, Cheval-à-Corne, Crapaud-Bœuf, Poisson-Bleu, Loup-Garou, Zombis et Soucougnans, à mesure qu'ils restituent de leurs mains libérées des guises de raison, les images qui leur parviennent aux oreilles pendant que tu leur dis la version des contes créoles rapportée par l'infatigable questionneur de Saint-Pierre, et que l'un ou l'autre parmi les plus vieux ou les plus fous les enrichit de

détails et de variations, sous le regard toujours silencieux
de ta petite Angela qui a choisi pour ce lundi de s'habiller
tout de vert en Pélamanlou, le petit garçon à la flûte qui
abandonna sa mère pour aller rechercher son instrument
oublié dans la forêt et qui, surpris par la nuit, réussit à
charmer avec sa musique d'abord le cheval à cornes, puis
le zombi-dragon, avant d'être avalé tout entier par la bête à
sept têtes, trop affamée pour laisser l'enfant terminer sa
chanson magique contre les forces du silence et de la
nuit :

> *Péla man lou, péla man li*
> *Péla man li, péla man lou*
> *corali béli, corali béli*
> *Lou péli péla, péli pélam*
> *Plam !*

Les enfants de l'asile ont voulu te choisir eux-mêmes ton
déguisement pour la fête. Les idées les plus bizarres se
succédaient, puisées au trésor secret des enfances aliénées.
Mais curieusement, après avoir longtemps hésité à te tra-
vestir en chat aveugle, en bélier aux quatre couleurs, en
serpent noir, en balance à sept plateaux, ils décidèrent de te
mettre juste un loup blanc sur les yeux et de t'habiller tout
simplement de la blouse blanche des infirmiers que tu ne
portais jamais d'habitude, toi qui donnes tes leçons vêtue
le plus souvent d'un pantalon blanc aux larges poches où tu
aimes à reposer tes mains, la tête attachée par un madras
en mouchoir. Et le samedi précédent, pendant la veillée
des enfants, Angela passa en douce de l'un à l'autre pour
recueillir dans une petite boîte à secrets un cheveu de chaque enfant qu'elle assembla avec grande délicatesse en un
fil continu avec lequel elle cousit à l'aide d'une grosse
aiguille trois « S » noirs sur la blouse que t'apporta le plus
ancien des garçons après l'avoir repassée avec autant de
précautions qu'une robe de mariée.

Sous le soleil de ce lundi après-midi, ta blouse, ton pantalon et ton grand foulard descendant jusqu'à la taille font
une seule tache blanche au milieu des costumes de ce carnaval fou où se mêlent en kaléidoscope les visiteurs, les
malades et les infirmiers, ces derniers ne se signalant entre

eux que par un discret bouton blanc cousu sur la manche gauche ; et Angela, qui se promène en chaussettes de laine vertes, chemise verte, ceinture verte, foulard et pantalon verts parmi la foule, trop anxieuse pour prononcer un seul mot, mais protégée par le morceau de canne à sucre accroché à son cou en guise de flûte de roseau, n'a aucun mal au milieu de cet arc-en-ciel dansant à te retrouver toutes les dix minutes pour se rassurer à la chaleur de ta main, et te répéter les seules paroles qu'elle prononce depuis deux jours qu'elle s'est habillée ainsi, avec sa voix toujours grave de sirène échouée :

> *Péla man li, péla man lou*
> *Corali béli, amie-Siméa*

Vers les 4 heures, une clameur s'élève du côté de la rue, une bousculade joyeuse se fait autour d'un char de transport, tout haletant de l'ascension du morne Montéran — terreur des voitures habituées aux routes plates de Grande-Terre — et qui reprend un souffle devant l'asile avant d'entamer le dernier col qui mène du Premier Plateau jusqu'au Bourg, où il doit déposer sa prestigieuse cargaison de musiciens de l'orchestre Fairness Jazz Junior de Pointe-à-Pitre, grande vedette de l'exposition du tricentenaire des Colonies à Paris, qui vient faire danser les invités du gouverneur au grand bal masqué organisé ce même soir à la résidence pour les fêtes du carnaval. Et c'est sans réticence que ce chargement d'étoiles en costume jaune-orange se laisse happer pour une étape par la population en fête qui leur fait goûter au boudin chaud, aux marinades à morue, au chaudeau de Mme Dora, et aux ti-punchs aux fruits préparés pour la fête de l'asile par le cuisinier de l'hôpital de Saint-Claude, aussi réputés en Guadeloupe que ceux de mère Eudoxie, la gouvernante de l'évêché. En remerciements, quelques musiciens sortent leur instrument pour un pot-pourri de leur savoir-faire : mazurka, ti-jazz, biguine, méringué, boléro ; et l'aiguille du pick-up arrête modestement son laborieux raccommodage pour laisser les danseurs profiter de l'aubaine d'entendre un des meilleurs orchestres des Antilles offrir en sérénade le brio orgueilleux de ses cuivres et la puissance de sa rythmique au cœur même de la vieille commune, d'ordinaire indifférente comme la compagne aristocrate du volcan assoupi.

Puis tout se calme lentement en fin d'après-midi, la parade le cède à la complicité, les aigus plient bagage dans les étuis des cuivres et des cymbales, la contrebasse et la guitare poursuivent un bout de chemin comme en attente d'un solo de passage, et voici que surgit en effet — discrète et sûre comme un chemin de traverse, un au revoir sans adieu — une clarinette proposant ses phrasés sinueux aux danseurs rassérénés, et qui joue, qui s'échappe en solo au-delà de l'apparence de la mélodie, comme une voile échappée au respect de la côte et des cartes, dérivant de mesures en surprises, seule soucieuse des harmonies de base, loin des joliesses et des variations pour oreilles paresseuses, délivrant les richesses cachées autour d'une mélodie tournée et détournée jusqu'aux limites de l'improvisation, une mélodie que, pourtant — tes yeux fixés sur le visage et les mains du jeune musicien —, tu as reconnue dès les premières mesures pénétrant corps et âme sous le masque de ta blouse : *Body and Soul,* le blues de ton adieu à la Cabane cubaine.

Body and Soul

Le morceau se termine, le jeune homme baisse la tête dans un sourire modeste en réponse aux bravos, tandis que le pick-up repique une biguine bien chaude pour consoler la foule du départ des musiciens. C'est alors qu'Angela, qui était figée devant le musicien, les deux mains étreignant son bout de canne à sucre, se précipite sur la petite estrade, lui arrache l'instrument de bois d'ébène qu'elle brise en deux d'un coup violent par terre, les yeux pleins d'eau, mais toujours sans une plainte ni un cri échappés de ses lèvres spumeuses. Un infirmier tout proche se précipite craignant une crise, ceinture l'enfant qui se cabre avec rage, mais qui se détend d'un seul coup juste quand tu arrives, calmée par le jeune musicien qui lui met dans la main une moitié de l'instrument brisé en lui disant doucement : « Tiens. Maintenant on peut la partager ! » L'infirmier lâche son étreinte. Angela te serre la main à la broyer, regarde comme hébétée sa demi-flûte d'ébène et l'autre moitié que tient le jeune homme accroupi devant elle. Son épaule accueille la tête de l'enfant, pendant que son visage interroge le tien pour vérifier qu'il a bien fait. Ses lunettes de myope cachent deux yeux verts. Jamais tu n'avais vu tant de douleur, puis de douceur dans le regard d'Angela, que le musicien prend dans ses bras, et emporte sur ton indication jusqu'à ta chambre où il dépose sur le lit l'enfant restée toujours silencieuse, mais qui ferme enfin les yeux, et détache ses doigts du morceau d'ébène serré sur son cœur en chamade.

— Je crois que vous avez fait le seul geste qu'il fallait pour arrêter cette crise imprévisible. Est-ce que vous avez l'habitude de ce genre d'enfants ?

— Oh non, pas du tout. Je suis instituteur à Pointe-à-Pitre, infirmier d'enfants normaux, si vous voulez ! Et je suis surtout musicien à mes heures gagnées. Mais sans savoir pourquoi, j'ai senti tout de suite que j'avais quelque chose à me faire pardonner, comme si ma musique avait pu faire un grand mal à cette enfant.

Angela dort, rassurée, et vous êtes tous les deux assis — le musicien et toi — sur le divan de ton bureau, à l'écart de la fête qui se termine — les corps battant encore à l'émotion de l'attaque de l'enfant —, à parler assez doucement pour ne pas la réveiller, assez fort pour la rassurer d'une présence qui veille sur son réveil :

— Cela a peut-être un certain rapport avec son déguisement, lui dis-tu. Elle s'est assimilée pour la fête à un petit garçon d'un conte créole qui disparaît avalé par les zombis pour avoir voulu rechercher sa flûte dans la forêt à la tombée de la nuit.

— N'est-ce pas *Pélamanlou*, une des histoires de Lafcadio Hearn ?

— Exactement. Vous connaissez ces contes ? Je m'en sers beaucoup ici, car ils ont l'air de passionner tous ces enfants malades... Au fond, je ne sais plus si c'est une bonne chose...

— Ces contes sont aussi le thème du grand défilé de demain mardi n'est-ce pas ? J'ai un ami qui organise cela avec les lycéens de Basse-Terre. C'est Toussaint, un des musiciens de l'orchestre. Pendant tout le trajet pour venir ici, il n'arrêtait pas de les lire et de les relire, pour y trouver, disait-il, des scènes symboliques de révolte. Je crois qu'il peut chercher longtemps. Les contes créoles ne sont que des histoires de débrouillardises d'affamés trop bêtes ou trop malins, trop lapin ou trop zamba... Et si c'était contre la passivité de l'enfant du conte que votre petite fille s'était révoltée ? A moins plutôt qu'elle n'ait trouvé que ma chanson n'était pas assez jolie pour la protéger contre les zombis...

— Vous êtes sans doute tout près de la vérité de son geste : Angela a vu son père mourir noyé presque sous ses yeux et elle a depuis pratiquement perdu la parole. Or, je sais qu'il était aussi musicien et, d'après les romances qu'elle chantonne quand elle vient me faire des nattes le soir avant d'aller dormir, je pense qu'il devait la bercer plutôt avec *Adieu foulards* et *Chère Élise* qu'avec *Body and Soul*.

— Comment ? Vous connaissez le nom du morceau de jazz que nous avons joué ? Je viens de recevoir le disque quasi clandestinement de la Dominique — de la dissidence musicale en quelque sorte. C'est un de ces *Victory-discs* miraculeux que les Américains font enregistrer gratis par les plus grands jazzmen noirs pour soutenir le moral de leurs troupes. Je ne sais même pas bien qui joue sur cette version.

— Je ne m'y connais pas très bien en vérité. Disons que j'ai un peu fréquenté à Paris le milieu des poètes et des musiciens noirs américains — je les appelais les Harlémicains ! Et j'ai eu par hasard la chance d'écouter un soir Coleman Hawkins interpréter ce morceau qu'il venait de composer sur le chemin du retour à Harlem. On m'a dit qu'il s'appelait *Body and Soul*. Je l'ai retenu, voilà tout.

Ta main gauche remonte doucement le long de ton bras droit jusqu'à l'épaule, dans un geste de souvenir qui redescend se faire oublier dans la poche de ta blouse ouverte sur ton pantalon blanc et ton corsage de soie, le cœur battant maintenant au rythme de la sérénité qui s'installe avec le naturel entre le musicien et toi, loin des contenances à composer pour l'inconnu du carrefour, barrières inutiles aux chemins de rencontre, aussi superflues ce soir que des ombres portées en plein soleil. Et tu reprends, car il ne t'a pas interrompue, fasciné par le beau tambour-conga qui trône près du divan :

— Ce qui est curieux c'est qu'en fait je ne me souviens jamais de l'air, dont je confonds en plus le début avec un autre qui d'après moi lui ressemble...

— N'est-ce pas cet air-là ? t'interrompt-il : Pa-la-pa-la-la la..., la la la la...

— Ah oui, exactement ! Vous trouvez aussi qu'ils se ressemblent au début ?

— Un peu seulement. Le nom de celui-là, c'est *The man I love*.

— Ce sont bien ces deux-là que je confonds toujours. Et c'est seulement en entendant le début de *Body and Soul* que j'arrive à retrouver la mélodie tout entière... D'ailleurs je dois vous avouer que j'ai eu un peu de mal tout à l'heure à suivre vos envolées, mais je les ai trouvées quand même très belles... À Paris, ce soir-là, Coleman Hawkins avait joué son solo un quart d'heure entier en caressant le thème dans tous les sens sans jamais pourtant s'échapper trop loin et sans répéter une seule mesure, comme un oiseau qui découvre l'espace libre entre les barreaux sans perdre la conscience de la cage.

— Vous avez une jolie façon de raconter la musique... Sincèrement, je ne m'attendais pas à rencontrer ici à Saint-Claude quelqu'un — surtout une jeune femme — qui aime le jazz à ce point, qui a une superbe conga cubaine dans son bureau, et qui a déjà réalisé pour elle un de mes grands rêves, voir jouer nos grands cousins noirs-américains... Harlémicains, c'est vraiment une belle trouvaille... Moi, je n'ai jamais été à Paris, ni même encore quitté la Guadeloupe. Mais ma passion pour la musique, jazz, afro-cubain, mérengués, c'est une très vieille histoire de famille. J'ai une généalogie musicalo-pédagogique ! Et comme j'étais plutôt fainéant, la musique l'a emporté en moi largement sur l'enseignement. D'ailleurs ne dit-on pas que l'improvisation du jazz, c'est une invention de fainéants incapables d'apporter au consommateur la mélodie qu'il a commandée sur le plateau de tourne-disque ou la piste de son night-club... Franchement, vous-même qui avez écouté Coleman Hawkins, vous avez dû trouver que je jouais un peu n'importe quoi ?

— Pas vraiment n'importe quoi ! Vous aviez plutôt l'air de ne pas jouer pour n'importe qui, de penser à quelqu'un d'autre qu'au public appréciant votre rythme lent entre deux chaleurs de biguines et de mambos.

— Vous avez raison, quand je joue, je pense toujours à la liberté. Oh, attention, pas au grand sens politique, égalité, fraternité, tout ça !... Non, j'essaie de jouer quelque chose qui pourrait ressembler à la musique en liberté. Moi, je reproche à toutes nos musiques antillaises d'être trop soumises aux caprices de la clientèle des danseurs. Il faut faire la musique pour elle-même. Et alors ceux qui l'aiment vraiment apprendront à chanter et à danser sur elle. C'est cette liberté que, d'après le peu que je sais, nos cousins d'Amérique — on peut dire d'Harlémique ? — commencent à conquérir... Ça doit vous choquer d'entendre parler de liberté musicale dans une île occupée depuis quatre ans par les troupes de papa-Pétain.

— Me choquer ? Pas du tout. Article premier : La libération sera musicale ou ne sera pas.

— Vous dites cela pour ironiser. Je sais bien que nous sommes très peu à le croire. Et pourtant, si c'était la vérité ?

— Je vous assure que je ne me moque pas. Est-ce que la musique n'est pas la seule liberté que nous ayons véritablement conquise jusqu'ici depuis les trois siècles de notre oppression ? Quant à moi, je passe tout mon temps de libre à écouter mes quelques disques de jazz et d'afro-cubain et à lire des poèmes surréalistes. Choses dont je me sers par ailleurs pour instruire ou réinstruire une dizaine d'enfants sauvages et d'adultes en cage, bien à l'abri du Travail, Famille, Patrie derrière leurs grilles de déraison. Alors, voyez-vous, cela non plus ne doit pas beaucoup faire blanchir les derniers cheveux de papa-Pétain.

Le jeune homme s'est levé. Il prend les numéros de *Tro-*

piques posés sur le tambour-conga et les met sur la table, puis il caresse doucement en cercle la peau du gros tambour pour harmoniser sa tiédeur avec celle de ses mains.

— Est-ce que vous arrivez à en jouer de ce gros mâle-tambour ?... Vous êtes infirmière à l'asile ?

— Cette conga est un grand souvenir d'une chanteuse cubaine, une amie de Paris. J'ai toujours rêvé de jouer de ces instruments prétendus d'hommes, tambours et contrebasse aussi. Je commence tout juste à pouvoir accompagner un boléro...

— Alors, vous connaissez déjà le plus difficile... dit-il en souriant.

— Je ne suis pas infirmière ici. Non, je suis un peu l'enseignante à tout faire de la maison. J'instruis les enfants, et je m'occupe aussi du Club social composé de malades et d'infirmiers qu'a créé le docteur Frantz — c'est notre médecin-chef, un Juif échappé de Vienne au dernier moment et qui croit dur comme fer que la révolution mentale, comme il dit, partira des asiles pour faire rendre raison à des siècles de désastreux rationalisme. Vous voyez en passant que ce n'est pas moins fou que notre révolution musicale. Article deux : La libération sera folle ou ne sera pas !... Ce Club social a pour fonction d'aider les malades adultes à préparer leur réinstallation dans le monde extérieur dont l'asile les isole beaucoup trop. C'est lui qui organise par exemple ce Carnaval des fous, qui finalement est un beau succès malgré la peur et les sarcasmes des amoureux fous de la raison.

— Il y a sûrement des malades qui doivent se sentir mieux ici avec vous qu'à l'extérieur ?

— Cela arrive en effet. C'est sans doute ce qu'on appelle le remède pire que le mal. Voyez la petite Angela. Elle semblait toute à la joie de la fête. Mais, en même temps, il est sûr que cette intrusion bruyamment amicale est venue troubler l'univers intérieur qu'elle avait édifié derrière le mur de son silence. Ainsi, depuis hier, elle souffle sa ritournelle dans son morceau de canne à sucre, et voilà que vous débarquez avec la clarinette de son père — ou la flûte de Pélamanlou — pour lui jouer un air à faire frémir tous les hôtes de la forêt dans laquelle peut-être elle commençait doucement à s'enfoncer, dos tourné au rivage... et nous voici peut-être de nouveau sur le sable... au propre et au figuré...

— Au propre et au figuré, reprend-il après un silence. Et si c'était le choc de la guérison ? Imaginez qu'elle se lève, là, dans cinq minutes, et qu'elle se mette à nous déverser dans un rire toutes les paroles de son corps !

— Ah ! j'espère. J'espère vraiment que tout ne sera pas à recommencer, réponds-tu en souriant. Si vous saviez quelle attention il faut pour lui faire prononcer chaque jour trois ou quatre mots nouveaux.

— À voir l'effet que fait sur elle votre seul regard, cette petite fille semble attachée à vous comme à une seconde mère.

— Cela me fait un peu peur pour sa guérison et son retour à Marie-Galante. Je n'ai pourtant rien fait pour cela. Je place sa libération avant mon attachement. Comme pour tout d'ailleurs... C'est le docteur Frantz qui souhaite que je réponde en partie à sa demande de maternage. C'est pour cela que j'accepte qu'elle vienne presque tous les soirs rituellement me natter les cheveux.

— Mais là, c'est elle qui joue à la maman !

— Oui, en fait. C'est sa grande sœur qui les lui nattait habituellement. Je ne sais d'où elles tiennent leur art, mais elles ont un don pour tresser avec goût des figures pleines d'imagination géométrique, comme savaient les faire quelques amis africains à Paris. Sa sœur est la seule personne qui ait le droit de toucher à ses cheveux. Même moi, elle refuse. Heureusement, Elisa fait le voyage de Marie-Galante tous les deux dimanches. Alors elle lui lave les cheveux et fait des nattes très serrées pour qu'elles durent quinze jours. À cause de ça, ses petits camarades de l'asile l'appellent Angela-Congo.

« C'est vrai que quand elle vient le soir jouer dans ma tête, c'est le seul moment où elle répète presque sans réticence les petits bouts de phrase de sa journée, mais je sens que c'est seulement pour me faire plaisir, dans une grande indifférence à son propre désir. D'après le docteur Frantz, cet attachement à une image de mère ou de femme n'est pour elle que le chemin de passage pour retrouver l'image primordiale qui est celle de l'eau, ou plutôt de la mer. C'est cette image, vitale pour nous tous, qui l'a fait régresser après la noyade du père sous ses yeux, et qu'elle doit absolument réactiver pour retrouver sa parole prisonnière au fond de l'eau. C'est comme une renaissance — mais réelle, je veux dire : presque terriblement corporelle comme la première —, que cette enfant doit opérer sans qu'on sache si elle en a et la force et l'envie. C'est dans des lieux comme celui-ci que l'on apprend à peser ce qu'implique le sens propre de certains mots : Renaissance antillaise, par exemple, c'est une très belle formule d'espoir que nous n'avons cessé de proférer depuis dix ans dans nos soirées d'étudiants, et il nous faut bien savoir quelle matérialité recèle cette utopie qui nous engage avec son cortège de chairs ouvertes, de poussées haletantes, de rêve avorté et de confiance violée, sans jamais oublier la terre à accoucher, les cyclones à respirer, le placenta thésaurisé des volcans...

— ... et l'amour comme cause à servir et à préserver.

Tu lèves les yeux. Il t'a interrompue sans te regarder, attentif à la fois à ton intonation doucement passionnée et à ta collection de soixante-dix-huit tours qu'il examine, les yeux épanouis devant ces quelques chefs-d'œuvre qui sont autant de souvenirs des soirées à Paris : Machito et ses Afro-Cubains, Arsénio Rodriguez et sa guitare aveugle, le *Moon Indigo* de Duke Ellington...

— C'est drôle, poursuit-il, chaque fois que les musiciens noirs ralentissent leur rythme, boléros, ballades, sambas lentes, blues, les paroles disent toujours une histoire d'amour... Article trois sans doute ? La libération sera amoureuse ou ne sera pas.

— Je n'aime pas les deux verbes que vous venez d'employer : servir et préserver. Cela donne des idées de dévouement, de sacrifice, de protection frileuse... Et puis l'amour n'est pas qu'une cause. On peut même dire que c'est la seule chose au monde qui soit à la fois une fin et un moyen.

— La seule chose au monde qui soit à la fois une fin et un moyen... répète-t-il en se retournant lentement vers toi ; reprenant en chuchotant le doigt sur le menton et les yeux levés comme un bon élève attentif à retenir chaque mot de la leçon : la seule chose au monde qui soit à la fois... la seule chose au monde qui soit... J'accepte votre correction. Vous savez, je ne suis vraiment pas un spécialiste.

— Et moi non plus ! réponds-tu en te levant pour aller vers la porte de la chambre, car un léger bruit vient de se faire de l'autre côté, peut-être Angela qui s'est réveillée.

Tu ouvres doucement : une petite boule noire se faufile, la petite chatte noire à moitié angora, qui s'installe dans la berceuse comme une princesse monte sur le trône, pendant que tu vérifies que le bruit n'a pas réveillé l'enfant.

— C'est Zani qui grattait pour sortir. Heureusement que vous vous êtes levé de la berceuse, elle vous aurait fait comprendre que la place lui est réservée. Quand les infirmiers passent prendre le punch parfois, c'est là qu'elle s'installe en suzeraine pour recevoir leurs caresses. Seules Angela — encore elle — et moi-même bien sûr, avons le droit de partager son fief. Quand elle y grimpe, elle s'appuie sur le dossier pour que la berceuse la balance plus longtemps.

Le jeune homme s'accroupit devant la petite chatte avec une délicatesse du geste et du regard propre à éveiller en elle l'intérêt étonné toujours en réserve derrière son indifférence aristocratique :

— Votre petite Zani en est pour l'instant à sa troisième vie, dit-il en lui caressant le bout de la patte.

— Comment cela ?

— Eh bien, vous ne savez pas que les chats noirs vivent sept vies ? Lesquelles s'inscrivent l'une après l'autre au fond d'un de leurs yeux, répond-il en imprimant un léger balancement à la berceuse.

— Je ne le savais pas. Quelle chance elle a d'avoir encore quatre vies devant elle. Vous vous rendez compte, si c'était aussi notre cas ! Quel plaisir on mettrait à vivre et à mourir pendant six vies, et puis on se tiendrait bien tranquille pendant la septième et dernière.

— Et qui nous dit que ce n'est pas le cas ? Il faudrait apprendre à bien lire aussi au fond de nos yeux. Et puis qui nous dit que les chats sont au courant de leur métempsychose ? L'ignorance de la chose doit en réduire tout l'intérêt !

— Vous devez avoir l'habitude des chats, parce que Zani n'aime pas tellement les caresses d'ordinaire... On verra bien si elle vous fera une petite place sur son trône... Savez-vous comment le docteur Frantz a baptisé ma berceuse ? Le trémoussoir d'Angela-Congo. Parce que dans les asiles, au XVIIIᵉ siècle, c'était le nom d'un fauteuil à ressort qui servait à guérir le spleen par imitation des cahots de la route ! Alors on peut imaginer que la berceuse lui sert à retrouver le rythme d'un canot au gré des vagues.

— ... ou bien aussi qu'en vous faisant des nattes, elle cherche à apprivoiser le souvenir des vagues, et à maîtriser leur force sauvage en modelant votre chevelure...

— ou bien encore qu'en cassant votre clarinette, elle a voulu s'approprier une musique capable de charmer les zombis à sept têtes, et donc de lui ouvrir la voie de la forêt profonde, c'est-à-dire de la jeter enfin à l'eau, puisque aussi bien les plus belles forêts se trouvent cachées tout au fond de la mer...

Trois fois « S »

Parfois le degré de l'humour est une jauge précise du niveau de confiance ou d'anxiété. Sans tout à fait réaliser le naturel qui vous entraîne, vous parlez de l'essentiel : la musique, la folie, l'amour, la mort, les chats, avec l'air de converser de tout et de rien, chacun sur une réserve d'élan qui tient plus à lui-même qu'à la présence de l'autre, comme deux passants, chacun s'étant cru seul sur son itinéraire, et qui sans se chercher se trouvent au chemin de traverse, et profitent un moment du bout de compagnie, sans espérer ni craindre l'approche du carrefour.

Votre seule anxiété — présente dans la mesure de vos gestes et vos voix —, c'est le sort d'Angela, à laquelle vous ramènent les sentiers du dialogue, et qui vous retient là solidaires solitaires, comme deux prisonniers sur parole, dans l'attente du verdict de son sommeil.

— Les enfants ont été trop modestes avec leur blouse d'infirmière, reprends-tu. Étant donné la hauteur de nos suppositions psychomentales, nous eussions mérité pour déguisement la redingote cintrée des congrès d'aliénistes barbus ! À propos, j'ai un problème difficile pour votre perspicacité analytique. Voilà : les enfants de l'asile ont tenu à choisir mon déguisement pour cette fête. Heureusement pour moi, leur imagination est revenue d'incroyables voyages avec pour tout bagage cette blouse d'infirmière dont vous devinerez le symbolisme quand vous saurez que je n'en porte jamais !... Ce qui me trouble réellement, c'est qu'Angela a tissé un grand fil avec un échantillon des cheveux de chaque enfant et a cousu avec ces trois « S » que vous voyez sur ma blouse de carnaval. Personne ne peut me dire ce que cela signifie, et les enfants gardent leur secret.

— Quel est votre prénom ? Suzanne, Simone ?...

— Bravo ! Excellente question ! Quoique le premier venu y aurait pensé ! Mon prénom est Siméa. S-i-m-é-a. Je crois que nous sommes deux à nous appeler ainsi dans toute la Guadeloupe : une amie couturière ici même à Saint-Claude et moi.

— Alors, Siméa, pour déchiffrer la suite du message, il suffit de chercher les deux mots en « S » qui peuvent le mieux vous définir à des yeux moins myopes que les miens. On peut décliner ainsi par exemple les éléments de votre identité. Si j'essaye de le faire au hasard du vocabulaire, cela peut nous donner : Pays : Soleil ?... Domicile : Saint-Claude, naturellement ! Animal : Scorpion, ou Serpent, ou Sirène ?... Et les quatre éléments : Feu : Soufrière ! Eau : Source ?... Terre : Sable ?... Air : pourquoi pas Sérénade ? On peut continuer à chercher ainsi longtemps. Voulez-vous y répondre vous-même, à moins que vous ne trouviez le jeu trop indiscret ?

— Pas du tout ! Et puis l'amusant, c'est que le hasard décline ici autant l'identité qu'on cherche que celle qu'on fuit, plutôt que celle que l'on possède vraiment.

— Alors commençons. Si je vous dis : ... Nuit ?
— Je vous réponds : Sommeil.

— Je vous demande : Jour ?

— Je réponds : Soleil.

— Je vous dis : Couleur ?

— Je réponds : ... Sang.

— Si je dis : Musique ?

— Je réponds : Solo.

— Si je dis : Fleur ?

— Je réponds... je réponds : Sensitive.

— Qu'est-ce que c'est ?

— C'est la fleur qu'on appelle chez nous Manzè Marie. Celle qui se referme quand on la touche en lui disant : Manzè Marie, fèmé pote a ou !

— Si je vous dis : Froid ?

— Sorbet-coco !

— Chaud ?

— Sourire.

— Mort ?

— Mort ?... Suicide.

— Si je dis : Verbe ?

— Je dois trouver un verbe en « s » ?... Semer.

— Adjectif ?

— Spontané.

— Prénom ?

— Prénom ? Que voulez-vous que je dise ?

— Un prénom en « S » que vous aimez !

— Alors ça ne peut être qu'un prénom de quelqu'un que j'aime... Si je cherche en « S »... Oui : Suzanne Césaire et puis mon amie Siméa, l'autre...

— Vous connaissez Suzanne Césaire ?

— Non, je ne l'ai jamais vue. Je lui ai écrit une fois à propos de *Tropiques*. Vous connaissez cette revue qu'ils font à Fort-de-France ?

— Oui, moi aussi j'en possède des numéros, mais mon ami musicien dont je vous ai parlé tout à l'heure les connaît bien, puisqu'il vient lui-même du lycée de Fort-de-France où il était répétiteur. Il a même accompagné André Breton en excursion à la montagne Pelée ! À l'entendre, Breton s'émerveillait de tout comme un enfant : les colibris et les pommes-lianes, la statue bleue de Joséphine

et les cheveux des écolières chabines, le *Cahier* de Césaire,
les lucioles, les orchidées, le diamant vert au soleil cou-
chant...

— Laissons Breton admirer et même recopier : les
Antilles sont dix fois plus surréalistes que lui... Pour en
revenir à Suzanne, c'est le ton de ce qu'elle écrit que j'aime.
Il est si rare qu'une femme épanouisse volontairement ses
sentiments dans ses écrits.

— Épanouir ses sentiments ? Mais c'est encore moins
fréquent dans la vie que dans la poésie. Et moins fréquent
encore chez l'homme que chez la femme, si l'on voit au-
delà de l'apparence... Mais si vous le voulez, revenons à
notre... Sibylle en blouse. Si je vous dis : Passé ?

— Suicide. Non ! déjà dit. Souvenir ! Tant pis, on ne
peut pas effacer un mot ?

— Présent ?

— Présent ? Avec un « s »... Sous-bois.

— Qualité ?

— Sauvage... Et puis sans doute : Défaut ? Solitaire.

— ... Que l'on possède, que l'on cherche ou que l'on fuit,
avez-vous dit !... Si je vous dis : ... voyons... Peur ?

— Masque.

— Masque commence par « m » !

— Ah, oui, pardon ! Alors... Spectatrice.

— Je vous dis : Rêve ?

— Et je réponds : Soif.

— Secret ?

— Silence.

— Avenir ?

— Spirale.

— Alors je vous dis... Si nous arrêtions maintenant ?
Surtout que je viens d'avoir une idée pour expliquer le
Subtil Symbolisme Secret de votre petite fille. Pourquoi
trois fois la même lettre, ce ne serait pas tout simplement
trois fois le même mot ? Ce serait alors le chiffre qui comp-
terait, le chiffre trois. Siméa, Siméa, Siméa.

— Cela en fait quand même deux de trop. À la rigueur
une, si l'on compte mon amie avec moi, qu'Angela a déjà
rencontrée. Pendant un essayage, elle avait même écrit nos

deux prénoms au pluriel « Siméas » de chaque côté de son ardoise.

— La troisième dans ce cas pourrait être elle-même, petite Simé-Angela qui doit rêver de s'assimiler à vous et de réaliser, comme cela s'est déjà vu pour Dieu, une seule des « S » en trois personnes... Mais cessons ces bêtises. Pour vous dire la vérité vraie, Angela vous a fait trois signes sur le cœur, je suis sûr que c'est ce chiffre qui compte et je vais tout de suite vous en rendre l'oracle si du moins vous consentez à accorder votre crédit à cet acte gratuit.

Il se lève alors, frappe en roulement la peau tiède de ta conga — très doucement car Angela dort toujours —, pose ses lunettes sur le tambour pour ne pas être troublé dans sa révélation par ton regard intense et amusé posé sur ses yeux verts. Et il commence à parler sur un ton de psalmodie :

« Je cite la parole. À bon entendeur, silence !

Les êtres humains sont les enfants du feu, de la terre et de l'eau.

Les Nègres de toutes les Guinées connaîtront le bonheur quand ils auront vécu les trois naissances du sein de leurs trois parents : le feu, la terre et l'eau.

Tous ceux qui naissent d'un seul parent pourront avoir la puissance, car la puissance est ce qui est à un seul.

Tous ceux qui naissent de deux parents pourront avoir le pouvoir de parole, car la parole est le chemin de un à deux.

Mais seuls ceux qui sauront prendre le chemin de leur troisième naissance auront le don de création, car la création seule est le chemin de deux à trois, et toujours l'enfant de trois êtres, comme la marmite a besoin de trois pierres pour tenir sur le feu. Alors le feu et l'eau de la marmite cuisent la chair et les racines de la terre pour le bonheur des humains.

A présent, je tais ma bouche.

A bon entendeur, silence. »

Il remet ses lunettes avec lenteur et précaution et constate que tes yeux sont fermés. Alors, il roule encore le tambour pour te ramener au présent, ne sachant pas où voltigent tes pensées.

— N'accordez pas trop de foi à mes oracles. Ce sont de vieux prédits de famille, que je ressors très rarement, comme d'anciens bijoux démodés.

— Vous savez bien que ce sont les plus précieux, lui réponds-tu. Ce que vous avez dit, je le trouve très beau. Et cela s'entend bien que cela provient du fond noir de nos âges... Au fait, reprends-tu après un grand silence, vous ne m'avez pas encore dit votre nom.

— Je m'appelle Louis-Gabriel.

— Louis-Gabriel... Gabriel, c'est le prénom de mon père.

— Et Louis, c'est le prénom de Delgrès, encore un héritage d'une vieille tradition familiale.

— On vous a vraiment appelé Louis à cause de Delgrès ?

— Exactement. Cela remonte chez nous à trois générations. Jean-Louis, mon frère jumeau, Jean-Louis mon père, et Louise ma mère : ils sont tous morts ensevelis dans leur école à Pointe-à-Pitre pendant le cyclone de 28. Moi, j'avais fait l'école buissonnière ce matin-là pour voir répéter un orchestre haïtien de passage. C'est un peu l'histoire du prisonnier seul rescapé de Saint-Pierre en 1902. C'est ainsi que la musique est devenue pour moi depuis l'antidote de la mort. Au fond, c'est seulement maintenant que j'y pense, je suis comme le petit Pélamanlou d'Angela : je dois jouer de ma flûte jusqu'à ce que la Bête à sept têtes se décide à m'avaler ! Ainsi, me voici, moi, mauvais sujet, musicien de routine sans solfège, seul descendant restant chargé de perpétuer le geste —, que dis-je — LA geste magnanime de Louis Delgrès, sans même un petit cousin Ignace ou une mulâtresse Solitude pour m'indiquer le tracé des sentiers du marronnage. Encore une chance que Delgrès ait été musicien ! Savez-vous qu'il jouait très bien du violon ? J'avoue que j'aurais encore bien des gammes à refaire avant que je prétende jouer moi aussi sa symphonie héroïque.

De la fenêtre du bureau de ton petit pavillon en retrait des ateliers de l'asile, on voit que les nuages autour du

volcan commencent à rosir des dernières caresses du
soleil... Tu n'oublies pas ton rendez-vous secret à 6 heures
sur la place de l'Église. Et tu souris au temps qui passe sans
se presser cette fin d'après-midi.

— Quand je pense que Delgrès et ses hommes sont passés par ici pour rejoindre le Matouba, cette citadelle naturelle qui a vu leur dernière résistance...

— Il faut dire : leur suicide collectif, corrige-t-il. Pour
aucun stratège, le Matouba ne peut apparaître comme un
lieu propice à la résistance. Vous devez savoir mieux que
moi qui n'y suis jamais monté, que c'est un cul-de-sac.
Delgrès avait trois solutions : se rendre et préserver ainsi
peut-être son armée intacte par la suite de nos luttes. Attaquer Pointe-à-Pitre, toutes forces réunies avec Ignace. Ou
résister en se repliant jusqu'à Sainte-Rose derrière le bouclier du volcan... Se rendre, attaquer, résister. Dans le fort,
dans la ville, dans la montagne : il avait le choix de l'espace
et le choix du temps.

— Que pensez-vous alors qu'il ait choisi ? demandes-tu
en écartant les rideaux de la fenêtre qui dévoilent d'un seul
coup toute la hauteur du volcan.

— L'éternité ! Delgrès a choisi de témoigner pour l'éternité. Les Antillais ont toujours peur de manquer d'espace,
alors ils cherchent à défier le temps. Seule solution : transformer les hommes en statues. Ce qui est tout le but de
notre histoire, et je pense aussi de notre poésie : statufier
l'esclavage, ses souffrances et ses révoltes.

— Ah ! Je suis tout à fait d'accord avec vous pour la
poésie ! C'est même le grand reproche que je lui fais : sa
rigidité si contraire à la folie de nos paysages. Mais pour
Delgrès, je ne vois pas très bien ce que vous auriez souhaité
qu'il fît d'autre. Une statue nègre aux Antilles, après tout,
cela nous changerait de Joséphine et de Christophe
Colomb.

— Vous ne pensez pas que dans les époques de révolte,
témoigner, c'est plutôt la fonction des poètes et des musiciens ? En plus, ils résistent mieux aux folies de grandeur
héroïque que les soldats, fussent-ils révolutionnaires...
Regardez votre magnifique conga : un battement bien
frappé de sa peau suffit à témoigner de nos combats avec

une force qui ravive la mémoire des conques de lambis, plus sûrement que les sentences françaises des monuments aux morts...

— En tout cas, je vois qu'il n'y a pas que la musique qui ait l'air de vous tenir à cœur !... Venez voir, aujourd'hui par chance, la montagne est bien dégagée, on aperçoit bien les deux pitons de la Soufrière et les hauteurs du Matouba. Puisque nous parlions de statues... ! Savez-vous qu'il n'y a même pas une pierre à l'emplacement de l'habitation Danglemont, où Delgrès a sauté ! La tache claire que vous voyez sur la gauche là-haut, c'est la Joséphine, l'habitation où Saint-John Perse a vécu enfant.

— Saint-John Perse ! Qui est ce Nègre au nom si bizarre ? Encore un de nos héros méconnus ?

— Ce n'est pas un Nègre, non, c'est un Blanc-pays tout ce qu'il y a de plus traditionnellement colonial. Il est né du côté de Pointe-à-Pitre. Certains le considèrent comme le plus grand poète français actuel. Quand on arrive jusque là-haut les jours de promenade avec les enfants, on comprend qu'il ait pu écrire dans ce paradis des enfants-colons des vers magnifiques pour célébrer ce monde harmonieusement construit sur notre esclavage. Il avait une grand-mère qui parlait toujours des 7 000 morts de l'éruption de la montagne Pelée ; et quand on lui disait qu'il y en avait eu 40 000, elle répondait : « Oui, si vous comptez aussi les Nègres ! » Malgré tout, je ne peux pas m'empêcher de murmurer ses phrases nostalgiques sur le chemin. Écoutez :

« Alors, les hommes avaient une bouche plus grave, les femmes avaient des bras plus lents,
et plus longues sur plus d'ombre se levaient les paupières...
j'ai fait ce songe...
Qu'y avait-il alors qu'il n'y a plus ?... »

— C'est très beau, en effet, surtout à cette heure-ci, face à la montagne qui va bientôt dormir. En tout cas, reprend Louis-Gabriel avec un pétillement du regard, je vois qu'il n'y a pas que la folie qui ait l'air de vous tenir à cœur ! Mais n'est-ce pas un peu le style de cette poésie statufiée que vous critiquiez tout à l'heure ?

— Tout à fait. Mais c'est là mon côté fille romantique

des îles enchanteresses ! Moi, je veux bien qu'on tue les nobles, à condition qu'on garde en héritage la noblesse des sentiments et du style...

— Mais puisque nous en sommes au récital poétique au crépuscule, j'aimerais avoir votre avis sur cette petite récitation, assez courte pour qu'un mauvais élève comme moi ait pu la retenir :

> *Les pieds dans le ravin, les yeux dans le nuage*
> *La salve d'avenir noircira nos visages :*
> *Les Nègres colibris au cœur de Caliban*
> *Sèmeront le pollen au ventre du volcan.*

— Oh ! dis-tu en riant, on dirait tout à fait de la poésie héroïque haïtienne ! Les Haïtiens ont eu leur Napoléon avec Christophe, ils ont donc cherché à avoir leur Hugo. De qui est-ce ? Est-ce vous qui l'avez composé ? C'est un peu aussi de la poésie pour statue ! Mais j'aime bien votre quatrain.

— Je ne suis pas capable d'écrire une pareille chose, ni pour le fond ni pour la forme. Trop mauvais élève pour un héritier de Louis. Car figurez-vous que ce poème a été composé par... notre... Louis... Delgrès !

— Delgrès poète ? Je n'en avais jamais entendu parler !... Au fond, c'est bien dans son style de vie... et de mort ! On dirait que ce quatrain est ramassé et dur comme un galet bien poli et modelé par la main qui s'apprête à le lancer vers l'avenir. Comment donc avez-vous connu ce texte ? C'est un vrai trésor !

— C'est un secret ! Encore un de ces anciens bijoux de famille dont je vous ai déjà un peu trop parlé. Eh bien, nous voilà quittes : vous me présentez votre Saint-John Perse, et je vous présente mon Delgrès-poète, en quelque sorte son voisin du Matouba ! Il sera intéressant de savoir lequel de nos deux héros aura le premier sa statue au flanc de la montagne, à la Joséphine ou à Danglemont !...

À cette heure, sereine comme une vieille Da fumeuse de pipe, la Soufrière assiste au coucher du soleil, sans s'inquiéter du rougeoiement subit de ses fumerolles, qui s'éteindra bien vite comme l'émoi d'une fillette oublieuse. Ici le soleil disparaît comme une grenade explose : un feu d'artifice qui lance des fusées rouges aux nuages de rencontre, un dernier rayon vert, un plongeon dans le noir, et les lucioles prennent la relève du jour pour baliser la nuit. Tout se passera en dix minutes, vers six heures, au moment de ton rendez-vous.

— J'ai quand même un peu honte de n'être jamais monté au Matouba ni à la Soufrière ! dit Louis-Gabriel en revenant s'asseoir pour boire le verre de limonade que tu lui as servi.

— Si vous avez le temps demain matin très tôt, je pourrai y aller avec vous, lui proposes-tu spontanément. J'aime beaucoup monter voir se lever le soleil vers les hauteurs de Bains-Jaunes. Il faut vraiment respirer ces odeurs de soufre et de chair de la terre, voir éclater les couleurs au pipirite chantant, sentir sous les pieds les grondements d'une vie qui prend tout son temps pour jaillir en éruption, il faut s'ouvrir à tout cela si on veut comprendre comment — pour une fois au moins dans nos siècles de soumission ! — nous avons pu d'un même geste mourir — mais aussi naître enfin — dans la dignité et pour la dignité. Vous devriez venir puisque vous portez dans le cœur un quatrain de Delgrès.

— Vous donnez l'envie d'aller voir, en effet. Il faudrait que je m'arrange pour notre répétition avec Toussaint, mon ami de l'orchestre. Il faudrait surtout que Louis décide Gabriel. Vous savez bien à quel point les gens de la Grande-Terre ont peur de la Soufrière, et sont peu rassurés quand ils viennent le dimanche rendre visite à leurs malades de l'hôpital. Heureusement qu'il y a cette forte odeur de médicaments dans tout le camp Jacob pour cacher l'odeur du soufre !... Mais pourquoi avez-vous dit : pour une fois au moins ? Est-ce que vous croyez vraiment qu'en trois siècles, c'est le seul acte d'héroïsme dont notre histoire puisse se glorifier ?

— Je n'ai pas particulièrement de goût pour l'héroïsme. Je pense même que c'est trop souvent l'arbre qui cache la résistance des forêts. Mais j'avoue — et même sans honte — n'avoir jamais entendu évoquer d'autre acte d'héroïsme que celui-ci si ce n'est, comme l'écrit Césaire, le record d'endurance à la chicotte !

— Eh bien, c'est peut-être à nous de les rechercher à défaut de les accomplir. Mais je retiens ce que vous venez de dire : l'héroïsme est un arbre qui cache parfois la résistance des forêts. C'est une idée qu'aurait pleinement approuvée mon grand-père. Justement, lui aussi avait son héritage à faire fructifier : sa mère l'avait prénommé Ignace, et son frère jumeau : Louis. Ils étaient musiciens aussi, tous les deux, et ils avaient formé un orchestre socialiste, les Légitimistes, en hommage à Hégésippe Légitimus bien sûr, du temps de ses premières luttes sociales avec la classe nègre de Pointe-à-Pitre, avant qu'il n'ait commencé à se servir du peuple au lieu de le servir... Quand même, vous ne trouvez pas que c'est une chose curieuse de tenter de transmettre l'héroïsme par les prénoms ?

— Mais non ! Pas si notre histoire n'a guère que les prénoms pour s'inscrire en mémoire. Nous ne sommes pas maîtres des noms de nos îles, ni de nos villes, ni de nos rues. Quand on pense que les forts qui nous protègent s'appellent Napoléon et Richepanse, l'empereur et le général, le cerveau et le bras des esclavagistes, les assassins de Delgrès !... Et après l'abolition, on nous a imposé de prendre des noms et des prénoms de Blancs, au hasard de leur calendrier chrétien. Alors, je comprends très bien les rares Antillais qui veulent sortir notre dignité de son anonymat ou sa clandestinité, et qui mettent cette intention dans le choix d'un prénom, nous donnant en viatique un feuillet d'une histoire méprisée par nos Histoires de France et nos ancêtres les Gaulois...

... Mon père, lui, a eu une autre intention. Il a rêvé pour ses trois filles d'inscrire leur destin dans leur prénom. Il a choisi lui-même trois prénoms qui forment chacun l'anagramme d'un terme dont il chérissait le sens pour notre futur. Il a ainsi nommé mes sœurs Irène, qui se révèle une reine, et Odile, une idole, et pour moi, plus modestement, par bonheur, il a sans doute souhaité que j'aie beaucoup d'amies, et il a forgé sur ce terme mon prénom Siméa... En tout cas, il m'a bien transmis le goût de jouer avec les lettres, surtout celles des prénoms.

C'est très révélateur les mots que révèlent les lettres d'un prénom, savez-vous ? Par exemple, Aimé cache une amie ; Aline, une liane,... Inès, un sein, Armel, une larme,... Céline est : en ciel, Nicole est l'icône, Angela la nage, Adrien draine, Rose peut oser... Et avec les mots cachés en tout ou partie, on peut imaginer des phrases qui définissent la personnalité du porteur du prénom. Par exemple : pour mon papa-Gabriel, j'avais trouvé qu'il était un *abri* contre le *gel*.

— Voilà un prénom bien inutile sous les tropiques !

— Mais il est aussi *gai,* et *libre* comme *l'air. Gare* à sa *rage* ! mais son *aile* et son *île* forment un *abri*... Comme vous le voyez, je vous connais déjà donc à moitié ! À chacun son tour de jouer au jeu du hasard indiscret !

Tropiques

Quelqu'un passe sur la galerie, frappe un coup à l'entrée, entre dans le pavillon, les deux mains dans les poches de sa blouse, en poussant du pied la porte entrouverte, tout en te criant :

— Kon yé la, Siméa, ou laissé tombé tout' fête-la pou couri dèyè ti-moun la kon foufou dèyè gligli !... Oh ! excusez-moi, Messieurs et Dames, je ne savais pas que tu étais en compagnie, Siméa ! dit-elle en s'arrêtant effarouchée au seuil du bureau, prête à reculer.

— Entre, Nice, pa fè kon écrevisse qui vouè on panier ! Ou ni on man-nié filozof kon crabe jou Madi gras, aloss pa fè façon !... Louis-Gabriel, je vous présente Nice, une infirmière qui est aussi mon professeur agrégé d'expressions créoles ! Monsieur est le musicien de l'orchestre Fairness qui a réussi à calmer dans l'œuf la crise d'Angela tout à l'heure.

— En ja di-ou sé : « cribiche qui vouè on pan-nié », yo ka di en kréyol, et pa : écrevisse ! corrige ton amie moqueuse en tendant la main au jeune homme. J'ai vu la

petite fille sauter sur vous enragée comme une mangouste
après un macaque... Moi, je crois que c'est votre jazz-là qui
l'a excitée comme ça... c'est une musique à Nègres-marrons ... sa pa bitin civilisé !... Siméa, comment va
l'enfant ?

— Elle dort toujours, Nice, depuis ce moment-là !... Je
ne sais pas si c'est bon signe ou non. Alors, nous sommes là
à faire la conversation en attendant... Moi, j'étais trop
émotionnée pour retourner dans toute la fête.

— Si elle dort toujours, c'est que la crise ne va pas venir,
reprend Nice d'un air rassuré... Alors monsieur, vous allez
jouer devant du beau drap blanc ce soir ! Ce ne sont pas des
Blancs à ti-casaques qui sont invités à la résidence !

— Mais, moi-même, je ne joue pas, non, ce soir, lui
répond-il, mon style est trop sauvage pour les grands bals à
chichis et tralalas.

— Qu'est-ce que vous faites alors ? demandes-tu éton-
née.

— Je dois aller à la répétition de 6 heures 30 avant le
dîner. Parce que je m'occupe aussi de faire les orchestra-
tions de certains morceaux... En fait, la composition et le
répertoire de l'orchestre varient suivant le public pour
lequel on joue. Pour un grand bal à Blancs comme ce soir,
c'est le côté violon qui l'emporte sur le côté saxo !... Alors,
moi, toute la soirée, je vais servir des ti-punchs pour
réchauffer le moral des camarades qui auraient préféré
animer une belle veillée mortuaire dans les Grands-
Fonds.

— Eh bien, alors, demande Nice, si vous êtes libre, vous
pourriez venir à une petite fête chez un collègue de l'hôpital... Il y aura des amis musiciens, vous pourrez battre
votre jazz avec eux !... (Et s'adressant à toi :) Siméa,
décide-toi aussi à venir, tu es toujours crabe devant un
danser ! Pour une fois que tout Saint-Claude est en fête, tu
ne vas pas encore rester seule chez toi comme balai sans
croupion... Promets-moi de venir faire au moins un tour-
ner-virer... On pourrait y aller ensemble assez tard, parce
que je suis de garde ici jusqu'à neuf heures. Enfin c'est si
monsieur aime les petits touffé-gnignin sans prétention à
la bonne franquette...

— C'est avec plaisir que je vous accompagnerai, répond-il, quoique je sois un peu crabe moi aussi. Aussi je ne vous promets pas de jouer... surtout d'ailleurs avec une clarinette en deux morceaux !...

— Si vous voulez, lui lances-tu alors, je pourrai vous prêter celle de mon père. Je l'ai ici avec moi, il me l'a donnée depuis qu'il n'en joue plus...

— Alors, cela veut dire que tu viendras, Siméa ! réplique ton amie te prenant au piège. C'est décidé enfin. Elle me fait languir depuis trois jours... Heureusement, je suis poursuivante kon milet dèyè pisquette lè riviè ka débodé ! Mais attention pas de promesses à menti-mentè !... On peut partir d'ici ensemble vers les 9 heures, 9 h 30... Il faut que j'aille prendre ma garde maintenant. Il est déjà 5 heures 30 passé. Tu vas réveiller Angela dans un petit moment, comme ça je la ferai manger plus tôt avec moi : les enfants sont trop excités. Le docteur veut aussi la voir avant le coucher.

— Je viens avec toi. Je me suis inscrite pour faire la tournée du bourg après la fête... Louis-Gabriel, si vous voulez, je pourrai vous déposer là-haut en voiture pour votre répétition... Si vous pouvez m'attendre un instant, je vais à l'accueil voir s'il y a des manquants et faire préparer la traction du service... La clarinette de mon père est dans cet étui noir à gauche des disques. Si vous voulez la préparer en m'attendant...

Resté seul, Louis-Gabriel parcourt des yeux la pièce, assis dans la berceuse, la chatte sur les genoux. Chaque objet, chaque détail se détache comme pour compenser l'absence passagère de celle qui leur a donné vie et place dans son domaine. L'accalmie de silence laisse ses sens en veilleuse percevoir l'atmosphère que tu as exhalée dans ce domaine sans maître, cette tanière sans félin, cette cage sans barreaux : un mélange étonnant de solitude et d'ouverture, aussi décidé et aussi fragile, aussi doucinant et aussi assuré que le mouvement d'une Manzè-Marie qui s'ouvre ou se referme au gré de ce que le vent lui donne à effleurer.

Alors, il se laisse bercer par ce délicat mélange... Il n'a pas la curiosité violeuse de ceux qui cherchent à percer furtivement dans une lettre ou une photo le mystère d'un absent... Il est vrai qu'il n'y a toujours pas de mystère à votre connivence : il n'espère de toi rien de plus que ce que tu laisses prendre et qu'il a à donner.

Il n'y a pas au mur une seule photographie, à l'inverse des maisons antillaises où cartes postales et photos de tous formats et de tous âges s'agglutinent entre les poteaux des cloisons, dans l'espace laissé libre par le miroir, les diplômes du certificat ou du Mérite agricole, le grand Christ en croix, et *les Glaneuses* ou *l'Angélus* de Millet.

Seul, un grand masque africain — une tête peut-être de femme —, remparé d'une couronne de courtines et de bastions, une dentelle d'or autour du cou, monte la garde contre le temps, sans distraction d'observance. Face à l'esquisse d'une jungle tropicale, par Wifredo Lam.

La baisse du jour fait ressortir la peau claire de la conga. Il y observe comme de petites traces d'usure, mais ce sont des mots qu'il lit, tracés légèrement avec une sorte de poinçon : *Espérame en el cielo. Malhia.* Et plus loin, un autre prénom : *Oscar, Por dos caminos.* Et il sourit parce que ce sont deux boléros qu'il aime et qu'il connaît bien.

Il va à la fenêtre, regarde le panache de plus en plus rouge du volcan. Parce que tu n'es pas là, ou parce que l'ombre gagne sur son flanc, la Soufrière lui fait peur maintenant plus que tout à l'heure... Il va essayer de persuader son ami d'y monter demain avec lui et toi : il devrait avoir le temps, avant le défilé de 11 heures, même s'il est un des organisateurs. Toussaint-volcan, c'est le surnom de son ami, dans l'orchestre. Qui aurait besoin de comprendre quelle profonde sérénité fait la force d'un volcan...

Il revient vers la table, regarde les deux ouvrages près desquels il a posé tout à l'heure les numéros de *Tropiques* : un livre, *Pigments* de L.-G. Damas, et une revue, *Volontés,* avec le texte du *Cahier d'un retour au pays natal.* Un sourire lui vient : des poèmes, encore de la poésie... Il feuillette distraitement les numéros de *Tropiques*. Toussaint les lui avait envoyés de Fort-de-France. Le premier l'avait enthousiasmé, les trois autres moins. Trop de poésie, trop d'obscurité blanche et d'application nègre, selon lui, même s'il se sent solidaire de ces professeurs qui font de la littérature buissonnière et déraisonnent librement sur le chemin des écoliers marrons... Il s'amuse et s'émerveille de voir à quel point tu as trituré, corné, annoté au crayon et même à l'encre chaque numéro... Il parcourt des passages annotés en marge que tu as signalés avec de grandes bandes de papier quadrillé qui dépassent en plumet.

Il feuillette le numéro cinq, le dernier en ta possession. Avril 1942. Bientôt un an qu'il a paru. Il pense à ce que Toussaint lui décrit de l'étau de censure qui se referme en finesse autour du lycée Schoelcher. On sait qu'il y a des communistes au lycée de Fort-de-France. Gratiant est soupçonné, mais il présente l'image rassurante d'un bon vivant friand du bon poisson des pêcheurs du Diamant. Ménil et les Césaire sont admirés comme des intouchables et isolés comme des parias. Si on les touche, leurs élèves exploseront. Autant pour l'occupant tolérer qu'ils fabriquent des bacheliers surréalistes garantis, en attendant que ce dangereux bouillon de culture foyalais puisse bientôt — dès la fin du blocus allié —, se disperser dans les lointaines Sorbonne de la mère-patrie... Mais il n'empêche : le ton monte chez les censeurs, qui apprennent à se méfier de ce qu'ils ne comprennent pas.

Un article l'attire, celui de Suzanne Césaire : « Qu'est-ce que le Martiniquais ? », suivi de neuf pages d'extraits de *l'Histoire de la civilisation africaine*, de Léo Frobénius. Un article qu'il ne lit pas, pour s'intéresser plutôt aux nombreuses annotations que tu as faites en marge, d'un seul trait presque rageur :

« ... Encore le couplet de Frobénius ! les Amazones du Dahomey ! les docteurs de Tombouctou et les architectes de Djenné !...

« Suzanne, tu cherches au plus profond notre essence noire, et c'est chez un ethnologue blanc ! Et nous appelons à l'appui la psycho-analyse, l'ethnographie, le marxisme et le surréalisme ! Aurons-nous donc toujours besoin d'*eux* et de leurs *raisons* ? À quoi sert de rejeter leur raison si c'est pour adopter leur science ? À nous de nous inventer un avenir, sans trop attendre du passé africain, et du présent d'Europe. C'est très important : Je pense que *l'identification est l'ennemie de l'identité*. Il ne nous faut pas chercher d'abord à qui nous identifier pour agir, car c'est au contraire notre action sans complexes d'infériorité ou de supériorité (complexes d'identification) qui nous fera vivre notre identité.

« Et puis, quelle manie de parler du Martiniquais (prétention ou modestie) ? Tous les Antillais ne forment-ils pas une même civilisation ? Ou sinon, n'est-ce pas le seul projet qui soit à l'échelle de notre double désir d'être libres et solidaires ? Montesquieu, au secours ! Je suis nécessairement Antillaise, et je ne suis Guadeloupéenne que par hasard !... »

Brusquement, un souvenir arrête la lecture de Louis-Gabriel, un de ces proverbes que sa mère, Ti-manman Louise, apprenait à ses jumeaux Jean-Louis et lui-même, répétant les paroles de sa propre grand-mère Ti-Carole, comme une orpheline soucieuse de ranimer pour sa descendance la généalogie brutalement enterrée dans le cataclysme de 1897. Et le proverbe disait : « Charbon n'est pas farine, farine n'est pas charbon. » Puis une autre phrase lui vient à l'esprit presque aussitôt, tirée d'un précieux recueil de lettres et de textes arrachés à des livres, qui était parvenu on ne sait comment dans sa famille, qu'il gardait toujours avec lui en voyage dans l'étui fermé à clef de sa clarinette-basse, et dans lequel se trouvait une lettre qu'il avait apprise absolument par cœur, adressée en mai 1802 à son frère Jonathan par un certain Georges que Louis-Gabriel se plaisait avec force à imaginer comme un ancêtre, parce qu'il apparaissait comme un compositeur de méringués et un grand joueur de violon. Cette phrase — ramenée à son esprit par sa lecture passionnée — obsédait d'autant plus sa mémoire qu'il avait toujours eu du mal à en comprendre le sens profond : « Les Nègres libérés souffrent de la hantise d'être à l'image des feuilles de bois-canon qui sont vert dessus et blanc dessous. Notre ancienne condition d'esclaves semble exiger de nous l'ivresse de la liberté plus que son parfum, et comme un supplément d'humanité qui nous pousse à faire aux Blancs sans relâche la preuve de notre mérite ou de leur iniquité. »

Assez troublé par cette réminiscence, il pensa que si l'occasion se présentait demain à la Soufrière, il te parlerait de ce petit dossier trouvé dans le bureau de sa mère après le cyclone et qui portait un titre presque effacé par le temps : *Cahier de Jonathan.* En même temps, il sourit en lui-même de se voir souhaiter cette éventualité, lui qui avait toujours gardé ce cahier comme un secret de famille, même auprès de Toussaint. Sans doute était-ce naturel, pensa-t-il, qu'un pareil héritage fraternel, inconnu et mystérieux (toutes ces pages de livres déchirées...), se transmette par sa bouche à l'oreille de cette jeune femme inconnue et encore mystérieuse avec laquelle il se sentait si bien en fraternité...

Alors, rassuré sur le naturel de son désir, il reprit la lecture de l'article de Suzanne et de tes annotations, sans lever une seule fois les yeux pour s'apercevoir qu'Angela l'observait depuis un petit moment, figée dans l'embrasure de ta chambre, les doigts fermés autour du morceau de la clarinette morte, occupée à un dialogue muet les yeux dans les yeux de la petite Zani, qui devait lui donner en secret la raison de sa présence dans votre berceuse sur les genoux de quelqu'un qui n'était ni elle ni toi.

Pélamanlou-Pélamanli

Intrigué par la fixité du regard de la petite chatte, il se retourne lentement et aperçoit Angela debout dans l'embrasure, toujours immobile à l'observer, les pieds dans ses grosses chaussettes de laine verte, la chemise débordant de son pantalon de garçon, presque détendue, à l'abandon du réveil, si ce n'étaient ses doigts crispés rouges autour de sa moitié de clarinette. Sans doute rassurée par le message de Zani, elle fait deux pas vers le bureau, très lentement, toujours en fixant le jeune homme qui se balance légèrement, allonge le bras pour prendre sur la table l'autre morceau de l'instrument, qu'elle lui tend en ouvrant à moitié la bouche dans un mouvement des lèvres dont il cherche intensément à deviner le sentiment qu'il suggère, en deçà du rire, au-delà du sourire. Puis, d'une voix rauque — sa voix du fond de l'eau —, elle laisse échapper de sa gorge, comme des résidus d'un naufrage, ces deux mots :

> *Pélamanli*
> *Pélamanlou*

en montrant alternativement de la main droite les deux moitiés de l'instrument...

Deux mots qu'elle reprend à la cadence de son mouvement de main. Pélamanli. Elle regarde le musicien. Pélamanlou. Elle imprime de la main gauche sa cadence à la berceuse. Pélamanli. La chatte quitte les genoux du jeune homme et saute d'un bond sur la conga, les oreilles tendues vers cette voix d'outre-mer. Pélamanlou. Louis-Gabriel cherche à comprendre son désir, pressant son morceau d'ébène froid plus mort encore sous sa main chaude qui le faisait chanter. Pélamanli. Il pense alors à répéter les deux mots en même temps que l'enfant : Pélamanli-Pélamanlou.

Alors dans un éclat proche d'un grand rire de gorge, Angela se saisit des deux moitiés de l'instrument et presse l'une contre l'autre les extrémités brisées pour les réajuster. Mais, devant la vanité de son geste énergique, les poings serrés, les lèvres refermées prêtes à écumer, elle lève les bras comme pour écraser les deux morceaux d'ébène à jamais séparés sur le visage du musicien qu'elle n'a jamais cessé de fixer, sans qu'il sache si elle le scrute pour y retrouver sa propre angoisse ou l'image d'une sérénité perdue. Pourtant il n'ébauche même pas un mouvement de crainte ou de défense, car il ne lit pas dans les yeux de la fillette la violence que son geste laisse présager, et comme il sait que les yeux sont souvent en avance sur le reste du corps, il devine — avant elle-même — ce mouvement lent comme la résignation par lequel Angela dépose les deux

bouts de bois mort dans ses mains ouvertes, et s'accroupit
en larmes silencieuses au pied de la berceuse, sous le regard
tranquille de ta petite Zani que rien dans ce manège n'a
semblé impressionner.

A petite vitesse, le jour commence à tomber. Seul l'éclat
de leurs six yeux résiste à la pénombre. Louis-Gabriel se
lève et, d'un geste assuré, prend l'étui noir près des disques,
l'ouvre et ajuste les éléments de la clarinette de ton père,
sous le regard incrédule d'Angela qui reprend sa place dans
la berceuse qu'elle commence à balancer. Les premières
notes peinent à sortir de l'instrument trop froid. Il souffle
alors très doucement et d'une seule inspiration pour
réchauffer l'ébène sans faire crisser les aigus. Il égrène de
longues notes tout en cherchant la mélodie d'une comptine
que l'enfant connaîtrait :

> *La Bleu, la Bleu*
> *vini pou moin aimé-ou !*
> *La Bleu, la Bleu*
> *vini pou caressé...*

Presque calme, tranquillisée comme par une embellie
soudaine, Angela penche la tête en arrière, le corps raidi en
avant, comme pour aspirer jusqu'aux lèvres les mots qui
surnagent au fond du puits de sa mémoire, harponnés par
un désir rebelle à sa loi de silence :

— Raconté Pélamanlou ! Raconté Pélamanli !

Alors sans montrer plus d'étonnement que devant une
surprise attendue, se confiant à la logique des souvenirs
des contes de sa mère, Louis-Gabriel commence à lui
raconter son histoire en inventant au fur et à mesure ses
variantes avec autant de conviction que s'il avait déjà
rabâché cent fois la tragique aventure de l'enfant à la flûte,
Pélamanlou le fils unique, magiquement dédoublé pour le
bonheur d'un épilogue rassurant :

*... Et puis Pélamanlou et Pélamanli étaient deux frères
jumeaux, deux Ibelles pareils comme deux étoiles, et c'est
Pélamanlou qui avait joué pour charmer le dragon-zombi...
Et puis la Bête à sept têtes surgit devant eux, et Pélamanli*

qui traînait derrière à cueillir une rose bleue a juste le temps
de bondir se cacher dans les halliers... Et puis la Bête écu-
mante demande à Pélamanlou de jouer de sa flûte pour la
faire danser avant manger... Et puis, toute surprise par la
beauté de sa musique, la Bête commence à remuer sa queue
qui balaye en cadence les nuages du ciel jusqu'à sept kilomètres... à remuer ses sept têtes en l'air qui font chanter la
brise dans les surettes et les tamariniers... et à danser, danser, danser sur ses quatre sabots, le noir, le rouge, le jaune et
le vert, malgré sa faim d'avaler le petit musicien... Et puis
Pélamanlou qui commence sérieusement à être fatigué de
souffler sa musique si belle, saute d'un seul bond dansant
dans les halliers et resurgit tout de suite d'un seul bond
dansant pour continuer à fatiguer la Bête de sa musique si
belle... Mais c'est Pélamanli qui a pris la relève de son frère,
pendant que la Bête tournait toutes ses têtes à l'horizon
pour finir d'éteindre le soleil !... Et puis une autre fois, et
puis trois fois, et puis quatre, chaque fois que la Bête levait
ses têtes pour allumer des étoiles, tout en suant, dansant,
s'essoufflant, sans pouvoir s'arrêter de danser sur une si
belle musique, un des jumeaux remplaçait l'autre d'un seul
bond dansant, après s'être bien reposé en mangeant du
maïs, et en buvant l'eau bien rafraîchie pour ses jumeaux
chéris par Papa-Damballah... Et puis, à la septième heure
de la nuit, après un dernier effort pour accrocher la lune à sa
queue d'arc-en-ciel, la Bête à sept têtes s'écroule morte,
épuisée de la danse des jumeaux dans un énorme vomisse-
ment de tous les enfants qu'elle avait avalés jusqu'à la veille,
et qui attendaient pour leur délivrance que la Bête soit char-
mée à mort par un être assez généreux pour porter deux
cœurs dans son seul corps...

Carnaval

— D'où vous est venue cette idée extraordinaire des
jumeaux musiciens ?
— D'une des nombreuses histoires de ma mère. Elle

préférait nous endormir avec des contes créoles à zombis plutôt qu'avec des comptines françaises doucinantes. C'est tout ce que j'ai trouvé sur le coup pour tuer cette sale Bête à sept têtes dans l'esprit de votre petite fille... D'après ce que j'ai lu tout à l'heure dans vos numéros de *Tropiques,* si les contes sont la prophétie de notre meilleur avenir, j'espère qu'Angela sera bien sortie de sa « pseudomorphose » — pour parler comme vos idoles ! — et qu'elle aura compris que « l'identification est l'ennemie de l'identité !... »

— À ce que je vois, dis-tu en souriant, vous m'avez attendue en compagnie de lectures bien indiscrètes !

— Eh oui ! Je ne pouvais pas savoir qu'en feuilletant vos revues qui traînaient j'allais avoir la clef de vos pensées profondes... : « Je suis nécessairement antillaise, et je ne suis guadeloupéenne que par hasard... » Entièrement d'accord à votre avis ! On pourrait continuer d'ailleurs : Je suis nécessairement noire et je ne suis antillaise que par hasard... Je suis nécessairement femme et je ne suis noire que par hasard... Je suis nécessairement homme-plante ou animal, et je ne suis éthiopien que par hasard... Où donc doit s'arrêter cette dangereuse générosité ?

— Tout simplement là où commence la solidarité ! lui réponds-tu, le regard attentivement fixé sur le flot des promeneurs qui remontent vers la place de l'Église.

— J'ai bien aimé aussi votre remarque : « À quoi sert de rejeter leurs raisons, si c'est pour adapter leur science ? »

— J'ai écrit : pour adopter leur science ! le corriges-tu en riant. S'il s'agit d'adapter, je pense que c'est justement ce qu'il faut faire...

Au volant de la grosse traction quinze-chevaux, tu remontes lentement le premier plateau et entames la montée vers le bourg. Certains malades sont autorisés à sortir en promenade libre dans le périmètre qui va de l'asile à la mairie, et la voiture fait une ronde avant la nuit pour vérifier que tous rentrent sans incident. Il faut d'autant plus y faire attention ce soir où les malades sont déguisés comme tout le monde, et n'ont pas leur chemise-veste bleue traditionnelle dont ils s'appliquent d'habitude à cacher l'insigne numéroté d'un geste brusque de la main droite sur le cœur chaque fois qu'ils saluent une connaissance qui passe : « Ka ou fè ! »

Il y a du mouvement du côté de la place de l'Église. Un groupe de masques à la mort, tout de noir vêtus, le visage caché derrière des têtes de mort, sème le frisson parmi les enfants qui jouent et les vieilles dames appelées pour l'Angélus. Surgi on ne sait d'où à travers les ruelles, il monte rejoindre les masques déjà rassemblés sur la place qui rameutent le public à grands coups de tambour et de corne à lambis.

Des diables rouges et des diables verts à cornes, paradant autour du monument aux morts, imposent respect et silence à la foule, autour de Sa Majesté Carnaval en jabot et redingote. Quelques privilégiés sont aux premières loges sur les balcons de la mairie et de l'école des filles. L'église a déjà refermé discrètement ses portes et libéré ses enfants de chœur pour cette fête païenne. Sur le côté de la place qui mène au cimetière, les jeunes désœuvrés arrêtent leur partie de noix et de graines-dés pour ne rien perdre du spectacle. (Surtout deux d'entre eux qui tâchent attentivement de reconnaître ou de se remémorer les visages de ces jeunes gens masqués, pour faire tout à l'heure leur rapport à la gendarmerie, qui est déjà prévenue que des débordements politiques sont préparés par un petit groupe qui veut profiter du relatif relâchement de ce Carnaval autorisé, et qu'il faudra neutraliser dès qu'il se manifestera, sans doute demain au cours du défilé à Basse-Terre devant le palais du gouverneur.)

La traction noire de l'asile est maintenant arrêtée près de l'entrée de la place, bien reconnaissable avec sa grande croix blanche sur le capot, familière aux gens du voisinage qui te saluent d'un geste complice et déférent. La patronne de la Bouteille d'or te fait de son bar un salut respectueux avec un petit signe pour t'indiquer que tout va bien, rien à signaler, plus de malades sirotant en douce un ti-punch libérateur avant de rentrer pour l'appel... Louis-Gabriel, qui a encore un peu de temps avant sa répétition, s'est posté debout sur le marchepied de la voiture pour mieux voir :

*Roulements de tambour. Sa Majesté Carnaval fait recu-
ler le cercle des curieux d'un geste impérieux à l'adresse de
ses serviteurs. Il fait quelques pas de long en large, s'arrête
au centre du rassemblement, soulève sa perruque pour
rafraîchir ses idées, monte sur le rebord du monument aux
morts pour mieux dominer la situation :*

— *Silence, la dissidence ! Entrez dans la danse ! Ban-
moin ba zote francé la a présent ! J'avais voulu venir avec
toute mon armée de masques à cornes, à fouets, à diables, à
Congo, à miroirs, à la mort, à z'Indiens, malhérèsement, il
n'y avait pas moyen. Il n'y a plus de caoutchouc, plus de
carburant ; ils ne voulaient pas marcher à pied. Bouaboua a
attrapé une inflammation et il est resté sur son pot de
chambre pour surveiller l'effet d'une médecine à case,
z'orange grosse peau et thé pays. L'eau de Vichy ne lui va
pas, faut croire ! (Rires du public.) Silence la dissidence !
Entrez dans la danse ! Le bœuf à cornes m'a dit de vous dire
de l'exkiser parce qu'il préfère ne pas sortir à cause du bou-
cher qui veut lui fendre son fêle en bourguignon-miroton...*
Masque à gros tête *a été au coiffeur.* MokoZombi *n'avait
pas de souliers...* Macaque *est monté dans les bois de* Bains-
Jaunes *tremper sa queue qui a des douleurs...* Congo *n'avait
pas encore son compte de cirage...* Bel-Gacon *n'était pas
foutu de trouver un visage pour mettre sur son masque...
quant à* Masque à la mort, *il a voulu aller à la mairie
chercher un bon pour trois mètres de coton blanc, on l'a
envoyé à Basse-Terre. Basse-Terre l'a envoyé à Pointe-à-
Pitre. La Pointe l'a envoyé au Marché-Noire. Marché-
Noire lui a dit comme ça : « Rien à faire pour le défaire. Si
tu veux marcher en chemise Dimanche gras, c'est cracher
au bassin quarante ti-paillasses en papier cinq francs neufs.
Ça la emmecdé !* Masque à la mort *est retourné dormir en
cimetière !...*

*Rires et applaudissements ponctuent tout ce discours.
L'appariteur et ses tambourineurs battent des roulements
pour faire taire la foule. Et Papa-Carnaval, toujours très
digne dans son français, poursuit sa lecture :*

— *Alorsse, mes amis, quand j'ai vu ça, j'ai brossé ma
veste à passe-pété, j'ai escampé mon pantalon rayé, j'ai
envoyé mon corps au vent et j'ai ramassé en grand chemin,*

en caniveau, dans les dalleaux, tous ces va-ni-pieds là que vous voyez autour de moi !

Tous les masques autour protestent en criant et en claquant du fouet, sautant sur les spectateurs qui se moquent d'eux. L'appariteur et les tambourineurs imposent le retour à l'ordre et Carnaval commence à présenter au public l'un après l'autre quelques-uns de ces masques d'occasion qui cherchent à imposer leur tête face à la dissidence des masques traditionnels. (Mais il reprend le créole chaque fois qu'il fait une remarque un peu trop osée :)

— *Missié Hitlè, silence ! fèmé bouche a-ou ! Songé rhum sec ka passé d'leau Vichy, oui ! fout' tonnè !*

À ce moment précis, apparaît devant la place au tournant du sens unique, venant de la caserne pour le salut au drapeau au monument aux morts, un peloton de tirailleurs sénégalais, tout réjouis de cette corvée qui leur permet aujourd'hui de faire un petit tour — même au pas cadencé — dans la commune en fête, eux qui sont le plus souvent consignés dans leur cantonnement, méprisés par l'Amirauté, tenus à distance par la population antillaise autant pour ce que leur uniforme révèle de leur fonction que pour ce que leur couleur de peau révèle de son origine, brutalement rappelée à ses yeux comme si un ancêtre sauvage pénétrait nu dans ses cases et ses salons.

Devant l'incongruité de sa cérémonie au milieu de cette parade, le sergent africain fait rompre les rangs à ses soldats, à qui il donne quartier libre un quart d'heure, le temps pour eux d'assister au spectacle et de s'offrir un ti-sec et deux morceaux de boudin à la Bouteille d'or.

Sa Majesté Papa-Vaval retrouve alors sa verve caustique pour les accueillir à sa façon :

— *Messieurs et Dames, je conjecture que Mass-à-Congo a dû rencontrer la conjonction d'un camion de boîtes à cirage pour nous offrir la conjoncture de tous ces « nèg-gale » que nous saluons bien bas ! Vivent les Masques-à-chéchias ! Les Masques-à-Banania !*

Pendant que le public en joie applaudit d'un même geste les soldats intimidés et la saveur de l'improvisation de Carnaval, un des masques à la mort bondit d'un seul élan à côté *de Sa Majesté et s'écrie en créole à l'adresse des tirailleurs qui l'applaudissent sans rien comprendre :*

> Combattants sénégalais
> Anciens combattants sénégalais
> Futurs combattants sénégalais
> Combattants temps longtemps
> Combattants jodi-jou
> Combattants demain-sans-faute
> Marie-mêle-tout-Combattants sénégalais
>> Mercenaires pensionnés
>> Makoté galonnés
>> Décorés, décavés
> Grands blessés, mitilés, calcinés, grand grainés,
> Guèle pété, bras coupé, intoxiqué,
>> et patati, et pétarade,
> Couté bien dé parole nou tini pou di zote
> Rangé coupe-coupe, saleté et malpropreté
> Rangé l'envie piller, l'envie voler, l'envie violer,
> Tout ça nou ni pou mandé zote
> C'est fouté les Boches la paix
> Et commencé pa envahi Sénégal !

Tout cela proféré sur un ton grandiloquent qui déchaîne les rires du public et des soldats africains, rassure les deux mouchards déjà inquiets qui prennent ce message pour un rappel au bon ordre pétainiste, mais t'inquiète toi doublement, la main crispée sur le volant de la traction, t'interrogeant sur la portée, ici, de cet appel où tu as vite reconnu une traduction créole du poème de Damas, et sur la personnalité de l'auteur de ce geste : inconscience suicidaire ou défi courageux...

Mais déjà Carnaval reprend son affaire en main après ce petit dérangement :

— Messieurs et Dames, poursuivons les présentations. Vous là-bas, Masque-à-haut-de-forme, qui est votre nom ? Dites à la société !

— Nom en moin c'est Bon-patron-ka-fait-bon-travail, bon-travail-ka-fait-bon-salaire !

— *Et vous, Masque-à-bacoua, qui est votre nom ? Dites
à la société !*

— *Nom en moin ? Nom en moin c'est Bon-travayè-ka-
fè-bon-patron, et Bon-salaire-ka-fè-bon-travayè !*

*Eh bien, vous êtes d'accord alors tous les deux. Eh bien,
bon pour bon, d'accord pour d'accord, allons changer un
petit peu. Bon bacoua peut faire bon haut-de-forme ! Bon
haut-de-forme peut faire bon bacoua !*

*Et d'autorité, Carnaval place le haut-de-forme sur la tête
du travailleur et le bacoua sur celle du patron, aux applaudissements redoublés de la foule.*

*L'appariteur et ses tambourineurs se déchaînent sur leurs
instruments, pour le plaisir final de la population, qui se
replie en désordre en essayant de suivre le cortège des masques qui s'en va en dansant, les masques à la mort frayant le
passage à grands coups de fouet sur la chaussée. Il remonte
tout droit vers l'hôpital où il va donner le spectacle dans la
cour pour les malades.*

Avec un petit sourire, tu les regardes passer, gesticulant
autour de la voiture. Mais tes pensées ne les voient plus.
Elles sont toutes à cette petite boule de papier serrée dans
ton poing gauche, le message qu'un des masques à la mort
— justement celui du poème de Damas — vient de lancer
discrètement par la portière entre deux coups de fouet secs
comme des éclairs de titiri.

Toussaint

Journal de dissidence :

[Lundi gras. Veille du grand jour. — Mais fatigue, fatigue. — Quatre heures. Chambre de l'hôpital. — Premier
rhum sec de la journée. — Où est passé Gaby ? — Chauffer
mon saxophone. — Ce soir, à la résidence, il faudrait pro-

fiter du bal pour assassiner le gouverneur. — Il faut que je
l'écrive pour me calmer de ne pas le faire. — Colibris,
colibris. — Quatre heures et demie. — Sommeil, sommeil.
— Préparer le message pour l'infirmier de l'asile. — Six
heures sur la place de l'Église. — Utiliser *Beau sang giclé*
pour le rendez-vous. — Bien expliquer demain le code des
messages à nos remplaçants sur Basse-Terre. — Utiliser un
poème surréaliste obscur de *Tropiques* identifié par son
seul nom sur le message, sans indication d'origine ni de
page. — Deuxième rhum pour attendre Gaby. — Lassitude, lassitude. — Bien clarifier le code avant d'être saoul
pour ce soir. — Numéroter les vers avec les lettres du titre
(1re lettre = 1er vers, 2e lettre, 2e vers...). — Ensuite, pour
chaque vers, numéroter les lettres et les espaces de 1 au
dernier en partant de la fin du vers à droite. — Fabriquer
les mots du message avec les chiffres des lettres à utiliser.
— Coder le rendez-vous de six heures. — *Beau sang giclé.*
Histoire d'oiseau. Soucougnan. Colibri mort renaît
comme Phénix exigeant du peuple le compte de ses plumes
dispersées. Si vous avez faim de faim du ventre, mangez la
lune en court-bouillon, soleil en fricassée, et laissez-moi
sur ma branche haute. — Si vous avez faim de liberté, alors
frappez tambours et nous écraserons ensemble Poisson-
Armé. —

Codage du vers numéro A : *Ramages perdus rivages
ravis.* (Belle image pour une dissidence en canot.)

Codage du numéro S : *L'aube sur sa chaîne mord féroce
à naître.*

Rendez-vous à Saint-Claude chez Rémy Nainsouta.

Pourquoi avoir choisi la maison d'un notable opposant,
même s'il est intouchable. Précaution peu courageuse.
L'hôpital qui est tout près de la résidence aurait été le lieu
idéal. Il faudra un peu plus d'audace chez les Guadeloupéens du réseau. — Troisième rhum. La révolte doit être
saoule par prudence. — Excuses, excuses. Peur et alcool. —
À Sainte-Lucie, il ne faudra plus boire. — Où est passé
Gaby ? — Ce soir, je ferai le solo sur *Adieu foulards, Adieu
madras,* avec sa clarinette basse, façon de dire au revoir à
l'orchestre. Tout à l'heure, je lui annonce mon départ. Il
faut qu'il m'apprenne les accords de son solo, sinon les

autres n'auront pas confiance. J'ai trop bu. — La parade de
six heures sur la place ne doit pas éveiller de soupçons pour
demain. — Il faudrait peser sur l'aspect collabo-rigolo.
Papa-Vaval saura le faire mieux que nous. — Pourquoi
s'expose-t-il ainsi ces deux jours alors qu'il est pour nos
idées mais contre nos actions. — Les marins-gendarmes
nous attendent au défilé de Basse-Terre. — Mais nous
frapperons à Saint-Claude demain onze heures. — J'écris
tout. — Si on trouve mon cahier de musique caché dans le
tuyau de mon saxo, c'est que je serai mort ou déjà bien
loin. — Je laisserai mon saxo à Gaby après le bal. —
Demain matin apéritif à la résidence au Vichy flambé
rhum. — Et puis *partir*. — Enfin *partir*. — J'étouffe depuis
deux mois en Guadeloupe. — Pays résigné. — J'ai appris
que Delgrès était Martiniquais. — La Soufrière, volcan
doucineur de Basse-Terre. — Même le gouverneur se
repose tranquille à ses pieds. — Rien ici ne fait un drame.
— Je perds toujours confiance au troisième rhum, je la
retrouve après le quatrième. — Mais Fort-de-France, je
t'aime, rebelle et belle comme une chabine dorée... Je pars
au rendez-vous des masques-à-la-mort... Sept heures du
soir. J'ai fait une sottise grave avec le peloton des Sénégalais. — Si les gens m'avaient vraiment compris. — Aucune
traduction n'est innocente. — J'ai toujours peur de ne pas
être assez sauvage. — J'ai des révoltes de cinéma. — Heureusement que Vaval a repris sa parade avec sang-froid. —
Lui, il nous donne confiance et il inspire confiance. — Je
ne suis pas à la hauteur de sa modération. — L'infirmier du
rendez-vous est une infirmière. — Quel long foulard, quels
grands yeux inquiets. — Comme si elle reconnaissait ma
peur, comme si elle craignait plus de voir mon visage que
mon masque à la mort. — Gaby était avec elle dans la
voiture de l'asile. — Que faisait-il là ? — Il ne m'a même
pas reconnu au passage. — Tant mieux, les mouchards non
plus, il faut croire.

Enfin, Louis-Gaby arrive. — Juste le temps de tout lui
dire avant la répétition. — Je pars demain en dissidence.
— Je finis demain matin mon travail ici. — Il y a plus de
dix mille Antillais prêts au combat entre Dominique,
Sainte-Lucie et New York. Gaby, je te rapporterai des dis-

ques américains de jazz. — Ce soir, je voudrais essayer le solo d'*Adieu foulards* à la clarinette basse, pour faire moins doudou et plus adieu. — Je te laisserai mon saxophone. — Prépare-nous entre-temps notre hymne national en afro-cubop. — Tu auras bien mérité de la révolution nègre à venir. — Gaby ne me parle que de mon espionne infirmière. — S'il savait que c'est elle-même qui était au rendez-vous de mon message. — Oui, oui, oui, j'irai à la Soufrière demain matin tôt avec eux. — Excellent moyen de passer inaperçu jusqu'à dix heures. Tout est déjà bien réglé, les bouteilles de Vichy sont installées sur le char-Colibri à Fonds-Vaillant. — J'oublierai ma peur d'être pris. — Le volcan me servira de rhum. — Gaby m'empêchera de boire avant midi. — Si je suis pris, j'aurai droit aux tortures à Balata. — À partir de quel degré de souffrance vais-je avaler la racine de manioc en réserve dans ma poche pour une défaillance de courage. — Si je meurs, je leur cracherai au visage. — Quand même, plutôt un mauvais présage pour mon départ ce titre : *Beau sang giclé...*

Deux heures du matin. Je n'arrive pas à dormir. — Et nous partons à cinq heures à la Soufrière. Gaby n'est toujours pas rentré de sa soirée. — Pour le bal, le gouverneur s'était déguisé en Christophe Colomb. — Mon solo de clarinette basse sur *Adieu foulards* lui a trop plu. — Il faudra que j'essaye le saxophone ténor. — J'ai dit à Gaby que c'est la jeune femme qui était au volant de la Citroën qui doit normalement nous conduire, mon camarade et moi, pour retrouver à la Rivière-des-Pères le canot de notre évasion. — Il a semblé craindre qu'elle ne parte avec nous. *Ramages perdus — Rivages ravis.* — Si demain le canot chavire, je n'ai pas vraiment peur de mourir, j'ai peur de la mer et d'une mort inutile.

La vraie insurrection ne sera prête que dans six mois, les Américains veulent encore attendre, mais nous savons que les pétainistes sont affaiblis, seuls les marins restent sûrs, mais l'armée de terre vire au gaullisme. — L'heure est venue des attentats, pour ouvrir les yeux des Américains qui ont peur de nous fournir des armes. — Il est temps de mettre en application nos meilleurs contes et nos poèmes de révolte. — Exiger le compte de nos libertés dispersées. — Réveiller ce peuple de Bois-Canon à grands coups de symboles. — Cyclones. — Éruptions volcaniques. — Rhum sec dans les bouteilles-Vichy. — Ce serait un geste très efficace d'afficher une nuit dans tout Basse-Terre cette proclamation de Delgrès. — Rêve de surhomme dans un pays de cuisinières. — J'en parlerai demain à ceux qui restent...]

Pierrot-Jumeaux

Après trois tours du bourg au ralenti, et un arrêt à l'asile pour vérifier que tous sont rentrés à cette heure, tu remontes garer la Citroën à l'entrée de la ruelle n° 1. Tu entres dans la maison en face de l'école des garçons. Par le couloir, tu montes l'escalier du premier étage, pénètres dans le salon grand ouvert sur le balcon étroit qui serpente tout autour de l'appartement. Assise avec son banjo dans un grand fauteuil en bois, Siméa te regarde approcher avec la tendresse pétillante de ses grands yeux, et va pour se lever dans un mouvement plein de cette vivacité retenue, cet élan un peu lourd caractéristique des femmes enceintes de plusieurs mois. Bonsoir, Siméa ! Siméa, Bonsoir !

Tu la retiens assise pour un échange de baisers, et l'étreins par l'épaule, à genoux sur le tapis, caressant du doigt les fossettes creusées par le sourire, accentuées par la fatigue. Toute la nuit précédente, elle a pédalé, pédalé sur sa Singer pour finir à temps deux robes d'atours à l'antique commandées pour ce soir par des invitées du gouverneur, et elle a encore une parure de Reine-Colibri à terminer pour le défilé de demain. Sur le divan sont étalés les costumes qu'elle a imaginés pour le char de l'école des filles : les robes de princesses de la Belle-Sans-Connaître et de ses deux sœurs jumelles, le pantalon tout simple et le bacoua étoilé du jeune homme qui gagnera son cœur après trois épreuves miraculeuses, grâce à l'aide des gardiens des trois portes du château royal, dont il aura su gagner l'amitié : les

chiens en costume marron et blanc et chapeaux à grands
panaches, les mouches toutes habillées de noir et aux grandes ailes de carton argenté, et les colibris vert et rouge avec
leurs petits tambours de grenadiers. Tout un conte au
repos sur ce divan, comme dans une réserve de féerie,
avant le réveil du soleil, des masques et des enfants.

Elle va te chercher deux paires de chaussures de marche
que tu viens emprunter à son mari — un pilier du Club des
montagnards — pour Louis-Gabriel et son ami de
l'orchestre qui viendra peut-être avec vous demain voir se
lever le soleil sur le volcan.

Siméa est trop lasse pour pouvoir aller comme prévu à la
petite fête des infirmiers. Son mari restera donc de garde à
l'hôpital ce soir pour libérer un camarade. Aussi, elle te
propose pour Louis-Gabriel et toi les deux costumes de
Pierrot-Jumeaux qu'elle avait rapidement confectionnés
pour son mari et elle, en transformant deux vieilles blouses
en habits lumineux grâce au papier d'argent coloré des
sachets de bonbons et de chocolat, avec trois énormes
boutons noirs pour le costume de l'homme, et quatre pour
le sien, bien plus large à cause de son ventre de sept mois.
Amuse-toi bien, Siméa, pour nous deux !

De retour dans ton pavillon de l'asile, tu prends sur le
bureau le dernier numéro de *Tropiques,* duquel tu retires
une feuille verte pliée en quatre que tu étales sous la lampe,
pour éclairer un poème : « Beau sang giclé ». Les lettres du
titre servent à identifier les vers codés. Tu déplies la petite
boule de papier que le jeune homme masqué t'a jetée tout à
l'heure dans la voiture, sur laquelle il a écrit une suite de
chiffres et un titre :

                b e A u - S a n g - g i c l é

Alors, tu fais apparaître en clair le message de ce Toussaint que tu ne connaîtras que demain au rendez-vous ; un
des responsables martiniquais de la coordination des
milieux enseignants entre la Guadeloupe et la Martinique,
l'auteur de ce système ingénieux de codage, qui te fait toujours sourire quand tu déchiffres un message, par ce qu'il
révèle d'enfantillage, d'angoisse, de défi et de naïveté, tout
à fait dans le style, remarques-tu, de l'appel grandiloquent

et déplacé aux tirailleurs sénégalais, sur la place de l'Église.

B   *Tête trophée membres lacérés*

E   *Dard assassin beau sang giclé*

A   *Ramages perdus rivages ravis*

U   *Enfances enfances conte trop remué*

S   *L'aube sur sa chaîne mord féroce à naître*

A   *O assassin attardé*

N   *L'oiseau aux plumes jadis plus belles que le passé*

G   *Exige le compte de ses plumes dispersées.*

Départ — Mardi gras — midi — deux — fous — maison — Nainsouta. — Demain ! En plein Mardi gras. Il faut que tu préviennes le docteur Frantz, Nice et l'infirmier de garde. Tu assureras demain après le déjeuner de 11 heures le service de surveillance avec la traction. Le docteur Frantz fera un avis de recherche pour servir de laisser-passer en cas de barrage de gendarmes ou de fusiliers-marins. Il faudra déposer deux tenues de malades dans la traction, avec une blouse pour toi. En revenant de la Soufrière, il faudra bien garer la voiture le long de la terrasse des Nainsouta. Midi, c'est une mauvaise heure, la route risque d'être embouteillée par le retour de la parade mais, évidemment, c'est aussi le meilleur moyen de passer inaperçu. Ainsi donc, c'est chez Nainsouta que les deux candidats au départ vont se changer. Tu reconnais ce courage discret, ce défi invisible aux regards sans finesse de ce médecin-chef noir, ce notable militaire en retraite dans sa commune, qui s'est déjà bien exposé en prononçant devant toutes les autorités vichyssoises de l'île une conférence : « Sésame, ou les clés de la prospérité antillaise », où bien caché entre chaque ligne se lisait un appel serein à l'insoumission.

— ... Et cric !
— Et crac !

— D'leau pendue ?

— Coco.

— D'leau dubout'te.

— Canne à sucre.

— Toujou lé mèm, blagues faciles ! Mé touvé ci-là : en ka doubout'te, i ka longi, en ka longi, i ka doubout'te ?

— C'est ton pied ! Tu t'allonges, il se lève ; tu te lèves, il s'allonge. Qu'est-ce qui vole sans jamais se poser ?

— Le vent ! À moi : Je suis à la fois ici et ailleurs ?

— C'est l'œil.

— La Négresse chante tellement en chaleur qu'elle fait danser tous les ti-Blancs.

— La marmite de riz sur le feu. Je suis né vert et le temps m'a blanchi ?

— Moi, je sais : le coton !

— Bravo Siméa, à votre tour de poser la devinette, alors !

— J'en connais très peu. Je ne m'en souviens jamais. Ah oui ! Je suis au commencement du monde et au milieu du temps ?

— Ka sa yé sa ? Ta-là rèd' même, bo-frè !

— Le commencement du monde ? Ah oui, ça y est ! C'est la lettre « M » au milieu du mot temps !

— Sa ti boin intelectièl ça !... Sé blague à fonctionnè !... Blague-France !

— À moi ! Madame est toujours fourrée derrière moi, mais je ne peux jamais l'avoir dans mon lit ?

— C'est ton ombre. À mon tour : Ce que j'ai trouvé, Dieu ne l'a pas trouvé ?

— Sé mèt-à-ou ! Mon vieux, tu as trouvé ton maître, Dieu ne l'a pas trouvé. Méssié zé dames, la pli belle en ba la baille ! couté dènié blague à l'hôpital-là ! : quel est le seul remède pour un homme qui a la peste, eczéma, typhoïde, asthme, insolation et névralgie à la fois ?

— ? ? ?...

— Réponse ? D'leau Vichy pou soigné Pétain. Toutes ces maladies-là, l'une après l'autre, ça fait P-E-T-A-I-N, Pétain !

L'électricité est partie depuis longtemps, la fête se termine à la clarté des bougies et de la pleine lune. On a fini tout le boudin, la brandade de morue et la soupe à congo, avec l'appétit des gouloupiats à dents-en-gorge. On a bu punch sur punch, aux pruneaux, à l'anis, aux carambolas, aux quénettes, aux pommes-lianes, et le rhum sec aussi — un arrivage de Marie-Galante à 60°, un vrai rhum à bobos, l'aubaine des infirmiers de la Grande-Terre qui n'aiment pas trop les sirops-doucinette et les vins cuits. On a dansé, dansé biguines et mambos, mazoukes et boléros (tes disques cubains ont fait fureur...) Et puis pour finir en beauté, on a eu du gros-ka. Les cousins d'une fille de salle sont descendus de leur fin fond Baille-Argent avec tambours, triangles et ti-bois. Le bon manger et la bonne compagnie ont mis le chanteur en verve et il n'en finit pas d'improviser, soutenu par tous les amis qui font les répondeurs et frappent dans les mains. Une vieille paysanne assoupie toute cagoue sur son banc se dresse brusquement comme au bout d'un rêve et part dans une chanson debout les yeux fermés, légère comme un oiseau, les bras tendus en arrière à l'envergure de son grand mouchoir. Inspiré par l'ardeur des solos du marqueur, un petit garçon de dix ans, le ventre gonflé de jus de canne et de sirop-batterie, exécute, l'œil fixé sur le tambourineur, une série de figures brèves, intenses, violemment syncopées, exactement en harmonie avec chaque mesure du tambour-ka. Musique venue du cœur de l'île, profondément enfouie à l'abri de l'appel des plages et des échappées saoulantes du volcan. Musique de tambours et de cris, danse de pieds martelés, à l'appui du sol nourricier. Chaque roulement du marqueur, les doigts secs comme du bois mort, est un élan de liberté improvisée, qui s'avance dans l'aigu pour retomber épuisé comme le cri du chanteur, dans la fraternité grave, assurée et ferme des tambourineurs-boula et des répondeurs. Le tambour gros-ka, plante et animal réunis par la peau, la corde et le fût ; gros-ka sûr et dur comme un tronc d'arbre, vif et émotif comme une bête des forêts. Louis-Gabriel est tellement remué par cette musique que vous redécouvrez ce soir (soigneusement tenue à l'écart de vos enfances civilisées,

avec le parler créole et la forêt : la musique, la langue et le
terrain du marronnage) que lui qui n'a rien joué malgré
l'insistance de Nice prend le saxo-alto d'un invité et commence à improviser, à l'écart sur la galerie, une suite étour-
die d'appels rythmés par les battements des cœurs de terre
des tambourineurs, comme un oiseau en vol au-dessus
d'une forêt, explorant chaque sentier, fonçant dans les
entrées débouchant sans souffle des sorties, hésitant aux
carrefours, grimpant aux arbres, chutant dans les ravines,
promenant sans savoir sa musique dans ta gorge et ton
corps ouverts les yeux fermés, pénétrant comme un
cyclone, oui, comme un cyclone c'est que tu ressens, mais
un cyclone qui réduirait à néant sur son passage tout ce qui
ne serait pas émotion, amour et communion.

Bal fini, violon en sac ! Les chandelles sont soufflées,
mais la lune continue de monter. Vous revenez à pied vers
le premier plateau, deux Pierrots rayonnants sur la route
qui vous lance, coquette, le parfum des grappes de sandragons, et les éclats des lucioles à l'affût des amoureux. Atti-
rée par le vacarme discret de la nuit tropicale, une étoile
filante se jette par la fenêtre échappant aux balises de la
Voie lactée pour rejoindre sous la mer le soleil. Très vite, le
doigt pointé sur elle, vous avez fait sans savoir le même
vœu. Il faut le garder secret pour qu'il se réalise...
— Quelle chose de la nature aurais-tu aimé être si tu
pouvais choisir ? demandes-tu, les mains dans les poches
de ta chasuble trop large de Pierrot enceinte.
— Moi ? Je n'ai jamais pensé à une question comme
ça... Peut-être... un soleil... oui, le soleil...
— Et comment les gens te voient-ils, d'après toi ?
Réponds encore avec un objet de la nature.
— C'est difficile de répondre... Plutôt comme la
lune...
— Et toi, qu'est-ce que tu es en fait ?
— ... Peut-être une étoile... pour rester dans les objets du
ciel ! Je peux vous poser les mêmes questions ? Qu'auriez-
vous aimé être ?
— Un arbre.

— Comment les autres vous voient-ils ?

— Comme une montagne.

— Et qu'est-ce que vous êtes réellement d'après vous ?

— Un volcan...

Devant l'asile, tu sors la clé de la petite porte sur le côté de la grille. Vous devez vous revoir dans quelques heures : 5 heures du matin pour la Soufrière. Vos rendez-vous vont plus vite que la marche de la nuit. Vos doigts se caressent délicatement comme si la pudeur n'était pas arrivée jusqu'au bout de vos mains.

— Tout à l'heure, en t'attendant chez moi, je me suis amusée avec les lettres de ton prénom, et j'ai trouvé quelque chose qui correspond justement à ce que tu viens de dire. Louis-Gabriel, abri du soleil, ou asile du soleil !

— Asile du soleil ? Ou plutôt le contraire avec ma musique de fous : Soleil à l'asile ! Soleil à l'asile !... Mon soleil à l'abri de votre asile ? A la rencontre de la belle étoile ?...

Juste à cet instant on voit défiler le cortège des voitures qui ramènent vers Basse-Terre et Pointe-à-Pitre les invités du bal du gouverneur, masques défaits, mensonge aux yeux, ventres repus, conglomérat fatigué de vestiges raccroché au dos de l'avenir, leurs phares rectilignes éblouissant les étoiles et les lucioles hors d'atteinte sous la lune, hors d'atteinte comme deux Pierrots s'en allant en musique vers une chambre de communion...

(... Il y aurait trop de mots qui manquent, trop de phrases à corriger, trop d'adjectifs trompeurs, des verbes trop précis. Il faudrait inventer une langue neuve, avec des paroles à la fois tendres et remuantes, sans analyse logique ni acte de propriété, des souvenirs sans passé simple, des verbes être tout seuls sans compléments, des verbes aimer sans objets directs, des sexes confondus sans mot-pénis ni pénitence, sans machine ni mot-vagin, des sexes qui seraient des lèvres de dons, des lèvres d'accueil, qui souriraient au baiser de l'amant, des chaleurs d'oreille au passage d'une langue inédite, une écume légère aux lèvres au plongeon du poisson-bleu. Tout est possible, il y aurait un

doux chiffonnage des chemises entrouvertes, et sept boutons embrassés au pied du divan, le lit pas nécessaire. Il y
aurait des petits rires d'enfants, des soupirs et des tremblements, des gestes vagues et précis sans compas ni équerre,
sans niveau ni maillet, ni règle ni ciseaux, l'amour qui perd
la carte dans des chuchotis de caresses. Il y aurait le désir
d'aimer provoqué sans calcul, proposé sans problème, il y
aurait le désir de laisser faire sans se laisser avoir. Il y
aurait le corps d'un homme et ses neuf ouvertures, tous les
poètes l'ont oublié : le premier homme fut composé
d'argile, trop froid pour être aimé ; le deuxième homme fut
composé de bois, trop dur pour être aimé ; alors le troisième fut composé homme de maïs, plante tournée vers le
soleil, soumise au vent, nourrie de l'eau, le corps de
l'homme muscles arc-boutés sur l'axe où tourne la planète-
femme, la terre des légendes qui change de porteur selon
les continents d'appui : l'homme-tortue, l'homme-scara-
bée, l'homme-éléphant, lourdeur de l'étreinte, plénitude
du va-et-vient, l'homme-poisson insinué puis l'homme-
serpent plus profond pour trouver le chemin de la semence
de l'eau. Le corps de l'homme beau comme l'eau de la peau
et des aisselles, la sueur salée, écume trop lourde pour
pétiller, mais eau sortie du feu, le corps de femme, le corps
d'un homme et d'une femme beau comme la terre en rappel dans la caresse des mains, sur les sentiers de ravines et
de mornes, d'eau fraîche et de volcan, les sous-bois attiédis
et puis l'immense clairière sur le dos de la femme et le
devant de l'homme du ventre jusqu'aux épaules, pour la
distraction des ultimes paresses le corps et âme, plein et
délié, *body and soul*, beau comme l'air dans les yeux quand
ils apprennent à caresser, portes inassouvies sur tout le
corps de l'autre, va-et-vient trop rapide de pudeur trop
goulue, les yeux ne savent pas s'arrêter sauf au miroir des
yeux, ses yeux dans tes paupières et de si près, si près, ses
yeux de myopes verts qui te voient mieux que toi... beau
comme le feu du cœur, soutier des émotions.

Oui, il y aurait son corps et âme, son être tout son prénom, Louis-Soleil isolé-Gabriel, blues solaire, allure
d'abeille, brûlis d'îles à l'abri, elles, il y aurait un asile à
l'aise, la brise sous le bras.

Oui, il y aurait ton corps et âme, toute, ton être, tes
amies, tes aimés et tes semis de mai, Siméa, sauvage sati-
née, en manéage d'oasis pour les maremmes, il y aurait oui
ton corps de ménade sans malacie, ta médiane séminale
sans mésaise, suzeraine, reposée, posée sur son poteau-
mitan comme une corolle sessile sur le jardin de ton
amant.

Oui, il n'y aurait plus de frontières, l'amour libéré aux
sept fruits d'arc-en-ciel revenu de l'exil ne pourrait plus
savoir où finit le corps de l'autre, ne voudrait plus prouver
où commence sa jouissance, ni cacher où se prive
l'angoisse de déchirer les îles de l'oiseau et les oui du poisson, les étreintes spirales s'attendrissent en roulis, et les
amants délirent d'autres prénoms, pensant à d'autres choses, créant de l'imagination. Le soleil est une île. La forêt
une grande jolie mère. Sa tortue à tête de bélier se transforme en bracelet pour une offrande à ton poignet. Ton
plaisir son bonheur, ton bonheur son plaisir, votre envol
un oiseau entré par la fenêtre ouverte, et les mains specta-
trices à la fin pour le repos des yeux, les sources à l'étiage, la
tête contre l'épaule pour mieux dormir tranquille jusqu'au
pipirite chantant..., enfin j'imagine...)

Au dehors, Angela s'avance très doucement, pousse ta
porte et entre chercher ta blouse du carnaval posée sur la
berceuse. Ses pieds nus ne vous ont pas réveillés, vos corps
nus ne l'ont pas dérangée, ni tes cheveux dénattés qu'elle
observe un moment en caressant le chat dans un geste d'au
revoir. Sur la galerie, elle enfile ta blouse sur sa chemise et
son pantalon verts, se coule dans le parc et sort de son asile
par une brèche des enfants dans la haie des sandragons. Il y
a la route qui monte, elle prend à la descente, comme une
source s'assure du chemin de la mer.

Oui, frères, oser fuir

Mars-avril, mois de carême très propices aux excursions ; c'est le temps de la veille qui est le plus important. Le bon petit vent sec de cette nuit assure une journée claire, dégagée pour le soleil. Vous vous êtes réveillés à grandes giclées d'eau froide sur le visage, les seins et les épaules. Chemise de flanelle pour la chaleur, pantalon de drap, souliers cloutés, et le large bacoua pour les premiers rayons. Un petit sac à dos juste pour l'essentiel, lampe, alcool, bandage, biscuits, deux litres vides pour la rencontre des sources glacées, une bouteille-thermos de café fort bien sucré auquel tu ajoutes un petit verre de rhum :

— Mais c'est toi qui portes le tout ! Moi, je suis votre guide officiel ! Article vingt-huit des statuts du Club des montagnards : « Le guide ne porte aucun fardeau. Sa mission consiste à diriger le touriste, à le documenter, à lui donner l'assistance de ses vigoureux bras dans les endroits difficiles. Il faut donc que ses mains soient libres. Nourriture, boisson, gratifications, tout est laissé à la générosité du touriste, à sa seule convenance ! » précises-tu dans un dernier baiser avant le départ.

La traction grimpe vers l'hôpital où elle va rester garée jusqu'au retour. Vous montez en silence jusqu'au quartier réservé aux musiciens de l'orchestre pour cette nuit. La chambre de Toussaint est allumée. Louis-Gabriel fait à voix basse les présentations :

— Siméa, l'espionne ! Toussaint, agent secret ! Sans vous connaître, vous avez déjà pris rendez-vous pour tout à l'heure. Privilège des comploteurs sur les amoureux, et des messages secrets sur les billets doux.

— Excusez-moi, je ne suis pas bien présentable, car j'ai joué hier soir et j'ai bu sans doute plus que je n'ai dormi. Mais je viens quand même avec vous. En fermant les yeux, je pourrai me croire sur la montagne Pelée...

— Vous savez que vous pourrez même peut-être l'apercevoir, si le cratère du Sud est vraiment bien dégagé ce matin...

— Gaby, c'est de ta faute si j'ai si peu dormi. En rangeant ta clarinette basse après le bal, j'ai trouvé caché dans l'étui ce cahier de vieilles coupures de livres. Un siècle de messages que j'ai dévorés sans discrétion. Tu es encore plus espion que nous ! Je connais déjà presque par cœur la proclamation de Delgrès : « À l'univers tout entier le dernier cri de l'innocence et du désespoir !... Et toi, Postérité, accorde une larme à nos malheurs, et nous mourrons satisfaits. » C'est bien frappé pour un violoniste ! J'aime bien comment l'ont célébré les Haïtiens qui s'y connaissent en héroïsme. Je me suis permis de recopier l'hommage de Dessalines. Écoutez ça : « La Guadeloupe, saccagée et détruite, ses ruines encore fumantes du sang de ses enfants, des femmes et des vieillards passés au fil de l'épée, Pélage lui-même victime de leur astuce après avoir lâchement trahi son pays et ses frères ; le brave et immortel Delgrès emporté dans les airs avec les débris de son fort plutôt que d'accepter les fers. Guerrier magnanime ! » Daté de 1804 ! Vous ne croyez pas qu'il vaudrait la peine d'envahir une autre fois la radio d'État pour clamer cet appel aux oreilles frileuses de nos îles pétainisées ?

— Les oreilles frileuses ! Je vois que vous pouvez être poète à 5 heures du matin ! lui réponds-tu avec une ironie douce, pour distancer sa colère en réveil et sa soif de défi, tout en feuilletant avec avidité le Cahier de Jonathan que tu as reconnu, l'héritage précieux dont t'a parlé hier soir Louis-Gabriel.

— Toussaint, si tu continues ton discours au peuple endormi, et vous, Siméa, votre lecture, on arrivera là-haut pour le coucher du soleil. Alors, si nous laissions l'arbre Delgrès afin d'aller tester la résistance des forêts — pour rester dans le grand style !

— Est-ce que tu peux me dire quand même qui était ce Jonathan ?

— Ah ! C'est lui qui t'intéresse le plus ! Je te promets de faire des recherches aux archives qui prouveront sans doute qu'il était Martiniquais ! répond Louis-Gabriel rieur en activant l'habillage de son ami. Vous savez, Siméa,

Toussaint a bâti toute une théorie sur les Antillais : les Guadeloupéens sont de type éthiopien, tranquilles comme la Soufrière, et les Martiniquais des Hamitiques, bouillonnants comme la montagne Pelée. J'appelle ça son frobénisme tropico-volcanique...

— N'écoutez pas ces grossières simplifications jalouses. Je vous expliquerai en montant ma vraie vision de cette question.

— Ah ! non Toussaint ! coupe Louis-Gabriel, la Soufrière est tout ce que tu veux, fatiguée, feu tiède, braise anémiée, mais ce n'est sûrement pas une estrade à discours au pipirite chantant !... Tâche plutôt d'ouvrir, plus grand que ta bouche, tes yeux, tes oreilles et tes mains...

Sur le chemin de Bains-Jaunes, entre les fougères et les bégonias qui bornent les plantations de bananes et de café, dans l'odeur de terre qui se lève, tu imprimes à votre marche le rythme ample et mesuré des habitués de l'escalade. Toussaint a déjà faim et cueille une figue jaune bien tigrée sur un régime oublié.

— Quelle peau épaisse ! La banane de Martinique est beaucoup plus fine que ça.

— Chez nous, explique Louis-Gabriel, ce sont des bananes ti-nains à peau épaisse qu'on a fait pousser, et chez vous, c'est la variété grand-nain à peau fine. Elle pousse plus vite et le poids de fruit est plus grand, mais elle est aussi plus fragile. Résultat : aujourd'hui, c'est grâce aux chalands de poyos ti-nains de Guadeloupe que vous ne mourez pas de faim. Comme tu vois, vous battez peut-être les records de départ en dissidence, mais en tout cas, c'est nous qui remplissons le ventre de vos insoumis !

— Tous les deux, arrêtez d'être comparaison comme jumeaux séparés, avec vos records de bananes et de dissidents ! Heureusement que la Soufrière et la Pelée ne rivalisent pas comme vous ! Une petite nuée ardente sur Basse-Terre pour faire oublier Saint-Pierre ! Martinique, Guadeloupe, pour moi, c'est même bitin, même pareil ! Tiens, tu te souviens de la devinette de la vieille bonne hier soir ? Cric, crac ; le plus rapide et le plus lent arrivent quand même en même temps ?

— C'est le lièvre et l'escargot, mais j'ai oublié pourquoi.

— Eh bien, parce qu'ils vivent sept ans tous les deux... Toussaint, au fait, votre prénom, demandes-tu avec une lueur complice vers Louis-Gabriel, c'est bien à cause de Toussaint Louverture qu'on vous l'a donné ?

— Pas du tout ! corrige-t-il d'un ton sérieux, c'est à cause du 1er novembre, jour de ma naissance. À quelques jours près, ç'aurait pu être Quentin, Hubert, Jude, Narcisse ou Bienvenue !... D'ailleurs, je ne me sens pas assez Nègnoir pour mériter le nom de Toussaint Louverture.

— Vous dites ça parce que vous êtes mulâtre aux yeux clairs ? Quelle idée ! Vous paraissez tout de même bien placé pour savoir que le marronnage n'est pas une question de degré de noirceur, en tout cas pas à notre époque...

— L'identification est l'ennemie de l'identité, te souffle en riant Louis-Gabriel, prenant ta main pour te faire passer l'obstacle d'un arbre en travers du sentier.

— C'est le cyclone de 28 qui a abattu tous ces arbres-là. Vous vous rendez compte de la force qu'il a fallu. Devant nous, voici l'arbre miracle. Cet énorme acoma, on dit que c'est le plus gros de toute la Guadeloupe. Il est tombé depuis très très longtemps, peut-être un siècle ou plus, et vous voyez, l'aubier pourrit lentement au fur et à mesure du temps, mais le cœur est absolument intact, humide et plein de sève comme s'il était resté enraciné. C'est l'usage de faire une pause pour y graver son nom... Passe-moi le couteau, Gaby, comme j'ai déjà marqué mon prénom une fois, je vais faire autrement, voilà...

Et, enfonçant bien ta lame dans la tendreté de l'aubier, tu graves sous leurs yeux ce message embrassé : S-LOUIS-S-GABRIEL-S.

— Qu'est-ce que cela veut dire ? demande Toussaint.

— Eh bien, c'est l'initiale de son prénom, répétée trois fois : une coutume locale. Siméa-Service-Secret...

— Et pour vous, Toussaint, comme vous êtes là incognito, je vais graver le message caché dans votre prénom : T.I.S.O.N. T.U. A.S... Eh oui, ce sont toutes les lettres de votre prénom. Est-ce que c'est bien cela votre définition cachée ?

— Exactement, dit Louis-Gabriel ébahi, Toussaint-Tison, je vais commencer à croire sérieusement à votre sorcellerie des prénoms...

La première halte apparaît à un tournant, un grand bassin d'eau tiède entouré de deux ajoupas.

— Bassin de Bains-Jaunes, annonces-tu solennellement, ex-champ de tir bombardé par les fumerolles, ex-centre de convalescence de la garnison, infesté par le soufre. Première étape touristique. Bassin d'eaux salines fortes avec dépôts ferrugineux. Température de 29° à 35° selon la fièvre du volcan. Bain très agréable : pris avant de grimper au sommet, il amollit et fatigue le corps, tandis qu'au retour il délasse. L'ajoupa ouvert est public, l'ajoupa fermé privé. L'ensemble est entretenu sous la vigilance bénévole du Club des montagnards, dont la forte devise latine orne la porte des thermes privés : *Sic vos non vobis, mellificatis, apes :* « O abeilles, ainsi c'est vous qui faites le miel, mais il ne vous est pas destiné. »

— C'est vraiment révoltant, s'écrie Toussaint, de grimper jusqu'à ce repaire de Nèg-marrons pour y trouver en parade une phrase de l'Empire romain gravée sans doute par un serviteur cultivé de l'Empire colonial.

— Moi, je trouve ça plutôt comique, cette vérité préhistorique, corrige Louis-Gabriel.

— C'est du Virgile, M. Toussaint-Tison, une sombre histoire d'usurpation d'épigrammes à la gloire de l'Empereur. Tout cela parce que la gloire des défrichages et des explorations retombait plus sur le gouverneur que sur le président du Club des montagnards... Les marcheurs contre les démarcheurs... Mais vous aurez l'occasion d'admirer la largesse d'esprit de nos explorateurs métropolitains dans le choix de leurs dénominations, puisque nous irons par la trace Victor Hughes, jusqu'au sentier Louis-Philippe, qui mène tout droit au cratère Napoléon !..

— En tout cas, si vous le permettez, je vais prendre un petit bain d'avant-soleil tout de suite à la montée, malgré l'avis contraire de votre club négro-latin !

— Évidemment, ça ne m'étonne pas de toi, Toussaint ! Vous voyez, Siméa, comme il est sans patience : il voit du feu, il faut qu'il se brûle ; il voit de l'eau, il faut qu'il se noie !

Toussaint passe rapidement son maillot de bain derrière votre regard, plonge dans l'eau plus tiède par le contraste de la rosée, puis nage lentement comme apaisé par l'accueil du bassin.

Vous deux restez assis dos à dos sur la margelle, à goûter le temps qui commence progressivement à occuper l'espace, refermant la nuit sur vos souvenirs. Le silence remplit plus vite les pensées que les paroles. L'amour aime bien la compagnie du silence, parce que les yeux dépassent les paroles, et disent plus que les phrases mais avec moins d'exigence et plus d'attention. Assis dos à dos, le léger balancement conjugué de vos deux corps ralentit l'élan du désir qui s'installe en plénitude sereine dans l'espace élargi par les cœurs qui imaginent sans le secours des yeux dans les yeux.

Dos à dos, l'amour observe ce va-et-vient de l'inconnu vers soi, ce balancement sans pesage ni loi d'échange, ce jeu, oui, ce jeu d'enfants sur les trapèzes sans filet et sans angoisse, cette promesse conjuguée de joies et de souffrances qui se risquent au passage d'une traversée sans frontières ni prévisions d'escales, pourtant il faudra bien amerrir ou toucher terre, mais ce n'est ni l'orgueil des conquérants, ni l'épuisement des noyés qui rythment l'avancée de cette barque jusqu'aux épanouissements bien assumés, comme un ventre qui pousse par le travail conjoint de deux solitudes, sans isolement ni confusion, en pleine mer hors de portée des stratégies d'attaque et de défense, incertaines de désirer donner et d'aimer recevoir. La douleur n'est qu'un plus court chemin, le plaisir n'est qu'un plus court chemin. L'avenir est une longue patience.

Il ne faudrait pas accorder de confiance à un être qui n'aurait jamais pris même un jour le risque de la solitude devant son amour, son pays, ou son image dans le miroir.

Toussaint ressort de l'eau, vous tirant hors de vous-mêmes. Toussaint, penses-tu, cherche à prendre tous les risques qui passent, mais c'est comme pour mieux soigner son image, blessée.

— Toussaint, dites-nous quel être de la nature vous auriez aimé être. Gaby, c'est un soleil et moi un arbre.

— Ce que j'aurais aimé être ? Un animal sans doute... Oui, un singe. J'admire le singe, parce que c'est un des rares êtres vivants qui joue, qui ne joue pas seulement avec les siens, mais avec les arbres, avec l'eau, avec sa vie, avec le feu, avec sa science et son intelligence !

— Vous savez qu'en Afrique et qu'en Amérique indienne, on dit que c'est lui et non l'homme qui a apporté au monde le feu domestique, l'interromps-tu tandis qu'il allume une Job toute flétrie pour se réchauffer. Voilà bien l'exemple que les hommes devraient suivre. Au contraire de cela, les hommes, et les Nègres colonisés en premier peut-être, vivent sous le fardeau du complexe de Prométhée : savoir et avoir plus que nos pères et nos maîtres. Paraître ! Paraître ! Les hommes sont entraînés dans une course d'apparences qui ne respecte ni la gratuité du jeu ni même les règles élémentaires du sport.

— Eh bien, moi, je veux être singe au milieu de tous ces gens qui font le singe. J'aime bien cette idée de voler le feu pour rire. Au fond, les éruptions volcaniques, c'est une leçon d'humour et de modestie. Un seul éclat de rire de la Pelée ou du Vésuve, et voilà détruites Pompéi et Saint-Pierre, et les volcans pour s'excuser vont se faire oublier pendant un siècle ou deux.

— Alors on peut dire aussi que Delgrès était un sacré singe voleur de feu qui s'est amusé à attirer tous les grains de riz à baïonnette le plus près possible avant de les projeter dans sa marmite bouillante ! Quelle rigolade ! « Pitié pour nos vainqueurs... »

— Ah ! tu vois, Gaby, c'est toi-même qui reparles de Delgrès cette fois-ci ! remarque Toussaint qui ajoute à ton intention : grâce à votre question, je comprends mieux pourquoi notre seul écrivain que j'aime vraiment, c'est Damas et ses *Pigments,* notre seul poète-singe, qui gueule, qui crie, qui bégaye et mal-parle, et qui pleure et tend son chapeau pour demander charité et justice. Je n'aime pas les écrivains sérieux, même les justiciers du peuple, les phraseurs de liberté-égalité-fraternité...

— Je suppose que c'est pour ça que vous le traduisez en créole ?

— Comment le savez-vous ?... Ah oui ! c'est à cause d'hier soir, avec le peloton de Sénégalais. Vous m'avez entendu ! Je ne sais pas ce qui m'a pris ! En fait, j'avais déjà trop bu, et j'avoue que j'ai plus fait le singe que je ne l'ai été !

— C'est le public qu'on vise qui doit déterminer la langue qu'on choisit ! Le créole, que je sache, c'est fait pour nous, les Antillais, c'est notre complicité, notre solidarité, c'est nous-mêmes nous-mêmes, encore que vous voyez bien que pour des gens comme nous trois, c'est presque une langue étrangère interdite de séjour sauf pour les blagues et les biguines, avec un coup de baguette en famille ou à l'école pour chaque mot créole échappé. Alors, franchement, clamer ce poème en créole à des Sénégalais, d'une part ils ne comprennent rien, d'autre part le public antillais croit que c'est pour mieux se moquer d'eux avec sa complicité, et en plus, ceux qui vous ont pris au sérieux ont dû croire qu'il s'agissait d'un appel au ralliement de l'Afrique à Pétain. Vous voyez où nous mène la quête d'authenticité quand elle vient mal à propos. Si le poème de Damas est si important, c'est justement parce que celui-ci s'adressait spécifiquement en tant que Guyanais à des Sénégalais francisés — étudiants et tirailleurs — qui pour avoir versé leur sang pour la mère-patrie, estimaient devoir accéder à l'honneur et aux avantages de la citoyenneté française, quitte à monnayer d'un second sacrifice sur les bords du Rhin l'accélération de ce processus d'antillanisation des élites africaines. Et ce cri anti-assimilation a été d'autant plus ressenti qu'il venait d'un concitoyen du premier gouverneur nègre en Afrique et du modèle déposé du député-Nègre-blanc : à savoir les Guyanais Éboué et Monnerville. Alors les Africains qui ont voulu le traduire l'ont fait, eux, à leurs vrais risques et périls, estimant plus grande là-bas sur place l'efficacité de la langue de leurs soldats. Et quand, par exemple, il y a eu une mutinerie de mobilisés en Côte-d'Ivoire, on mêlait aux harangues une traduction en wolof du texte de Damas. Voilà ! Au fond, je suis bien contente d'apprendre que vous avez agi sans réfléchir ! J'ai failli croire hier soir que vous étiez de cette race de jeunes révolutionnaires plus soucieux d'héroïsme, même destructeur ou autodestructeur, que de générosité... comme si la soif de tout casser ou de se détruire était une preuve d'authenticité... Tuer ou se faire tuer, ça n'a jamais été suffisant pour justifier l'engagement d'une vie... A plus forte raison se faire prendre à parader en créole en habit de carnaval la veille de son départ, alors que, si je comprends bien, vous êtes un des coordinateurs de notre bien maigre résistance à Pétain !

— D'accord, d'accord pour mes singeries d'hier soir ! Mais vous dites bien que c'est le public qui détermine la langue. Alors, ici, tout le monde devrait essayer d'écrire et de parler le créole, à commencer par nos écrivains, qui devraient commencer à solder le français — comme dirait Damas — au lieu de s'emmailloter dans les théories poétiques à la mode de Paris. Ce n'est pas un hasard si je constate que de tous nos jeunes auteurs, c'est Damas qui est le plus facile à traduire en créole, ou à transposer, et en même temps, que c'est le plus authentique et le plus engagé de tous. Vous admirez Ménil, les Césaire et l'équipe de *Tropiques* — d'après ce que m'a dit Gaby hier à la répétition —, mais vous admettrez que tout leur engagement et leur humour et leur obscurité sont cent fois moins efficaces pour notre libération qu'un seul poème de *Pigments*. Comme formateurs et enseignants, ils sont extraordinaires, je peux en témoigner, ils sont en train de forger sans doute notre première génération de révolutionnaires désaliénés, mais alors, s'ils veulent aller jusqu'au bout de notre émancipation, qu'ils apprennent à écrire *Tropiques* en créole ! Vous devez bien connaître le poème « Solde » de Damas, « J'ai l'impression d'être ridicule... » Je trouve qu'il a visé juste en le dédiant à Aimé Césaire : c'est un avertissement amical à ne pas écouter les sirènes du surréalisme noir !

— Toussaint, vous vous trompez complètement sur cette dédicace ! Il vous aurait suffi de les voir tous deux avant la guerre à Paris pour comprendre que c'est Damas qui était en grand danger de dandysme salonnard, et que c'est Césaire qui était le Nègre-marron moudongue en révolte absolue et solitaire. C'est Damas qui est redevable à Césaire de ce rappel à l'authenticité et non le contraire, et c'est en reconnaissance de cela qu'il lui a dédié « Solde ». Vous voyez donc bien que le moins assimilé n'est pas forcément celui qui se créolise le plus ! Je trouve très inquiétante votre théorie du créole, seul critère d'authenticité. Pour moi, l'authenticité ne consiste pas à valoriser une tranche de soi aux dépens des autres, mais à se comprendre et s'offrir tout entier, avec ombres et lumières, ce qu'on veut cacher et ce qu'on expose, ce qui nous rend fier et ce qui nous dérange. Or, nous, les Antillais, nous sommes bien d'abord des Nègres, mais ensuite des Nègres d'Amérique, et aussi des Nègres d'Amérique européanisés. Notre authenticité se fonde sur le respect de cette triple origine. Tous ces trois aspects sont d'autant plus précieux pour notre identité que chacun d'eux nous a été interdit à un moment et nous a coûté sang et courage pour être reconnu. On nous a refusé les droits des hommes d'Europe et nous nous sommes battus pour imposer qu'on nous reconnaisse le respect, la liberté et l'égalité dans la forme des lois qui les régissent chez les Européens. Je n'appelle pas cela de l'aliénation, j'appelle cela profiter d'un concours de circonstances, et choisir la meilleure opportunité du terrain de bataille. On a voulu nous faire rejeter notre nature de Nègres d'Afrique et la fierté de nos corps noirs et le souvenir de nos ancêtres et nous nous sommes battus pour le respect de cette dimension originelle. Quant à l'Amérique, vous serez d'accord pour dire que c'est seulement depuis cette guerre et le blocus des Antilles que nous nous découvrons ancrés au centre du continent, et nous apprendrons peut-être un jour que Cuba et Haïti, Bahia et New York sont plus près de nous que Paris. Alors, croyez-vous qu'il soit sain d'opter pour l'histoire au détriment de la géographie ? ou pour la race aux dépens de l'histoire ou pour la disparition du créole, ou pour la disparition du français, alors que ces deux langues nous ont été l'une après l'autre interdites, et que leur présence aujourd'hui — que cela nous plaise ou non — est aussi un résultat des révoltes de nos ancêtres ? Le seul problème est que tous ces éléments ont été mêlés, triturés, interdits, imposés sans que nous ayons eu jusqu'ici la maîtrise de nos choix, et que nous sommes comme des êtres accouchés de mères inconnues qui cherchent une reconnaissance de paternité.

Un jour, à Paris, à l'Association des étudiants, Césaire nous avait défini avec une formule qui m'avait beaucoup touché : « Nous, les Antillais, nous sommes les débris d'une synthèse. » C'est exactement cela. Nous sommes une synthèse non harmonieuse, déséquilibrée comme un corps en fusion. Alors, même si nous répugnons à nous identifier à un magma inclassable, n'essayons pas de simplifier les choses en prenant chaque débris pour une synthèse. Prenons d'abord la liberté, et notre liberté recollera les morceaux éparpillés selon notre volonté... Enfin, Toussaint, est-ce que vous vous rendez compte de la dose d'aliénation que suppose la remarque que vous avez faite tout à l'heure : « Je ne suis pas assez Nèg-noir pour mériter le prénom de Toussaint Louverture ? » Je suppose que c'est parce que les mulâtres ont servi de géreurs et de flics des békés que vous vous sentez mal d'être si clair de peau avec vos yeux bleus — sans doute trop doux pour votre goût —, et que vous cherchez la reconnaissance des Nègres les plus noirs en leur traduisant Damas en créole, ou en jouant au Carnaval des contes populaires pour faire entrer la révolte dans leur cerveau crépu à grands coups de fouet de vos masques à la mort... Toussaint, puisque vous partez, je vais vous dire un secret : j'ai cru connaître un grand amour à Paris qui transcendait pour moi nos deux races, noire, la mienne, et blanche, la sienne. Eh bien, j'ai cessé de l'aimer d'un seul coup le soir où je me suis rendu compte comme dans une illumination qu'il avait cherché pour lui-même à travers moi une couleur par procuration... Je vous dis cela parce que je vous trouve très beau comme vous êtes là, et que je lis dans vos yeux aveuglés par votre peau plus d'avenir que vous ne croyez. Toussaint, ne regrettez pas d'être trop clair en croyant que c'est un progrès sur ceux qui regrettent d'être trop noirs. Tant que vous ne serez pas vous-même, vos actes les plus réussis ne seront que les sursis illusoires d'une autodestruction à laquelle vous donnerez les formes rassurantes du sacrifice pour la liberté, ou des effets du rhum sec ou de votre musique... J'ai entendu hier soir Gaby — que vous connaissez mieux que moi et qui vous aime — accompagner au saxo la musique du gros-ka : c'était pour moi quelque chose d'extraordinaire parce que je sentais bien qu'il n'y avait pas une seule note qui sortait comme la compensation d'un manque, d'un malaise ou d'un échec, mais qu'elles étaient toutes l'expression du désir de création le plus nu, le plus simple, le plus généreux.

— Siméa, vous traduisez Damas en anglais, et moi en créole. Mais Gaby, lui, le joue au saxophone ! Et je ne connais rien de plus révolutionnaire que cette musique qui dépasse nos paroles, comme son silence en ce moment...

En effet, depuis Bains-Jaunes, Louis-Gabriel marche seul à quelques mètres devant vous. Depuis quinze ans que la catastrophe de 1928 a emporté Ti-Louise et les deux Jean-Louis, surpris par le cyclone comme ces jeunes acomas déracinés qu'il escalade comme autant de souvenirs, ses yeux, ses oreilles et son nez ont appris à combler leur brusque solitude en cultivant leur attention aux sensations obscures, discrètes ou tamisées. Aussi bien, c'est son heure : avant le vrai grand soleil, le recul des zombis et des ombres à mesure que les yeux s'ouvrent à chaque virage du sentier ; la rosée qui ne mousse pas encore, mais qui patine le rouge des hibiscus et le mauve des lianes Saint-Jean, et rend rafraîchissantes les gifles des herbes-rasoir et des herbes-à-couteau ; et puis les pipirites chantant déjà la sérénade du réveil aux colibris-foufous et aux ramiers.

L'imagination du volcan a explosé dans la forme de chaque rocher, la Guenon, le Chameau, le Mendiant à la casquette, le Pont-Chinois suspendu au-dessus d'une crevasse comme une épreuve d'avant supplice, et puis le rocher de la Grenouille, sur lequel tout cri lancé en direction des portes d'enfer est repris puissamment près de cinq fois par l'écho, qui ramène mélangées en désordre les syllabes de vos prénoms proférées par Louis-Gabriel au regret de ne pas avoir emporté son instrument pour trouver des suites d'accords inédits grâce à ce décalage d'unisson.

Et puis enfin, le sommet de Karukéra, le plateau de la Grande Découverte. Le soleil a ralenti pour vous attendre, le vent libéré vous balaye et vous oblige à vous allonger, blottis épaule contre épaule, main dans la main, tous deux de chaque côté de ton corps, tête levée pour embrasser le paysage qui se découvre : l'émeraude de la Basse-Terre sertie dans son chaton d'écume, la Grande-Terre, blessure marronne toujours réveillée la première, la Désirade, suivant les heures le cercueil ou le berceau ou la vigie de l'île grande sœur, et puis Marie-Galante, balle d'or cheveux crépus, sûre et tranquille comme une réserve, fertile comme un réservoir. Des images vont et viennent de vos cœurs à vos yeux sans déranger le silence, le silence épanoui des embellies après une pluie de confidences en fifine. Toussaint pense à la mort, Gaby pense à ses morts, tu repenses à ton ventre, sur ce volcan qui se laisse vivre, et fait gronder la terre, siffler l'air et griller l'eau de ses sources. Toussaint se souvient d'avoir entendu dire que Lafcadio Hearn, seize ans avant 1902, avait prévu pour Saint-Pierre le sort de Pompéi. Ce n'est pas la crainte de la folie qui fera taire l'imagination des poètes. Il pense au Carnaval, aux bouteilles de Vichy remplies de rhum en secret sur le char de l'Oiseau-Soucougnan, le bel oiseau qui exigera le compte de ses plumes dispersées parmi les spectateurs. Ce sera le signal : les masques à la mort lanceront l'inoffensif Vichy comme un champagne de fête sur les portes de la Résidence, et les masques à flambeaux allumeront l'incendie. L'espace infini de la mer devant lui, à peine ridée par deux ou trois taches d'îles, n'arrive pas à chasser de son esprit l'image d'une prison qui l'encercle. La vie est un cercle, pourquoi ne pas choisir le rayon le plus fidèle qui vous ramène au centre ? Comme il aurait aimé être au milieu entre vous deux qu'il va abandonner pour chasser l'héroïsme. Blotti au milieu de vous deux, mais sans vous séparer, plus petit qu'un obstacle, léger comme un désir que vous devez sentir puisque cette nuit vous avez fait l'amour. Du moins il l'imagine. Toussaint a froid. Tes paroles tout à l'heure ont rafraîchi son angoisse, débridé ses synthèses. Il pense que Césaire ce n'est pas du créole, mais ce n'est plus du français-France c'est du français-

pirate, du français détranglé, du français marronné. L'égalité parle français, la liberté parle le créole. Siméa est un
arbre fleuri. On peut imaginer un arbre qui soit à la fois sûr
et doux. Les arbres seraient des femmes en secret, et les
volcans aussi. Les arbres sont des synthèses, et les volcans
aussi, terre, air, feu, eau. Est-ce qu'on peut rassembler des
branches et des fumerolles ? Je suis trop blanc pour un
débris, trop noir pour une synthèse. Je ne suis pas assez
moi-même pour qu'elle m'aime. Toussaint. Louverture,
est-ce ma révolte par procuration ? Elle m'a dit : « Je vous
trouve très beau comme vous êtes. » Jamais je ne saurai
jouer épanoui comme Gaby. Et Gaby qui repense à l'écho :
le blues dit « je », les negro-spirituals disent « nous ». Il
faudrait jouer des blues en décalage d'unisson, exactement
comme cet écho, des solos sans solitude. On dit que ce sont
les Antillais qui ont porté l'invention du jazz à La Nouvelle-Orléans. Mais moi, même au prix d'une souffrance
rentrée, je veux jouer sans tristesse. Qui a choisi le prénom
Soufrière ? A Bains-Jaunes au retour, ce serait bien qu'on
se baigne nus comme au bain de minuit. Ce panache à
peine visible au loin, derrière Marie-Galante, est-ce la
montagne Pelée de Toussaint ? Je ne l'ai pas reconnu hier
sur la place, derrière son masque à la mort. Toussaint sans
son saxo est un danger public. L'asile du soleil c'est la mer.
Il éclaire déjà la pointe des Châteaux. Rayon après rayon,
la mer fleurit au soleil. L'air ici est froid, la terre est
chaude. Tantôt une source est glacée, tantôt une autre est
bouillante. Les volcans sont la folie du monde. Mon bracelet lui va si bien au poignet. Elle aime ma musique et
moi, je l'aime. Cela me fait deux bonheurs. Tu m'as
demandé au milieu d'une caresse : Quel est le mot que tu
n'emploies jamais ? Je ne sais pas. J'ai répondu : Et toi ?
Tu m'as appris alors : Ce sont les autres qui peuvent le
savoir pour chacun d'entre nous. Et nous avons dormi
tranquilles. Mais notre amour hier soir l'a fait chanter
pleurer. Moi dans son corps l'ai fait crier doucement et
mordre au sang mon épaule. J'ai eu peur un instant. Pourtant j'ai fait très doux. Elle ne faisait pas mal. Et nous
avons souri, et nous avons bercé, puis nous avons dormi.
Sûrs du lendemain de premier amour. Le vent est froid,

mais nos mains restent chaudes. Même ici, maintenant,
Toussaint n'arrive pas à se laisser aller. Il n'a pas de tendresse sauf quand il ferme les yeux. Il ne peut que plonger
ou sauter, il ne connaît ni l'avancée douce ni le recul. La
vie a quatre chemins, il n'en connaît que deux. Mais c'est
l'amour qui enseigne les deux autres. C'est un tison et il a
peur du volcan. Il rêve d'être un singe mais il veut paraître
lion. La grâce des panthères est dans le jeu de Gaby. Zani,
ma chatte, a reconnu un frère. Sept vies à vivre sans le
savoir. Je me méfie des gens qui savent, et de ceux qui ne
veulent pas savoir. Qu'est-ce que cela veut dire, aimer,
sinon avoir le désir éperdu d'aimer et d'être reconnu
aimante et de se découvrir aimer quelqu'un de proche qui
se pose la même question le même soir sur un divan sans
besoin d'oreiller ni d'attendre des réponses qui pèsent sur
la branche où l'oiseau s'est posé. Ah ! si chaque être se
posait sur la branche d'un proche, et qu'il lui donne une
fleur et qu'il recueille un fruit. Hier soir, quand l'amour a
pénétré, mon ventre m'a brûlée. La chaleur du plaisir a
déplacé plus loin mon souvenir de braise. J'ai eu peur une
minute. Pourtant c'était très doux. Il y a ce matin cette
fatigue légère qui ne donne pas sommeil. Je ne suis pas
folle et je n'ai pas rêvé. Mais tu as beaucoup joué, avec tes
maux, avec les peaux, les cheveux à dépeigner, le long
parcours des caresses. Tenez, avant de redescendre
puisqu'il vous faut rentrer, le prénom Soufrière vous offre
ses richesses. Une seule lettre lui manque, et il ne donne ni
air, ni mer, ni eau, ni terre, mais il recèle le feu. Il y a tout ce
qu'il faut pour faire la *furie-rose*, la *foire-sûre*, l'*ire-soufre*,
et des sourires et des fourrières, un Éros fier et un rire fou.
Choisissez chacun un mot ou deux à emporter pour redescendre, avant le bain du délassement au bassin de Bains-
Jaunes, pudiques et nus comme au bain de minuit, avant la
séparation devant la grille de l'hôpital pour déposer Toussaint, vous deux devez rester à l'écart de la fête pour que tu
sois sans embûche au rendez-vous de midi ; en attendant
Gaby et toi monterez du côté du Matouba voir les casca-
des, et les Bains-Chauds, et des amis indiens qui vous
feront à 11 heures goûter le colombo hindou, et puis la
Joséphine de Saint-John Perse, et puis, et puis surtout le

souvenir, c'est tout ce qu'il reste, le souvenir de Louis Delgrès, de la câpresse Anaïs — « un seul être me manque » — et de la mulâtresse Solitude, le souvenir accroché pour toujours aux regards et aux odeurs sauvages du morne Matouba.

Et vous avez choisi un mot chacun, bien délité du prénom Soufrière. Pour Toussaint, c'est *refus* ; Gaby, c'est *frère* et *sœur*, et toi, on ne sait où tu vas dénicher, délivrer, pour lequel, pour chacun, ton message : *soufrière : oui, frères, oser fuir*.

Beau sang giclé

Masques-à-cornes, Masques-à-Congo, Masques-à-roucou, Masques-à-la mort, Masques-à-miroirs, Masques-indiens, Masques-à-fouets, Soucougnans et Colibris, Masques-chouval et Masques-bèf ; char de Totoye et son Poisson-Bleu, char de Nanie Rosette la Vorace ; le char de Yé, sa femme et sa rafale d'enfants sous l'empire du vieux diable aveugle ; le char de la Belle-Inconnue, et le roi et la reine, et son jeune prétendant, avec ses amis d'épreuve : les enfants-mouches, les enfants-chiens, les enfants-colibris, et les musiques, les fanfares à peine espacées, les tambours en frénésie, les danses des suiveurs, les trompettes et les trombones fiers de leurs aigus, et le gros-ka suant du crapaud-tambourineur, rythmant le chant des répondeurs : Ingoui, Ingoua, gomboulé-zombis, Ingoui, Ingoua, Tambingoui, Tambingoua, Bann' si moin prété pou rann' !... Tout le Carnaval a défilé à la montée sur la route de Saint-Claude, créant tout un remue-ménage de joies simples et de frappements de mains, de souvenirs et d'imaginations, de débuts d'angoisse et d'élans de frayeur et de plaisir mêlés, dans la tête et le cœur des spectateurs, les grands et les petits, yeux ouverts, rires aux larmes, comme cette petite fille surprise au bord du chemin — déjà presque au bas du pont Desmaret —, par ce festival de couleurs et de sons qui explose en pétards inoffensifs — du moins pour le moment — sans inquiéter encore les gendarmes qui ouvrent la route et les enfants qui ferment ce cortège qu'on a peine à ne pas suivre et à laisser passer. (Juste un moment d'hésitation, les deux poings dans les poches de la grande blouse blanche, et Angela reprend son chemin à la descente pour aller au bord de mer retrouver sa sœur Elisa.)

Étape aux Quatre-Chemins de Fonds-Vaillant, pour se reposer de la fatigue du morne Montéran ! Étape à l'asile, étape devant la maison-Nainsouta, devant le marché, devant l'hôpital, et final à la résidence du gouverneur. Ingoui, Ingoua, les crapauds-tambourineurs ont les mains en sang et la folie en tête, les trois jeunes filles en oiseaux-soucougnans tournent et virent sur leur char, faisant voler en l'air les longues bandes de tissus de toutes couleurs qui forment tout leur costume, arrachées l'une après l'autre par les mains alentour qui les dépouillent joyeusement de ces ailes, jusqu'à ce que, devenues subitement terribles et dures dans leur justaucorps noir, elles entament une danse lagghia de vengeance dressées sur leur estrade, pendant qu'une quinzaine de masques tout noirs imposent aux voleurs de leurs ailes la restitution des rubans colorés qu'elles brandissent dans des cris de victoire et de liberté repris par la foule frémissante : Visé bien, visé bien, Vomi moin, semblé moin, collé moin, Soleil-o ! Ingoui, Ingoua, Bann' si moin prété pou rann' !

La première bouteille de Vichy qui se brise sur une fenêtre passe pour une maladresse, la deuxième pour une sottise, la troisième pour un abus, la quatrième une folie, les autres : une attaque, une révolte, un coup monté. L'odeur de rhum qui monte et les brusques flambées qui prennent installent les imaginations dans un décor bien réel qui arrache son masque au jeu des héroïsmes et des débrouillardises de farce. Les pelotons de gendarmes se rassemblent et chargent la foule déguisée qui flue et qui reflue, pas tout à fait sûre encore de sa force ni de sa lâcheté, de sa volonté de ne pas se laisser jouer, se laisser démasquer, se faire voler sa fête, sa communion, son plaisir, par ces Masques-à-la-mort qui se prennent au sérieux, par ces Blancs armés en uniforme qui veulent la balayer jusqu'au portail comme une meute de chiens ou un essaim de mouches. Les enfants sont terrorisés, les femmes les protègent, les jeunes gens attaquent les gendarmes, faisant éclater leurs bouteilles de rhum sec, étiquette bleu-blanc-rouge, Vichy-État, comme des grenades dans un nid de foufous. Les premiers tirs en l'air succèdent aux coups de crosses, attisant la colère de la foule, et la détermination du commando des jeunes Masques-à-la-mort qui attaque à coups de bouteilles et de roches le peloton de gendarmes replié sur la véranda, en criant à toute force : Pétain dérô, Pétain dérô, dissidence, dissidence !... C'est alors qu'une cinquantaine de fusiliers-marins tout blancs surgissent du bâtiment voisin de la gendarmerie, arme au poing, prenant à revers toute la population qui seulement alors se débande et s'enfuit à travers les crosses et les matraques que les soldats abattent avec rage et plaisir sur tout ce qui n'est pas comme eux blanc de peau et d'uniforme. Un garçon noir planqué à l'abri de la galerie désigne à un officier un des Masques-à-la-mort dont le loup a été arraché dans la mêlée. Le marin lève lentement son revolver pour ajuster son tir : une fillette tombe sans un cri sur la poitrine de Toussaint, qui l'écarte très doucement, saisit une conque de lambis sur le char de la Belle-Inconnue, s'élance en droite course, froid comme une cible d'argile, sur l'officier blanc qui le vise avec l'application patiente d'un tortionnaire, et s'abat en plein vol touché en plein visage, trébuchant comiquement sur un tambour gros-ka, dans un grand rire hystérique du petit Nègre mouchard.

(Il n'y aura que deux morts : la petite fille d'une servante de la Résidence — celle-ci recevra les condoléances personnelles du gouverneur —, et un jeune provocateur martiniquais, communiste certainement. Les forces de l'ordre recueilleront des félicitations particulières pour leur tenue de sang-froid au milieu de l'hystérie tropicale qui a suivi la tentative infantile de sédition d'un petit groupe de lycéens pour porter atteinte à l'autorité des représentants de la révolution nationale du maréchal Pétain, en troublant l'atmosphère bon enfant du défilé du Mardi gras.)

« ... *Mais comment venir à bout de ces multiples blocages qui font d'un paradis naturel un séjour si misérable ? Mettre des centaines d'hectares de bonnes terres arables à la disposition des producteurs de vivres pour, par la culture en grand, mécanisée, lutter victorieusement sur le marché intérieur contre les importations de légumes, de viande et de lait, est une affaire législative. La canne à sucre, scientifiquement cultivée et traitée, n'a pas besoin de tout l'espace qu'on lui consacre actuellement. Il y a donc d'importantes surfaces à récupérer...* »

Deux coups brefs à la porte de la remise derrière la maison interrompent Rémy Nainsouta. Louis-Gabriel et toi, assis sur des caisses, l'écoutiez parler debout, vous exposant son utopie réaliste, les mains tendues, le regard vif et généreux, en attendant l'heure du rendez-vous des deux dissidents que tu dois conduire à la Rivière-des-Pères. Un jeune homme vêtu de noir entre comme un traqué dans un refuge sûr, referme la porte doucement et déclare froidement, sans trop savoir auquel de vous trois le confier : « Toussaint ne viendra pas. Ils viennent de le tuer là-haut ! »

Au dehors, un grand bouleversement envahit tout Saint-Claude. Les gens courent à la descente en criant, se réfugient dans les ruelles, entrent dans les courettes ; ceux de Basse-Terre ne savent où aller, grimpent vers le Matouba, bifurquent du côté du cimetière, ou filent vers le plateau, poursuivis en tenaille par les fusiliers-marins qui déferlent et les renforts qui remontent déjà, pourchassant les jeunes meneurs en noir, bien faciles à distinguer dans la débandade multicolore. En une demi-heure, toute la commune sera bouclée par les dragons cracheurs de feu au service du maréchal.

Si Toussaint est blessé, il a dû être transporté à l'hôpital à côté. Le jeune homme revêt en vitesse sa tenue de malade de l'asile, et Louis-Gabriel celle prévue pour Toussaint, pendant que tu enfiles la blouse blanche du service et prépare l'ordre de recherche signé du docteur Frantz, pour passer les barrages. Les deux jeunes gens se glissent à l'arrière de la Citroën, à l'abri des vitres teintées et de la

grande croix blanche sur le capot. Toi, tu prends le volant,
réponds d'un geste au dernier salut de votre hôte qui
ramasse avec soin le costume de Masque-à-la-mort, et fon-
ces à la montée vers l'hôpital, à contre-courant du Carnaval en fuite.

La petite fille est en salle d'opération, dans un coma
profond. Toussaint est mort foudroyé au visage, beau sang
giclé de mort naturelle, naturelle comme une révolte juste
contre la déchirure d'une aile d'enfant ; Toussaint, mort
sans défi ni naïveté, sans héroïsme ni lâcheté, sans suicide
ni comédie, sans tortures ni poison, mort de jeunesse, mort
de révolte, oui, mort sans musique, mais pas sans
amour.

Et tu savais que chaque étoile filante annonce la mort
d'un homme solitaire et généreux.

Vous vous réfugiez dans la petite chambre où vous avez
retrouvé Toussaint tôt ce matin. Il y a tout un désordre
d'instruments mal rangés, ta clarinette, la clarinette-basse
de Louis-Gabriel, le saxo de Toussaint, au pied du lit de fer
le cahier de Jonathan, l'affiche de la proclamation de Delgrès bien dépliée, et sur la petite table le stylo et le cahier de
musique ouvert à la page des dernières notes de la nuit
blanche du jeune résistant : « J'en parlerai demain à ceux
qui restent... » Il y a la mort qui n'est ni un rêve ni un
cauchemar. Il y a Gaby, ta tête contre son épaule, des larmes dans ses yeux myopes, des larmes ni de rage ni de
colère, de révolte impuissante mais pas anéantie, de douleur tiède comme un trou frais dans la terre ; il y a le cœur
au ralenti qui irrigue pour rien le grand vide de la tête et le
ventre qui bat plus fort que lui (toujours d'abord ton ventre à chaque grande douleur depuis Paris). Il y a vos corps
serrés à craquer de fusion, et ses caresses dans tes cheveux
qui font couler la tendresse déterminée à fuir pour ne rouvrir les yeux que sur un autre paysage, puisqu'il y a sa
bouche qui dit à ton oreille : « Je vais partir, Chérie-Siméa,
il faut que je parte... Je vais partir, Chérie-Siméa, il faut
que je parte... » Destin de la musique, il faut bien un jour
que le solo échappe aux harmonies. Alors il y a toi toujours
les yeux fermés. Il va partir, ton amour. Non, hier, tu le
sais bien ce n'était pas un rêve, aujourd'hui, ce n'est pas un

cauchemar. Ce grand corps que parcourt en adieu provisoire ta caresse très lente de son épaule, sa poitrine, son flanc, ses cuisses jusqu'aux genoux, ce grand corps t'investit jusqu'au ventre de ta réalité. L'amour est un passager clandestin réfugié à fond de cœur, ni en parade ni en prison, sans peur et sans reproche, disponible pour chaque présent à venir et à devenir. L'amour et la révolte pure sont frère et sœur, rien d'autre que la mort ne les tue, sauf quand ils s'oublient l'un l'autre. Depuis quand donc hier a-t-il commencé pour vous trois ? Depuis toujours ou depuis jamais ? Il ne faut jamais jamais poser au temps la question de sa durée. Il vaut mieux dans le doute fermer les yeux pour mieux sentir le présent se dérouler. L'éternité, c'est de l'éphémère qui s'oublie, l'éternité, c'est de l'éphémère qui se souvient. Oui, hier la nuit a bien existé, hier soir est dans vos cœurs, vos mains tièdes, vos jambes lourdes votre silence, vos yeux, l'amour et la révolte, et toujours cette tendresse qui défie tout ressentiment et toute vengeance, et qui ranime vos cœurs battant cette fois au rythme de Toussaint-foufou, trois fois bel-cœur, battu à mort, bien sûr il faudrait encore reparler du colibri.

Gaby partira sans bagage en dissidence, en costume de fou à matricule, avec ta clarinette paternelle et le saxo de Toussaint. Tu garderas tout le reste en réserve : la clarinette basse trop encombrante, le cahier de musique de Toussaint, et le Cahier de Jonathan, le trésor d'histoire que Gaby te confie, la lettre de Georges, l'affiche de Delgrès bien repliée, le meringué du bal des rats. Vous trois avez eu chaud, et vous avez eu soif, de bonne soif, soif de feu, soif d'eau, soif d'air, mais sans brûlure, sans noyade, sans étouffement. Et Toussaint en est mort, solidaire de ces morts qui font lever le peuple une minute, un siècle ou une semaine, on ne sait jamais, seuls peuvent l'imaginer tous les Toussaint-Soleil, les seuls morts dédaigneux du fond des eaux et des forêts profondes, protégées des rayons verts de ceux qui savent que la liberté n'est pas le but des révoltes saines, mais leur moyen, leur garant, leur vigilance et leur chemin.

Ce n'est ni un rêve ni un cauchemar. Toussaint a été tué libre de sa soif de feu, Gaby va s'en aller libre de sa soif d'air pur. Et pour l'heure, le ventre qui te brûle a une grande soif d'eau fraîche. Tu enlèves le bracelet que Gaby t'a glissé au poignet dans la nuit — la tortue à tête de bélier — et tu le lui redonnes pour la suite du chemin ; et puis, avec le tranchant de la clé de ta maison, tu graves trois petits « S » sur l'ébène de la clarinette que tu lui as prêtée hier, que tu lui donnes maintenant, pour la durée de l'éphémère.

Il va falloir rouler vite, car vous êtes très en retard pour le rendez-vous du canot. Louis-Gabriel empile ses instruments et son linge de rechange dans le coffre, et s'installe comme tout à l'heure près de son compagnon qui vous attendait dans la voiture. Quelques jeeps de fusiliers-marins patrouillent dans le bourg, déposant un peloton de garde à chaque carrefour, assisté de quelques policiers locaux qui faisaient le service du Carnaval. Tu descends la route de l'hôpital, tourne au sens unique vers la mairie, arrive à la fourche du marché où sont regroupés trois véhicules militaires chargés d'hommes. Surpris de voir venir une voiture, un officier te fait signe de t'arrêter. Tu lui présentes ton avis de recherche pour deux malades hommes non dangereux qui manquaient à l'appel du matin. On les a retrouvés à l'hôpital et tu les ramènes à l'asile. L'officier veut vérifier scrupuleusement si les deux hommes au fond de la voiture ont bien les matricules correspondant à l'avis, car on recherche un groupe de jeunes communistes qui agissent déguisés depuis deux jours et qui auraient aussi bien pu voler une tenue de malade à votre fête de la veille. Les numéros des vestes correspondent bien. Les deux aliénés ont le regard fixe et les yeux presque rouges, l'air absent à ce qui les entoure. Un gros policier noir adjoint au service d'ordre qui est au courant des tournées d'inspection de la Citroën de l'asile se rapproche des soldats qui entourent la voiture pour rassurer l'officier et se porter garant de toi qu'il connaît et respecte : « Il faut la laisser partir vite, mon lieutenant. Tout l'asile est occupé à chercher cette petite fille échappée dans la nuit. On a transmis aussi l'avis à la gendarmerie, car elle n'a que sept ans,

et on nous a dit qu'il y a un risque qu'elle se tue si on ne la
retrouve pas vitement. Ah ! Mademoiselle ! Chacun a ses
grosses préoccupations aujourd'hui. Nous, on cherche des
jeunes voyous — communistes qui plus est —, qui ont
gâché cette chose si sacrée chez nous que le Carnaval !
Quand je dis que le Noir n'est pas bon ! Alors, nous sommes Nègres-noirs déjà, il faut en plus que ces ti-Nèg marrons étalent toutes leurs singeries et leur désordre devant
les Blancs qui sont venus chez nous apporter un peu
d'ordre et de discipline. Ce n'est pas avec des ti-salisseurs
de race comme ça que nous allons monter à la hauteur de
ces gens-là ! Franchement de vous dire ! »

La Citroën libérée dévale la route jusqu'à l'asile. Louis-
Gabriel, penché en avant, a mis la main sur ton épaule :
vous devinez que la petite fille échappée c'est Angela... Il
n'y a rien à dire. Ce n'est ni un rêve ni un cauchemar, ni le
hasard ni le destin : c'est jour de grand vent, de grand air,
de grand soleil, jour de grand départ...

Le docteur Frantz est à la porte à attendre votre passage.
Tu lui avais dit l'heure du rendez-vous, l'affolement du
Carnaval devait vous faciliter le départ, mais il y a eu cette
manifestation qui a fait multiplier les contrôles. Il prend
place sur le siège libre à l'avant de la voiture : « Je vous
accompagne, Siméa, il vaut mieux que nous soyons deux
aujourd'hui. Et puis, je dois vous apprendre la nouvelle :
Angela est partie. On l'a signalée vêtue d'une blouse blanche à la descente de Basse-Terre à l'heure où montait le
défilé. Je suis sûr qu'elle va vers la mer. Je ne suis pas sûr
que c'est pour se noyer. »

Tout va très vite. Vous passez les barrages de Fonds-
Vaillant et du pont Desmaret sans encombre. La fugue
d'Angela vous facilite le passage. Les gendarmes sont au
courant, d'autres voitures d'infirmiers sont déjà passées.
Vous foncez par le Baillif vers la plage du rendez-vous
secret. Ce n'est ni un rêve ni un cauchemar. Le grand canot
est là à vous attendre. Tous les documents de Toussaint
ont bien été cachés dans son saxophone. Son compagnon
informe le pêcheur de la situation, la mort du jeune dissident, son remplacement par Louis-Gabriel à la dernière
minute. Vous êtes un peu à l'écart pour votre adieu, et vos

promesses d'écrire, et la prévision du retour, vous n'avez plus de mots à dire, ni de caresses ni de baisers, simplement deux mains serrées l'une dans l'autre et le miroir des yeux, tandis que le pêcheur vous fait compter sept vagues avant le départ du canot, pour que soit bonne la traversée.

La traversée sera bonne : il y a des jours où la mort rassasiée n'a plus de goût à rien.

Le docteur Frantz t'attend installé au volant de la traction, tu regardes s'éloigner le canot du pêcheur avec Louis-Gabriel et le jeune homme, en laissant bien les vagues mourir sur tes pieds nus pour te retenir de pleurer. (Les larmes ne savent pas couler en regardant la mer.)

Et ce n'est pour toujours ni un rêve ni un cauchemar, ni une folie ni un mirage, ni un conte pour enfant ni un roman d'amour, mais ce n'est ni un hasard ni le destin, oui, c'est bien plutôt un simple rendez-vous, un rendez-nous, une compagnie de route, une page d'écriture et de lecture, de paroles et de silence échangés entre tant d'êtres que rassemblent les mêmes faims très sincères, mais il faudra toujours un temps pour les récoltes, un temps pour les semailles...

Renaissance

La naissance est, comme la mort, le seul jour de semailles et de récoltes mêlées, jour de grand vent, de grand air, de grand soleil, jour de grand départ, mais cette fois, sans déluge, séisme ni raz de marée, au pays de nos corps, nos artères non déracinées, nos cœurs non éventrés, nos corps de braises humides bien accrochés au cordon de ton ultime tendresse, l'éruption de tes seins gonflés malgré tout, tes mains ouvertes jusqu'au bout sans famine et sans haine, bien prêtes pour notre révolution toute fraîche de nos eaux et sangs mêlés. La révolution, le seul rendez-vous de

semailles et de récoltes mêlées, encore un rendez-vous
manqué de la dissidence victorieuse accoucheuse d'une
révolution antillaise avortée dans les chamailles et les
révoltes à l'économie d'un sang parcimonieux. Aujour-
d'hui.

Oui, bien sûr qu'il va mourir le rebelle l'année même du
rendez-vous de sa renaissance sans déranger les chiens de
garde. Nous sommes prévenus. Bien sûr qu'elle va mourir
aussi, l'amante, la mère, étouffée par l'air de leur libération
confinée dans un horizon d'égalité blanche. Aujourd'hui
21 juin 1945.

Hier, c'était encore un temps de répression. Élèves renvoyés après le Carnaval, fonctionnaires révoqués, quatre
cents arrestations. Rémy Nainsouta menacé interdit de
conférences. L'asile perquisitionné. Tout écrit censuré.
Interdit le roman de Zobel (*Diab'la :* « Mais moi, je dis une
chose, c'est qu'un Nègre n'a pas quatre pattes et une queue,
et qu'il doit être un homme qui travaille pour sa dignité...
Il faut jeter les barrières, élargir la trouée pour permettre la
ruée en avant ! »). Interdit *Tropiques : (Le lieutenant de
vaisseau Bayle, chef du Service d'information :* « *Une cen-
tralisation excessive, mal dont ont souffert toutes les provin-
ces françaises, a risqué d'étouffer la personnalité, de lui
substituer un être conventionnel et uniforme, de tuer l'art en
tarissant la source de la vérité. Un Mistral est le symbole de
la réaction nécessaire. J'avais cru voir dans* Tropiques *le
signe d'un régionalisme non moins vigoureux et tout aussi
souhaitable... Pour vous, vous croyez au pouvoir de la
haine, de la révolte, et vous vous fixez comme but le libre
déchaînement de tous les instincts, de toutes les passions ;
c'est le retour à la barbarie pure et simple. Il ne serait pas
concevable qu'un état civilisé, conscient de ses devoirs, vous
laissât poursuivre la diffusion d'une telle doctrine. J'interdis
donc la parution de* Tropiques, *une revue révolutionnaire,
raciale et sectaire. Le 10 mai 1943.* » Réponse : « *Monsieur,
racistes, sectaires, révolutionnaires, ingrats et traîtres à la
patrie, empoisonneurs d'âmes, aucune de ces épithètes ne
nous répugne essentiellement... Pour ce qui est du reste,
n'attendez de nous ni plaidoyer, ni vaines récriminations, ni
discussion même. Nous ne parlons pas le même langage.* »

Signé : Aimé Césaire, Suzanne Césaire, Georges Gratiant, Aristide Maugée, René Ménil, Lucie Thésée. Le 12 mai.). Champs de cannes brûlés. Congrès communiste : une poignée de militants à l'abri de l'église fermée. Mutineries victorieuses fantassins contre marins. Dissidence de jeunes en drapeau noir au lieu du drapeau tricolore. Et pour finir le dernier mort avant la victoire après ce match de football gagné contre les fusiliers-marins grâce au génie du goal et poursuivi en manifestation populaire de révolte et de joie : Vive le goal, vive le goal, vive de Gaulle, vive de Gaulle...

Oui, hier, c'était la libération des Antilles. Si nous profitions de notre misère pour conquérir la dignité, au lieu de sacrifier la liberté à l'égalité. Mais les jeunes dissidents au drapeau noir sont partis respirer le grand air de France pour leurs études. *(Écoute Fanon, Noir sans drapeau, dissident d'ici dans : « Il ne demande qu'une chose, le Martiniquais, c'est que les imbéciles et les exploitants lui laissent la possibilité de vivre humainement. Qu'est-ce que cette histoire de peuple noir, de nationalité nègre ? Nous refusons de nous considérer comme « à côté », nous sommes en plein dans le drame français. Quand des hommes non pas fondamentalement mauvais, mais mystifiés, ont envahi la France pour l'asservir, mon métier de Français m'indiqua que ma place n'était pas à côté, mais au cœur du problème. »).* Son « métier » de Français ! Et le Rebelle qui vient de mourir, nu sur une plage déserte comme une ville en sieste, seul avec sa parole sauvage face aux oreilles apprivoisées. Ta dernière lecture pour aujourd'hui, sur la tablette du lit de l'hôpital.

Voici le temps d'exploiter la victoire et de gérer les bénéfices de la liberté. L'assimilation sera le plus court chemin vers la révolution. Les paysans nègres deviendront prolétaires universels. Les petits-bourgeois voteront communiste. La race s'effacera devant la classe. Ce sera la fin des régimes d'exception. Les békés chassent le gouverneur, mais le gouverneur ne chasse pas les békés. Nous aurons donc un préfet à la place des décrets. Nous préparons aux

Antilles le décor de la révolution française qui va venir
faire sa tournée. *Tropiques* réapparu se suicide pour faire
place à la politique de *Justice* et de *l'Étincelle,* par devoir
de fidélité à la parole du parti de l'espoir victorieux (son
programme officiel : « Le peuple doit savoir que les vrais
problèmes humains à résoudre ici comme partout ailleurs
à des degrés divers sont l'ignorance, la superstition, la
refonte de la moralité, l'amélioration du rendement quali-
tatif et quantitatif du travail, la substitution de la grande
propriété agricole mécanisée, moderne, à la petite production familiale avec des instruments aratoires et méthodes
agricoles archaïques. Que le vote des femmes, des hommes
et même des hermaphrodites ne doit pas nous faire perdre
de vue que la Guadeloupe est dans un abîme. Qu'il
importe, si on veut en sortir, que la France et son empire
deviennent une Union de républiques socialistes... En ce
qui nous concerne, l'assimilation, moment historique du
recul de l'indigénat et de l'abolition du pacte colonial, est
une étape sociale inéluctable. ») La France libre va dévorer
ses enfants de l'empire pour leur conserver une mère en
santé. La gauche antillaise va dévorer sa jeunesse rebelle et
ses enfants prodigues : poètes, femmes libres, et Nègres-
marrons pour hériter l'ascendant d'un parti-père. Nainsouta, Gerty, Césaire, ils seront tous élus maires ou députés communistes sans avoir pris la carte du Parti. Tu
l'avais dit à Gerty : Nous nous battons pour la culture,
mais la politique viendra nous chercher, les femmes bien
diplômées, les poètes garantis surréalistes, et tous si possible de couleur noire grand teint, la peau pas trop sauvée,
les symboles ne sont pas à négliger, les mulâtres ont des
couleurs de collaboration, l'heure est aux marronnages
obscurs comme la poésie et les sentiments fidèles. Mais
place aux marronnages dialectiques contrôlés par le sens
de l'Histoire. Gerty, te voilà prise. Il t'aura suffi d'une
conférence pour que les assureurs d'avenir socialiste, ou
catholique, ou communiste misent sur ta générosité, ils
savent déjà que tu seras fidèle. Les grands oiseaux se fati-
guent du ciel quand les révolutions avancent. « Le rôle de
la femme dans la cité nouvelle sera de s'occuper des questions sociales, de l'hygiène, de la famille et de la paix » :

Gerty, est-ce bien le salaire à payer pour que les hommes nous créditent de l'égalité ? Chacun sait que toi, Gerty, à Basse-Terre, Nainsouta à Saint-Claude, et Césaire à Fort-de-France, serez élus quel que soit le parti qui vous présente. Bien sûr, nous n'allons pas créer à nous seuls le parti-de-l'air-libre-et-de-la-renaissance - Antillaise-sans-paternalisme-ni-mère-patrie. Ce serait trop long pour les affiches et les slogans. Bien sûr qu'il vous faudra préserver le présent en devenant députés antillais communistes fidèles et scrupuleux comme des petits-bourgeois investis au nom du peuple. Encore une fois, Gerty, tu ne seras pas aujourd'hui au rendez-vous de la douleur de Siméa. Entre l'Assemblée de Paris et l'hôpital de Saint-Claude, il y a maintenant la distance de ton nouveau devoir et ton vieux dévouement. (Souviens-toi : Plus on a de liberté, plus on a de devoirs.) Elle peut crier toute seule encore, vos bouches seront elles aussi les bouches des malheurs qui n'ont point de bouche et dont vous n'arrivez pas à concevoir qu'elles attendent aussi votre silence pour prendre leur parole sans le secours de vos textes sacrés. Aujourd'hui.

Mais quand donc finirons-nous de penser pour les Nègres, de leur panser des blessures imaginaires savamment blanchies, d'inventer pour la cause de nos besoins des aliénations à soigner bien recouvertes de théories de négrisme et de négritude et d'indigénisme et de grioteries mal remises de la fréquentation des morales bourgeoises, travail, sueur et terre régénérée à grandes giclées de sang pur d'esclaves bien rythmés, des valeurs bourgeoises famille, maternité : il faut toujours des enfants qui naissent de la mère à la mort du héros à la fin de nos romans nègres. Nègres bien sûr, mais Nègres sans la santé, l'harmonie, l'équilibre, comme s'il y avait des danses possibles sans équilibre et harmonie, des Nègres coulivicous tristes au lieu des Nègres colibris, des Nègres électeurs de tout Christ noir prêt au sacrifice du clou dans sa main vide, des Nègres à assurer sociaux, des Nègres sans danger tirés à blanc, Nègres bien masqués de peaux noires et blanches, bien écorchés entre rationnel et traditionnel, Nègres décousus

sur mesure par les élites qui les rendent malades pour
mieux imposer leur médecine. Et toi, Siméa, tu te demandes sans désespoir mais maintenant sans plus de forces en
réserve comment nous tous quêteurs d'assimilation avons
pu oublier le communisme présent dans les mémoires
d'ancêtres, le surréalisme de nos paysages et renier la leçon
des peuples cannibales, à savoir que l'altérité ne se com-
mande pas et qu'il faut savoir dévorer l'autre pour acquérir
ses qualités.

Malgré tout, l'espérance continue à s'écrire et la fatigue
ne t'empêche pas de relire, une dernière fois pour
aujourd'hui, le panorama-manifeste du poète-député :
« *Ce pays souffre d'une révolution refoulée. On nous a volé
notre révolution. La pire erreur serait de croire que les
Antilles dénuées de partis politiques puissants sont dénuées
de volonté puissante. Nous savons très bien ce que nous
voulons. La liberté, la dignité, la justice. Noël brûlé. Qu'est-
ce qui depuis cinquante ans a été proposé à la jeunesse de ce
pays ? Des places, des métiers. Des paroles. Pas un sentiment. Pas une idée. Si la grande et saine colère du peuple ne
vient (comme il y a un siècle) se jeter à la traverse, nous
marchons tout droit au terme logique de trois siècles d'histoire antillais : le triomphe du* larbinisme *intégral. Quand
les problèmes essentiels (poids des faits) découragent l'allé-
gresse de l'esprit, une société est en période pré-révolution-
naire. La révolution martiniquaise se fera au nom du pain,
bien sûr : mais aussi au nom de l'air et de la poésie (ce qui
revient au même). Je dis que nous étouffons. Principe d'une
saine politique antillaise, ouvrir les fenêtres. De l'air. Par
quoi je condamne toute idée d'indépendance antillaise.
Mais ce n'est pas pour aboyer avec les chiens. Mais ce n'est
pas pour jeter mes perles aux pourceaux. La dépendance
martiniquaise, voulue, calculée, raisonnée autant que sen-
timentale, ne sera ni dé-chéance ni sous-chéance. Et c'est le
sang de ce pays qui statuera en dernier ressort. Et ce sang a
ses tolérances et ses intolérances, ses patiences et ses impa-
tiences, ses résignations et ses brutalités, ses caprices et ses
longanimités, ses calmes et ses tempêtes, ses bonaces et ses
tourbillons. Et c'est lui qui en définitive agira. Ce sang-là ne
vote pas. Ce sang-là revigore ou étrangle... Je hais les faims*

qui capitulent en pleine récolte. » Testament d'un poète pour une entrée en politique, de retour au pays natal. Bien sûr, tout est dit, Siméa. Le volcan s'est sabordé sans faire de vagues ni de larmes, en réserve pour asperger de lave fraîche la ferveur du mot naissance, très lourd de ce barrage de chair et de sang thésaurisés pour préserver l'avenir de ton enfant une île à naître, au prix très simple de ta disparition au baisser du rideau la main de ton père très douce sur ta paupière sans plus d'écho. Aujourd'hui. 21 juin 1945. Dès qu'il a su que tu accoucherais d'urgence aujourd'hui, ton papa-Gabriel a laissé l'ombre du pied de letchis chargé cette année comme jamais et s'est précipité vers toi à Saint-Claude pour un dernier long regard toujours très silencieux avant ton entrée en salle d'opération. Votre dernière rencontre, c'était il y a plusieurs mois, un dimanche après-midi seuls tous les deux — les autres étaient en visite — à l'habitation Flamboyants avec la petite chatte Zani que tu étais venue lui confier avant ton départ pour le congrès de philosophie de Port-au-Prince, la première grande rencontre des intellectuels de la Caraïbe depuis la victoire de la dissidence. Pour la première fois depuis ton retour, tu t'es promenée pieds nus dans ton royaume d'arbre en arbre et de fleur en fruit, retrouvant le fromager de tes siestes et surtout le manguier de tes lectures, dans lequel tu enfouis, bien cachée entre les deux branches-maîtresses, la petite bague gravée qu'Angela avait posée sur le tambour-conga la nuit de son échappée.

Au moment de vous séparer pour que tu regagnes Saint-Claude avant le retour de ta mère, ton père t'a demandé :

— Tite-fille, moi qui n'ai jamais quitté mon pays de Guadeloupe, je serais content si tu me ramenais dans une boîte d'allumettes un brin de terre d'Haïti.

— D'accord, papa, lui as-tu répondu en souriant... Tu sais, je voudrais te dire aussi que j'ai l'intention d'essayer d'en revenir avec dans mon ventre la promesse d'un enfant. Je dois rencontrer là-bas quelqu'un que j'ai aimé, papa. Je ne sais pas encore s'il le voudra lui aussi.

— Est-ce que c'est un Antillais ?

— Oui, il est même d'ici, de Pointe-à-Pitre, je crois

bien. Je l'ai connu au Carnaval de 43, à Saint-Claude. Il est parti juste après en dissidence à New York.

— Et il n'est pas encore rentré ici-dans, depuis le temps ?

— En vrai, je ne sais pas s'il reviendra jamais au pays. Je crois bien que sa terre à lui, c'est la musique !... Et comme il peut l'emmener avec lui partout... Tu sais, papa, ta clarinette, je la lui ai donnée quand il est parti...

— Vieille, vieille comme elle est là !... il faut la bien caréchauffer note après note pour qu'elle sache te sortir ton petit air sans souffler couac... D'ailleurs, il doit connaître, si tu dis qu'il vit pour la musique...

— Dans la musique, papa-Gabriel, pas : pour...

Les saignements spontanés et indolores se font plus abondants, alors que les contractions commencent seulement. Le docteur Manykom, la jeune interne mulâtresse avec qui tu as parlé presque toute la nuit pendant sa garde, préfère te faire quitter ta chambre pour la salle d'accouchement. Le col de l'utérus est beaucoup trop enflé et dilaté. *Placenta praevia*. Un matelas de chair et de sang vient faire obstacle à la délivrance de l'enfant trop haut placé, la tête encore contre ton cœur comme s'il savait inutile tout affrontement prématuré. *(C'est par l'image que l'être brise enfin la barrière. Il ne s'agit pas d'une heure de peine ou de joie. Nous sommes ici bien au-delà de l'anecdote, au cœur même de l'homme, au creux bouillonnant de son destin. Mon passé est là qui me montre et me dérobe son visage. Mon avenir est là qui me tend la main. Des fusées montent. C'est mon enfance qui brûle. C'est mon enfance qui parle et me cherche. Et en celui que je suis celui que je serai se lève sur la pointe des pieds.)* Ton enfant te brûle innocemment, pendant que tu repenses à Haïti, la soirée de pleine lune avec Louis-Gabriel, toute une nuit de musique et de poésie et de chants et de danse, toi donnant le rythme sur une conga de rencontre, mais pas de hasard. Et plus tard, au bout d'un petit matin d'Haïti, la soif de floraison a fait germer dans vos deux corps les racines d'un enfant.

L'hémorragie se poursuit. Beau sang giclé. Insertion recouvrante du placenta central. La rupture bien large des membranes ne suffit plus. L'aube sur sa chaîne mord féroce à naître. Le curetage mal fini de Paris est cause de l'infection. L'oiseau aux plumes jadis plus belles que le passé exige le compte de ses plumes dispersées. On te prépare pour une césarienne d'urgence dans cette même salle où vous avez retrouvé Toussaint. Beau sang giclé. Tu ne cesses de penser à lui depuis qu'on t'a déplacée ici. Le rendez-vous secret dans cette boule de papier. Tête trophée, membres lacérés. Ramages perdus, rivages ravis. Tu souris aux infirmières en repensant à la colère de Toussaint au bassin de Bains-Jaunes : « *Sic vos non vobis, mellificatis, apes.* » Hier, ton amie Siméa, l'autre, la couturière, enceinte maintenant de son deuxième enfant, t'a rendue visite tout l'après-midi. Et vous avez bien ri en complices quand elle t'a mise au courant du récent scandale de l'abri de Bains-Jaunes qui venait d'être refait à neuf : le grand Christ protecteur en fer forgé a été brisé et le grand mur blanc du dortoir a été recouvert par cet énorme graffiti à la peinture noire : « *Logiquement parlant, l'indépendance est un droit égal pour tous les membres de l'espèce humaine. Philosophiquement parlant, la couleur de la peau ne change pas la vérité d'un principe. Politiquement parlant, si l'on ne donne pas la liberté aux Nègres, ils la prendront de force. Signé : Victor Schoelcher.* » Tu souris maintenant en pensant que la découverte de ce vandalisme aurait mis Toussaint dans une telle joie qu'il serait tombé tout habillé dans le bassin d'eau tiède. Tiède comme le sourire en réponse que te fait le docteur pendant que le mercurochrome rosit ton abdomen brûlant.

Incision cutanée médiane sans toucher l'aire placentaire. Hystérotomie verticale la plus large possible. Dissociation aux doigts. Les vaisseaux sont bleutés. L'enfant vient par le siège, sans blesser la vessie. Le cordon, bien plus long que la normale, tient bien sans procidence ni compression, et facilite le déplacement. La bouche est vite désobstruée. Le

cordon est coupé. L'enfant est né très vite et sans encombre. La main rassurée de la jeune interne s'introduit dans
l'utérus pour la délivrance artificielle par décollement du
placenta, mais elle ressort bien rouge et bien vide à son
regard horrifié devant l'évidence du diagnostic. *Placenta
accreta.* Hémorragie incoercible. Accroché par implanta-
tion au muscle utérin, le placenta ne saurait être expulsé
qu'avec lui tout entier. L'hystérectomie totale se prépare.
Les transfusions commencent car tu deviens très faible de
tout ce sang perdu dans ton désir de donner vie. Tu
demandes à voir l'enfant, à la prendre un moment, et tu
pries d'appeler ton père qu'on autorise à entrer une minute
pour voir la petite fille et poser ses yeux silencieux sur ton
visage rayonnant de délivrer dans un souffle son dernier
message sous la forme de mon prénom : « Marie-Gabriel,
papa, elle s'appelle Marie-Gabriel. »

Alors, enfin, ma mère Siméa, mon trésor inventé,
aujourd'hui Je se découvre et je nous dévoile l'une à
l'autre. Tu m'as appelée après avoir compté tes sept vagues
de sang pour que soit bonne ma traversée. Ma synthèse
arrachée en douce à tes débris. Mon cri de délivrance de
pouvoir enfin dire TU et JE égalent nous, Siméa et Marie-
Gabriel, elle et elle égalent toi et moi, parce que je t'ai
retrouvée, reconnue, située en ce point de mon ventre qui
faisait comme un grand vide d'années parce qu'on ne
m'avait pas laissée t'écouter ni te répondre. Ainsi donc
moi aussi, ainsi donc toi déjà, nous créons du désir sans
vengeance ni nostalgie, ni objet ni sujette l'une de l'autre,
sans maison ni village mais pas sans toit. Oui, pas sans toi,
écoute bien passer ce dernier moment qui nous reste avant
ton départ, je suis seule ici à savoir que tu t'en vas. Seule à
l'accepter parmi tous ces vivants qui t'arrachent ta mort
pour me garder une mère. Marie-Gabriel. Mais nous
n'avons pas peur. De la vie, de la mort, de la naissance et
des départs. Nous sommes sans terre natale, il n'y a pour
nous aucun paradis perdu de l'enfance nourrie au sein de
l'île paternelle. Je n'ai ni chien à provoquer, ni rosée à
gouverner. Tu ne m'as pas donné la naissance pour que je

te la rende en te pérennisant dans mes yeux qui te ressemblent. J'ai suivi ta dernière jouissance, mon glissement vers l'au-delà de ton corps. Oui, je sors de toi, mais je ne veux pas te garder. Je ne t'intéresse plus. Je te laisse vivre ta fin d'histoire, rendue à toi-même, comme une racine qui meurt sans déranger la feuille nouvelle.

Ma mère-Siméa, tes transfusions se poursuivent. Cinquante-deux flacons vides et moi qui suis déjà bien dans la vie. L'hystérectomie n'a pas suffi, ni la réouverture pour vérifier si rien n'a été mal suturé. Ton sang ne s'arrêtera plus avant la mer pour rien. Je n'étais qu'un hôte de passage, tu me l'as dit et je viens seulement ce soir de t'écouter dans ton journal de Paris aux trois « S » mystérieux gravés sur la couverture, que je découvre dans la petite commode perdue discrète au fond du grenier des Flamboyants, et dont grand-père Gabriel m'avait donné la clef pour ne l'ouvrir qu'après sa mort, ton journal hors des cendres d'oubli grâce aux trois pierres de notre amour, et puis posée dessus, plantée sur la poussière, la petite bague au nom d'Angela que j'ai trouvée dans le manguier lointain de mes dix-sept ans et que j'avais cru avoir perdue.

Ta lecture, ma renaissance. Ils n'avaient aspiré que ton image et moi, dans cette chambre de notre délivrance l'une de l'autre, je profite aussi du noir pour avaler ta force, rafraîchir mon ventre avec ton drap humide et farder un instant mes lèvres de ton sang. Pas pour toujours, comme tu disais. Mais moi aussi j'ai autant soif depuis. Ma liberté a trouvé ton repère au sortir de toi-même, et je serai fidèle à ta sève comme une racine d'acoma.

Ma mère Siméa, je poursuivrai ton histoire, mais dans un livre, pas dans ma vie. Avant même de t'avoir retrouvée, j'avais déjà laissé parler les mères, car elles ont des racines puisqu'elles portent des fruits. Écoute-nous bien, ma mère, il nous reste encore le temps de ta dernière réanimation. Les pinces à hémostases ralentissent ton cœur. Ta nuit s'avance vers les derniers flacons de sang. Je voudrais que toute ma vie future repasse une fois devant tes yeux. Moi aussi, je vais t'écrire, libre comme au matin de la deuxième naissance, ta fille sans héritage, sans maîtrise ni maîtresse, nos pères et nos mères ne sont pas coupables de résistance ni de soumission, nous n'avons ni à quitter les mères, repaires de notre histoire, ni à chercher des pères qu'on ne dit absents que pour justifier les paternalismes de remplacement. Père et mère, je ne vous écrirai plus, mais je vous décrirai libre et égale car mon identité n'est pas celle que vous avez conçue dans la nuit haïtienne. Je vous aime sans savoir si vous m'aimez. Dans la voiture où il ramène sans larmes l'orpheline de trois jours à la maison des Flamboyants c'est ce que pensait ton papa-Gabriel : il y a le verbe aimer bien caché dans le prénom Marie.

Encore un instant, ma mère, l'espace encore de trois flacons de vie. Je ne peux pas te laisser partir sans te parler d'amour. L'amour n'est pas une mère de substitution. J'ai quelques prénoms à te confier pour ton jeu qui me les dévoile. Écoute passer le temps de ma solitude sans toi. Tu relieras de doux prénoms de femmes déshabillées d'angoisse, de fleurs enceintes de fruits, les jeunes-nées de leur seconde naissance, les sœurs en-allées à la mer ou venues à l'écriture, dévoilées libérations de Caraïbe en Méditerranée, d'Orient en Occident : la fille d'albatros, la pupille d'orange, la pomme-rose affamée de donner faim, la torche des jungles sœur de Soledad, la fontaine de soleil mon limbé d'outre-mère.

Écoute encore tous mes prénoms qui caressent une envie de genèse comme un lien idéal dans un coin du ciel dont ils auraient la clé.

Il y aura dans ma vie des prénoms d'ancrage et de dérive, des prénoms que sépare un prénom, des prénoms barricadés dans un seul nom, des prénoms sur les arbres centenaires qui n'en tirent pas fierté, des prénoms d'épiphytes et d'aralies, de siguines et d'orchidées, oui, des prénoms de fleurs au risque de l'éphémère, des prénoms d'angoisse et de confiance, mes prénoms de tendresse, d'action et de passion, mes deux prénoms d'amour.

Car l'alphabet de mes amours commence aussi par A. Écoute : oui, quand la nuit emporte le sommeil vers une levée de bonheur, la confusion des cœurs inonde le soleil, incendie l'eau des sources. Les corps de pudeur et les corps de fusion se serrent jusqu'à ce que les yeux ne voient plus que les yeux, et de bouche à oreille s'échangent les prénoms. Et comme le don laisse toujours à désirer l'avenir, la tendresse s'écoule à petites cuillères, les odeurs de terre parfument les corps tièdes, le désir prend sommeil la joue sur une épaule, et il y a beaucoup trop à dire pour que la bouche ose plus d'un mot dans l'embellie de confidence. Alors les yeux disent de longues phrases et l'on se pose toujours la même question et la réponse attend toujours et l'on s'endort à deux à moitié rassurés.

Tu vois maintenant que c'est seulement avec l'amour dans mon corps de vérité que j'ai enfin pu imaginer le récit de votre rencontre — père et mère *body and soul* — d'un soir de Carnaval dissident.

Un soir de juin où mon A-mour me nattait les cheveux de ses grandes mains plus tièdes que mon corps nu, ma blouse d'infirmière posée sur la berceuse en coussin de sommeil pour ma petite chatte Zani, roulée en boule noire, les yeux mi-clos, dans la saveur de sa quatrième vie.

... Mais tu t'endors, ma mère ! tu te rendors remémorée,
ta noria-Siméa expire chuchotant deux prénoms,
l'écume de tes lèvres s'en retourne à la mer, comme une
source s'assure du chemin de la mort.

Et moi,
le cœur submergé en dérive généreuse dans le délire de l'autre corps,
j'écoute ton silence,
j'écoute tout ce qu'il y a de ferveur dans un rêve de femme,
je sais tout ce qu'il y a de justice dans une mémoire de femme,

j'embrasse tout ce qu'il y a de fertile dans nos frissons,
je suis les sentiers de ton destin,
les fontaines dans ta forêt,
et la tendresse à nos oreilles,
    pour assouvir le mot soif,
    préparer l'avenir
    du mot
    FAIM.

Marie-Gabriel.

6

L'EXIL S'EN VA AINSI

14

Adrien-soleil,

J'ai presque fini mon histoire ! Enfin, je crois ! J'en suis aux années de l'occupation pétainiste aux Antilles, et comme tout va s'arrêter à ma naissance, ma vie n'étant pas sujet de rature et de littérature, le bord de mer n'est pas loin.

Mais que de temps et d'espace il faut pour venir à l'existence ! En attendant, comme je te l'ai annoncé dans ma dernière lettre, je vais t'envoyer la copie de tout ce que j'ai écrit jusqu'ici. J'ai hâte de savoir que tu l'as lu. Tu seras mon deuxième lecteur après Antoine. Pas de jalousie : c'est la faute de la poste, Parisien soleil ! Et puis, qu'est-ce que tu attends pour revenir ? La moitié de mon cœur patiente à l'aéroport. Écrire m'a donné envie de parler.

Au contraire du début où c'était un moyen d'alléger et d'affermir mon silence. Mais les treize rayons de ton Cahier d'écritures *ont aiguillé mon fil.*

Quel chemin quand je relis nos vieilles lettres ! Tu te souviens de notre pacte, de mon pacte. Ne rien envoyer, ne rien recevoir. Pas de questions, pas de conseils. Et je te disais vous par goût du grand style. Et dans chaque lettre nous nous amusions à employer un mot que Césaire n'avait pas utilisé dans ses poèmes. J'ai retrouvé : un bouquet confertiflore ! une ceinture de bassiers ! la phlegmasie des révoltes ! Ça m'était plus facile qu'à toi avec mon vocabulaire d'infirmière en psychiatrie. En ce temps-là, nous étions des disciples qui connaissions presque par cœur le Cahier d'un retour, Bois d'ébène, Black label *et* Pigments. *Que de temps aussi il faut pour ne plus drageonner tous ces pères d'élection !*

Aujourd'hui, nous n'arrêtons plus d'être et de renaître. Et toi. Et moi.

Et même, je vois que ton papillon a daigné se poser pour fleurir !

C'est vrai ; j'aime beaucoup tes derniers poèmes.

Ton soleil n'isole plus et s'isole moins.

À moins que ce ne soit moi qui ose m'aventurer sans parasol. Tu sais que depuis le journal de ma mère-Siméa, je me sens vivre comme déshabillée, comme si j'avais enlevé un manteau d'hiver sous les tropiques. Comme simplifiée. Non pas simplifiée, authentifiée.

Encore une demande de livres, Parisien soleil. Pourrais-tu m'envoyer des biographies ou des essais sur le New York des années quarante ? Ce n'est pas pour le roman. (J'abandonne mon père dans le livre au moment où il nous abandonne) mais j'aimerais comprendre pourquoi il est resté là-bas après la guerre au lieu de rentrer : La jungle raciste du ghetto musical plutôt que le sucre amer des îles assimilées. Selon Antoine, l'explication va de soi : le jazz dans les années quarante faisait son 1789 : il n'était pas question pour un musicien vrai de réintégrer ses foyers. J'espère qu'il ne me faudra pas écouter l'intégrale de Charlie Parker avant de comprendre son cas ! Tu sais, malgré Antoine, je n'aime toujours pas beaucoup le saxo alto. En revanche, quand il me joue de la clarinette basse, je comprends tout ce qu'il veut dire et même un peu plus.

Ta poésie a déployé mes ailes. La musique d'Antoine me sert de nid.

Trouve-moi par exemple des biographies de Wright, Baldwin et de musiciens de Harlem. Surtout, essaie de m'envoyer tous les volumes parus du Journal *d'Anaïs Nin. Je sais qu'elle fait allusion à Louis-Gabriel en deux ou trois endroits. Je rêve d'oser lui écrire.*

P.-S : J'espère que tu as salué au passage : drageonner *nos pères d'élection !*

Je t'embrasse, amour d'exil.

Marie-Gabriel.

13

Du letchi, de la mangue ou de la pomme, peut-être sais-tu maintenant lequel des trois est ton fruit de solitude. Car chaque être ne vit qu'une seule solitude, avec son fruit de plaisir, ou bien son fruit de rêve, ou son fruit de souvenir. Et si l'on ne veut pas rester vraiment seul sans même une image, un plaisir ou un souvenir solitaires, il faut bien chercher dans la mémoire des livres, des narines et des mains quel fruit on aime voir apparaître dans la coupe vide des soirs sans partage.

Surtout rappelle-toi que la solitude tombe des arbres à point comme un fruit mûr, une fois que les branches ont répété la leçon apprise des mères, pour la seconde naissance : abandonne-toi à ce que tu ne comprends pas encore. Donne ta confiance au réel, car le réel est un bon juge. Laisse la vérité à l'avenir qui seul peut connaître la vérité. Car l'avenir est ce qui n'existe pas.

Pour renaître de la solitude, la femme du Brésil s'applique à regarder longtemps un cafard droit dans les yeux, jusqu'à ce que s'accomplisse sa métamorphose et que la nausée devienne lumière par la soif et la faim. Alors elle sait qu'elle peut l'écraser, ou le griller vif ou l'avaler cru, ou le laisser s'enfuir, sûre de sa force et courage à la prochaine rencontre.

Je sais aussi que parfois l'espoir est suspendu à un fil de l'araignée du soir si on hésite à l'écraser.

La profusion des insectes tropicaux est une saoulerie d'images et de symboles où le réel perd ses marques. S'il est vrai que l'homme cherche à réduire les grands fauves et la femme à grossir les insectes, celle-ci aura souvent une vision plus claire et plus lucide que l'homme de sa dimension vraie, car la modestie met l'orgueil en perspective.

Aussi, seul le féminin du regard d'une femme ou d'un homme peut découvrir tout ce que dit un fruit. Chacune des pommes-France de ton anniversaire pesait le poids d'une année entière, à tes mains, à ton nez, à ta bouche, à tes dents, à ton ventre. Chaque bouchée était humide des larmes de cachot et de pension, des vagues lécheuses des falaises et des anses de ton corps, des rosées, des branches et des allées, du pétillement des limonades trop frappées, de la fraîcheur poisseuse des cornets de sorbet-coco, de la salive anxieuse des premiers baisers, de la douceur colorée des frozens.

Et le plus beau dans cet amour, c'est que le fruit, malgré tout l'imaginaire qui en relève le goût, garde sa réalité de chair, de jus sucré et de peau amère, parce que le plaisir (ou la nausée) installe son odeur, son goût et son toucher sur la bouche et les mains en imposant son présent à l'accalmie des désirs et des nostalgies. Tu découvres alors, un jour, que tout ce que tu y as investi de rêves et de souvenirs se résume à ce parfum, cette saveur, cette chair dont ton corps fait une bouchée, comme si tu sentais passé et avenir bouger vivants en toi, s'affirmer au présent, comme si tu fécondais tes oublis et tes projets.

Alors, c'est que tu deviens un fruit assez mûr pour accueillir.

Redescends prudemment de tes forêts jusqu'à ton plus grand miroir. Observe à quel point ton portrait à l'identique est si exactement faux par rapport à l'image de toi que tes yeux ne verront jamais en entier, mais que tu sens vivre sur ta peau, que tu entends sur tes lèvres et à tes oreilles, qui ordonne ta tête et tes pas, qui brûle ton cœur, qui éveille ton sexe ou qui l'endort, cette image qui ne se fixe grande ou petite à tes yeux qu'au miroir des yeux de l'autre.

Brise ce premier miroir et écoute bien le silence de ton double devant ta main qui saigne et ton regard aveugle. Cherche plutôt la complicité d'une source ou d'un verre d'eau. Observe bien les superpositions d'images mouvantes sur tes trois visages d'évasion, de communication et de création. Prends possession de ta découverte et accepte, accepte tout ton être avec ses noyaux (surtout ses noyaux : ce sont les cailloux de ton chemin), sa chair, sa peau, sa couleur, sa parole ; adhère, oui à ses racines de fidélité, ses feuilles de liberté, ses fleurs d'imagination ; apprends l'histoire et la géographie de ton corps et tes pensées. Ce qu'on a fait de toi et ce que tu veux en faire.

Surtout n'oublie pas dans l'eau les reflets de l'enfance. Préserve à tout âge d'abord la vertu d'enfance, celle qui fait les renaissances adultes, qui empêche de feindre le rire et les larmes, mais qui laisse rire et pleurer, qui fait de l'amour un jeu d'enfants, un épisode à suivre, une danse sousmarine, un déluge de secrets, une embellie de confidences.

Accepte, accepte tout ce que tu peux de ton trésor. Ensuite, donne-le. Plus tu donnes, plus tu es. Prends exemple sur l'eau, et donne en pointillé comme la pluie, en pudeur comme la source, en vrac comme la mer. Il y a mille manières d'avancer souterraine ou de déferler, de pleuvoir sucré-salé, de pleurer joies et peines, de saigner, d'uriner, de couler tiède de sperme, de sueur, de salive ou de lait.

Ne t'inquiète pas pour le cœur qui pompe le sang de jouissances en souffrances. Le cœur est un passeur solitaire. On n'a jamais vu un cœur s'arrêter avant la fin. Et ce n'est jamais lui qui en décide. Ni toi. Même un coup de pouce au destin n'abolira jamais le hasard. N'essaie pas d'empêcher la mort de vivre, mais ne lui propose rien. Ni date, ni échange, ni sursis. La mort ne se partage pas.

Mais surtout ne donne jamais une miette de ce qu'en toi tu refuses ou n'acceptes pas encore.

Offre même aussi tes limites à la vue. Mais pour cacher l'étendue de ton cœur, brise tous tes murs de pierre, tes gouffres et tes brisants, qui attirent les violeurs, et fais pousser autour de tes noyaux une haie de sandragons pimentée d'hibiscus.

Calcule tes forces et fais confiance à ta fragilité.

Accepte la vie comme une vague. La vie est un don vague, qui s'élance et se retient, l'écume reste libre à l'air et la caresse des plages est assez longue pour gonfler le reflux des projets à souvenir.

Chaque vague touche au destin d'une autre.

12

Ce soir,

J'ai deux cents ans, un corps gavé de fruits, écartelé de souffrances, grand comme trois continents, fragile comme celui d'une petite fille qui court en tenant serré sur son cœur un cahier d'écritures, une odeur de soufre dans la gorge et un goût de sucre sur les lèvres.

Je viens de tourner pour la quatrième (ou cinquième) fois la dernière page... du journal de Siméa. Dans quelle vie antérieure avons-nous vécu cet avortement ? J'aime Siméa, j'aime son Aéré(e)-Mort(e). Quel éclat de vie après tant de déchirures ! Mais j'aime surtout cette écriture-lecture appliquée et grave des cahiers dont on doit suivre les mots avec les doigts comme une enfant qui apprend à lire dans sa mémoire, cahiers-mémoire d'un peuple qui traverse-nt (quel « sujet » doit-on choisir ici ?) tous les cyclones protégés par des mains de femmes-sorcières, de femmes-enfants.

Tu t'amuses souvent à rappeler ma peur de l'écriture. Tu sais bien, toi-qui-sais-tout-ce-qu'il-y-a-dans... les êtres, que seuls de grands coups de cœur (ou au cœur) peuvent me faire surmonter l'insolence de croire que lorsqu'on écrit, c'est pour la dernière fois. Mais il faut que tu saches que je tiens l'écriture pour quelque chose de trop sérieux, trop grave (pour la laisser entre les mains de professionnels du verbe !...) pour écrire fleur-abeille... sans savoir vraiment le parfum de la fleur et les couleurs de l'abeille, et ce que l'une a à faire avec l'autre. Tu sais, toi, parce que tu l'as suivi, le chemin qui mène de la fleur à l'abeille ; moi, je cours encore dans une forêt trop vaste cherchant un endroit pour déposer quelques mots éparpillés. Ti-Carole, elle, serrait un cahier écrit (mais aussi à écrire) et son chemin était tracé sur le bracelet de Jonathan.

Pour fixer le sort des mots, il faut savoir quel combat

mener. Combat de femmes ? La banderole des femmes n'a jamais réussi à regrouper derrière elle tous mes « je ».

Combat de colonisés ? J'ai moi aussi des comptes à régler avec une mémoire trop blanche. J'ai peut-être échappé à deux belles et grandes aliénations, mais au prix d'un peu trop de solitude. Sais-tu que je ne peux pas vraiment dire que j'aime quelqu'un dans mon entourage familial... Les liens de sang sont parfois impuissants à me faire oublier l'évocation de leurs souvenirs. Deux seuls échappent à ces sentiments peu filiaux, et l'un d'eux : encore un père-suicide... Savait-il celui-là aussi, ce qui l'attendait ? Mais trêve de prétextes, il faut faire avec ce que l'on EST, tu as raison.

Pourquoi dois-je t'écrire d'abord tout cela ? Quel effet radical a ta lecture sur ma longue absence d'écriture ! Mais il n'y a(vait) pas vraiment de bloquage... simplement un problème de situation. Je ne veux pas d'une écriture intimiste, d'une écriture mal-à-l'âme... Comment être une femme libre, ou en voie de liberté, sans avoir une expérience d'homme-prison, et d'écriture éclatée ? Encore une fois mal située, je n'avais ni l'une ni l'autre ; encore une fois mal noircie...

Ce soir donc, glissée entre tes phrases à leur insu et à la mienne (à la tienne peut-être pas...) je dépose enfin quelques mots.

Mais je sais que j'aurai d'autres choses encore à dire.

Pour ce soir, l'isolé soleil me glisse au poignet le bracelet de Jonathan.

Ève.

11

Adrien,

Est-ce qu'il ne serait pas possible de vivre notre histoire sans faire intervenir la honte ou l'orgueil ? Et si on parlait de l'esclavage ou l'assimilation sans la honte des pères ou le mépris des fils d'aujourd'hui ! Pour moi, l'histoire est sans sentiments. Ça ne se condamne pas et ça ne se justifie pas. Ça aveugle ou ça éclaire. Ça s'oublie ou ça se souvient. Ça se raconte si tu veux.

En deux mots, je pense que pour l'assimilation, nos pères avaient à choisir en 1945 entre deux proverbes : « Le chien ne mange pas le chien » ou bien, « Là où il y a des os, là il y a des chiens ». Autrement dit, conscience nationale ou conscience de classe. De toute façon, ce qui était vrai, c'est que pour le colonialisme, une colonie c'était mieux qu'un département. Donc ils avaient raison de vouloir être égaux. Aujourd'hui pour le colonialisme, un département d'outre-mer, c'est mieux qu'un État. Donc, nous avons raison de vouloir être libres.

Seulement, nous sommes engagés dans une vraie course de vitesse avec l'impérialisme, parce que pour lui, un *État*, c'est mieux qu'une *nation*. Ce que beaucoup de camarades refusent de voir, malgré l'exemple de la décolonisation, pour ne penser à l'indépendance que sous la forme du modèle occidental bourgeois et socialiste.

J'ai quitté l'autonomisme pour l'indépendantisme parce que c'est le sens unique de leur histoire.

Mais j'ai l'impression de jouer dans une équipe en déplacement, et de penser trop au match retour, ce qui comme tu sais, conduit à attaquer mal ou à jouer trop en défense !

Au fond, je me demande si ce n'est pas à nous, les plus aliénés à l'Europe, et les moins affamés du tiers monde, d'imaginer pour les Antilles un nouveau modèle réduit de société civile. Je n'aimerais pas qu'un État, qu'il soit français ou antillais, vienne lui resservir une histoire réchauffée entre des livres de comptes en équilibre.

Quand je dis cela aux camarades, ils condamnent ce qu'ils appellent mon scepticisme tendance extrême-gauche-bohème-négro-occidentale. Heureusement, le saxo et le gros-ka me rachètent à leurs yeux !

En fait, mon espoir veut voir plus loin que leur nez. Pour moi, un peuple ne perd pas vraiment son âme — s'il en a une — en changeant de statut, de frontières ou de représentants.

On ne construit pas des États sur des poussières, nous avait dit papa-de Gaulle ! Mais, la réalité, c'est que nous sommes bien une nation. Et pas en formation ! Non !

Plus vieille que nos souvenirs. Un rocher fidèle arraché tout fleuri de la mer.

Cela dit, Adrien, je retiens ta parole : il faut bien prendre son temps, oui, le prendre bien, car nous manquons d'espace.

Kimbé rèd.

Antoine.

10

Début de mon histoire :

Ce qui étonna Louis-Gabriel en débarquant du canot à Sainte-Lucie, ce fut la première question des policiers anglais chargés de l'accueil des dissidents : « Vous êtes pour de Gaulle ou pour Giraud ? » Plus tard à Fort-Dix, le camp du New Jersey où transitaient les Antillais avant de rejoindre Londres, la découverte de la ségrégation la plus nette et brutale, elle, ne l'étonna pas, car le pire qu'il avait pu imaginer se trouvait bien réalisé. Il fut plus surpris par l'atmosphère accueillante créée par les musiciens de Harlem à l'heure de l'Afro-Cubop, et les milieux artistes et intellectuels de New York, tout heureux de célébrer des Nègres si peu sauvages de peau et si cultivés, bien *afrancesados* en somme, et volontaires pour aller délivrer du nazisme le Paris d'Hemingway et des surréalistes réfugiés à Brooklyn.

Il habitait dans une famille de Noirs moitié-Antilles, moitié-New York. Grâce au fils Léon, Harlem n'eut vite plus guère de secrets pour lui. Il passait ses soirées de club en club, de bœuf en bœuf, de solo en solo, poursuivant sa recherche de synthèse entre les rigueurs antimélodiques, la violence austère de la nouvelle musique bop et le coulé généreux, la flamboyance sereine, la respiration large du phrasé des musiciens insulaires, surtout les Guadeloupéens, les Haïtiens et les Cubains.

La mère, Millicent, une institutrice immigrée d'Antigue, faisait maintenant des ménages, entre autres chez mademoiselle Anaïs, une jeune femme parisienne qui écrivait des nouvelles qu'elle imprimait elle-même avec soin sur une presse d'occasion faisant des taches impossibles sur le plancher en bois.

Il passait beaucoup de temps avec les Haïtiens. Le français les rapprochait de lui, et le créole le rendait complice des quelques-uns qui acceptaient de le parler. Il fit la connaissance d'Anaïs le soir d'une grande veillée antillaise chez Richard Wright. Certains intellectuels haïtiens — ceux qui ne chantaient et ne dansaient guère — occupaient leurs soirées à faire la promotion littéraire du paysan pauvre, exhibant des photos d'hommes à dos d'âne et de femmes dont les pieds nus arrachaient des soupirs de compassion, et rappelaient la misère d'Haïti, peuple sans chaussures, déjà racontée par Langston Hughes dans son roman *Popo et Fifine,* dans lequel il déclarait qu'Haïti lui avait fait découvrir que les barrières de classe pouvaient supplanter celles de race. Louis-Gabriel se rendait compte à quel point, vues du continent, les Antilles paraissaient presque aussi loin que l'Afrique. Il n'arrivait pas à déterminer si tous ces Haïtiens étaient à l'avant-garde ou à l'arrière-garde du combat des Noirs américains.

Ce soir-là, il joua sur sa clarinette sa première composition de jazz : *Blues for Toussaint,* sans juger bon de détromper les Haïtiens touchés d'un hommage si poignant à leur héros national. Richard Wright parla un moment de ses débuts, sa difficulté à se faire admettre par les communistes blancs parce que selon eux il parlait comme un livre, même s'il était plongeur, postier ou balayeur pour compenser :

« Je peux seulement être utile comme écrivain, et comme écrivain ici, je suis bâillonné par des humiliations mesquines et des insultes quotidiennes. Je suis obsédé par un seul thème. Il me faut du champ. Il faut que je parte loin de mes blessures personnelles, mes irritations personnelles. Je suis dérangé si constamment que je ne peux même pas travailler. J'ai besoin de vivre libre si je veux me développer en tant qu'écrivain. » Pour faire sourire, il cita de mémoire les trois premières phrases romanesques qu'il avait composées, entre deux lectures, pour s'entraîner à devenir écrivain :

— « Le morceau de beurre mou fondant coulait en sillonnant de gouttes d'or les minces rigoles creusées dans la confiture. »

— « Les doigts de l'enfant dans son sommeil tâtonnaient maladroits, à la vaine recherche de rêves qu'il souhaitait voir surgir. »

— « Le vieillard se recroquevilla dans l'encoignure de la porte d'entrée, son visage osseux éclairé par les lumières jaunes qui brillaient aux fenêtres des lointains gratte-ciel. »

En rentrant le soir, Louis-Gabriel les recopia dans le petit carnet où il notait pour Siméa tout l'important de sa vie d'exil. Le lendemain matin au réveil, il ajouta ces remarques au crayon :

— Ce n'est pas vrai que le beurre fait des gouttes d'or pour l'enfant qui a faim.

— Ce n'est pas vrai que les doigts des enfants qui rêvent sont maladroits.

— Ce n'est pas vrai que les gratte-ciel éclairent les visages des vieillards.

Le jour même de l'enterrement du père de Baldwin, en octobre 43, le fils de Millicent fut gravement blessé au cours d'une émeute occasionnée par le meurtre d'un soldat noir par un policier blanc à l'hôtel Braddock. À l'hôpital de Harlem, Louis-Gabriel rencontra Anaïs venue précipitamment comme lui pour les transfusions. Ils étaient tous les deux donneurs universels. Mais l'hôpital refusa le sang blanc de la jeune femme malgré la pénurie. En la raccompagnant chez elle, il lui raconta comment, dans les infirmeries de l'armée, les bocaux de sang sont classés sur deux rangées, une pour les Blancs, une pour les Noirs. Elle lui montra sa presse et le nouveau livre qu'elle commençait à imprimer. Elle composa devant lui les phrases de la première page en lettres de plomb : « *Même les feuilles mortes se laissaient emporter... Mais je me dégageai, comme un rouage qui se détache d'une machine.* »

Elle lui parla de son projet d'une nouvelle : une histoire d'amour à New York entre un guitariste noir et une jeune femme blanche qui devaient faire semblant de s'ignorer dans la rue et ne pouvaient se retrouver libres d'amour que dans la brume d'un grand parc.

Adrien.

9

Adrien,

Je voudrais essayer de monter *Les chiens se taisaient* à Pointe-à-Pitre avec les élèves du club-théâtre, mais sans rester prisonnier de tout le texte (trop hermétique pour ma musique !), et en le reliant à des épisodes historiques et même si possible contemporains. Pour enraciner le tout, il faudrait donner un grand rôle à la musique, mais ils ont trop tendance à la considérer comme une illustration. Il ne faudrait soumettre le gros-ka ni à la danse ni à la politique. C'est en lui-même qu'il est danse et politique. Comme la musique de la poésie : « Le battement de la vague mentale sur le rocher du monde ! » (Marie-Gabriel me l'a soufflé !)

Donc les enregistrements récents dont tu m'as parlé m'intéressent particulièrement. Je constate que Paris devient un asile de la Great Black Music ! Je suis sûr que la musique leur fera mieux comprendre les images de la pièce, et celle-ci le sens de ce jazz nouveau. J'attends avec impatience ce que tu m'as promis, surtout *Hommage to*

Africa, de Sunny Murray et le disque de l'Art Ensemble of Chicago : *Ericka.*

J'utiliserai plus la pièce de 1946 que l'arrangement théâtral qu'il a fait en 56. Dix ans après, Césaire a objectivé l'ennemi. Il a mis des Blancs sur la scène, évêques et conquérants. Je ne trouve pas que c'est un progrès. Le Blanc est dans nos têtes, il ne faut pas le présenter comme sorti, le localiser au-dehors de nous. Pour toutes ces scènes où l'Europe parle, j'ai envie d'installer quatre ou cinq machines à coudre électriques sur la scène, et de les faire marcher automatiquement en bruit de fond sur une voix-off qui dit le texte. Comme il est difficile de faire ressortir à leurs yeux l'orgueil du rebelle face à l'authenticité de l'amante ! Et les filles tombent dans le piège encore plus vite que certains garçons. Il paraît que quand Suzanne Césaire a voulu monter sa pièce : *Aurore de la liberté,* d'après Youma, de Lafcadio Hearn, personne à Fort-de-France ne voulait jouer les rôles d'esclaves. Aujourd'hui, quinze ans après, je trouve quinze rebelles et personne pour jouer les geôliers !

Mais, en profondeur, tout cela manque de détachement.

Une question au spécialiste de littérature négro-hermétique : à un moment, le rebelle dit : « Qu'attendez-vous pour cracher sur moi l'épais crachat des siècles, mûri en 306 ans ? » Sais-tu à quoi on peut relier cette précision de durée ?

Chaque fois qu'elle vient me voir, Marie-Gabriel passe son temps à écouter dix fois toutes les versions que j'ai de *Body and Soul,* et tu sais combien j'en ai ! Elle veut le placer à tout prix dans son roman. Grande nouvelle : elle commence maintenant à aimer le saxo alto. Je dois reconnaître modestement que le *Lament for Conga,* l'*Afro-Cubop* de Charlie Parker et Machito, enregistré en 1941, y est pour quelque chose beaucoup plus que moi.

L'appel du grand large, camarade, et la soif de continent !

La douce violence des Harlémicains et des Brésiliens, voilà l'ennemi qui fera évader nos amours insulaires !

(C'est aussi le genre d'ennemis qui me rend cannibale,
pour mieux les assimiler !)
   Kimbé rèd.

                                                    Antoine.

                            8

   Adrien, mon nid d'aide,

   Hier à Basse-Terre, j'ai vu de mes yeux vu un commer-
çant syrien lâcher un énorme chien-loup contre le petit fer-
reur de souliers qui travaille sur le trottoir à la sortie du
magasin de chaussures. En plein midi, jour de marché. Ça
a déclenché une émeute qui vient de finir ce soir après deux
jours et une nuit de rage noire. Les gens cherchaient le
Blanc pour le tuer au sabre morceau par morceau. Il s'est
échappé dans un corbillard vide que personne n'a osé fouil-
ler.
   J'étais réfugiée le soir chez ma marraine Gerty. Le préfet
lui a téléphoné en tant qu'ancien maire communiste.
C'était une des seules personnes que les manifestants accep-
teraient encore d'entendre, même sans l'écouter. Il lui a dit :
« Je prends l'engagement de surveiller la fraude pour les
municipales. » Surveiller la fraude ! Elle que seule la fraude
a pu priver de tous ses mandats. Elle a téléphoné au Parti à
Pointe-à-Pitre. Elle est sortie calmer les manifestants au
Bas-du-Bourg et les inciter à avancer un catalogue précis de
revendications. Allocations-chômage et club de jeunes.
   J'ai pleuré sans arrêt. L'heure est au marronnage. Ce
n'est plus aux femmes à freiner les rebelles. Je le lui ai crié :
« Vous, communistes, vous nous volez les révoltes après
avoir volé la révolution ! » Elle m'a répondu : « Mon enfant,
je ne suis ni mère ni amante. Ma fidélité est libre et ma
liberté est fidèle. » Pour m'expliquer, elle m'a raconté
qu'après la lettre à Thorez de Césaire en 1956, sa démission
du Parti et la violente campagne des communistes contre

lui, elle a pris le bateau pour Fort-de-France : « Tu es venue me voir malgré les ordres ? » lui a demandé Aimé, plus surpris que Suzanne : « Moi, je savais que tu viendrais nous voir pour savoir. » Ils ont discuté toute l'après-midi et jusqu'après dîner. Gerty lui a dit en partant : « Je crois que tu as bien fait. Ils nous ont trop souvent humiliés. Mais moi, je n'aurais pas rompu seule, je n'avais pas mandat de la fédération pour rompre. J'ai bien pleuré à Paris. Mais je ne déciderai pas seule de la révolution. »

Je vais changer dans mon histoire l'épisode de la mort d'Elisa, la fille de maître Alliot, dont un projet de ton Cahier *d'écritures m'avait donné l'idée. (La mort de ta petite Elisa sous les yeux de Geneviève et de Jenny, ses deux petites esclaves de compagnie.) Mon Elisa ne doit pas mourir violée par les tueurs blancs qui envahissent l'habitation. Les Blancs même saouls vont épargner la Blanche. C'est J..., le jeune esclave qui va la tuer d'un coup de revolver avant qu'elle ne se réveille, pour se prouver qu'il est un Nègre-marron. Le rebelle n'est pas mort. Il faut l'aider par d'autres baptêmes.*

J'arrête, Adrien, je n'en peux plus. Ce soir, ça va très mal dans mon corps.

Aime-Gabriel.

P.-S : C'est la nuit blanche. J'ajoute deux mots à sa lettre. Marie-Gabriel est venue dormir ce soir chez moi après les événements. Elle voulait absolument t'écrire des pages pour tout t'expliquer. Elle a vu sans fermer les yeux le chien arracher l'oreille du pauvre Nègre, le père-Georges que tu connais. Elle n'a pas cessé de pleurer pendant que je lui faisais des nattes sans pouvoir radoucir son gros cœur. La clarinette basse l'a enfin endormie. Nous sommes vraiment un peuple de révolte pure, mais sans la durée du ressentiment.

On se révolte ici seulement contre l'injustice et l'atteinte à la dignité. Donc la violence s'arrête au plus tard à la mort de celui qui l'a causée. Il nous faut un pauvre, une victime bien passive, au mieux un révolté aveugle ou saoul pour assurer la pérennité du système. Tous les vingt ou trente ans on déchiquette un exploiteur aux cris de : Mort au Blanc !

Bégaiement d'éruption, c'est du volcanisme prédigéré.

J'arrête aussi. *Kimbé rèd.*

Antoine.

7

Marie-Gabriel,
Antoine,

Trop de choses à vous dire qui tournent encore trop mal dans ma tête. Alors en vitesse, je vous ai recopié ce texte parmi les documents que je rassemble pour le roman ! J'étais avec vous l'autre soir. Tout à côté de vous deux. Comme à notre matin de la Soufrière.

Adrien.

« *Qu'ils ramassent leurs morts, qu'ils les éventrent et les promènent sur des camions découverts à travers les faubourgs de la ville... Qu'ils hurlent aux gens :* " *Voyez l'œuvre des colonialistes.* " *Ils n'en feront rien. Ils voteront des motions symboliques et recommenceront à crever de misère. Au fond, cette flambée de colère rassure les colonialistes. Il s'agit d'un simple défoulement, un peu comme certains rêves érotiques. On fait l'amour avec une ombre. On souille son lit. Mais le lendemain, tout rentre dans l'ordre. On n'y pense plus.* »

Frantz Fanon (après les graves événements
pendant lesquels les CRS tuèrent plusieurs
manifestants à Fort-de-France).

Bégaiements d'éruption, camarades, bégaiements d'éruption ! Antoine, je te réponds vite à ta question sur les 306 ans dont parle le Rebelle dans les Chiens : *2 solutions :*

a)   1496   *(Découverte de l'île.)*
   + 306

   = 1802   *(Le Rebelle est Delgrès ou son contemporain.)*

b)   1635   *(Début de la colonisation française.)*
   + 306

   = 1941   *(Le Rebelle est Césaire ou son contemporain.)*

À propos, que Marie-Gabriel se rappelle les paroles de l'amante à l'acte II : « Avoue, tu joues à te sculpter une belle mort ; mais je suis celle qui se met au travers du jeu et qui hurle. »
Je vous aime. A bientôt.

Adrien.

6

Marie-Gabriel,

Ce petit mot rapide pour une première impression, je n'ai guère le temps de faire de longs commentaires mais disons que ce que j'ai particulièrement apprécié, c'est :

— D'abord la langue : trouvailles, tournures, associations de mots-idées, pourtant comme naturelles et coulant de source.

— Ensuite le « fond », c'est-à-dire la précision de la documentation historique qui rompt avec la connaissance habituelle (grands événements) pour nous les montrer sous forme de chronique, donc plus proche du vécu probable des acteurs. (Ici se pose néanmoins le problème du *style* propre de cet aspect du travail, dont je te reparle plus loin.)

— Également bien sûr la « philosophie » de l'affaire, c'est-à-dire la dénonciation de tant d'oppressions hypocrites tels la raison, le machisme, etc., je ne reviens pas là-dessus, on en a déjà tant discuté.

— Et la musique ! J'oubliais la musique et l'usage-analyse que tu en fais autour de la Cabane cubaine. Ainsi que pour la poésie. Beau et bon travail donc ! Tu as eu raison de lui donner la priorité cette année sur ton travail sur Fanon, quoique ces deux choses — à des points de vue pas si divers que ça — soient également importantes et urgentes.

Poursuis donc comme tu m'as dit vouloir le faire sur les temps contemporains ; et n'oublie pas de mentionner un peu les premières luttes « syndicales » du début du siècle (sinon on ne manquera pas de te reprocher de parler de et pour la petite bourgeoisie narcissique...).

J'ai hâte de lire la suite. Ne m'oublie pas.

— Ton créole est bien fantaisiste dans son écriture. Je ne sais si c'est important, mais ici les disputes d'orthodoxie font rage. Je te donne ma version, mais je ne suis pas convaincu de sa valeur, sauf à mettre en marge une traduction. À toi de choisir entre la lisibilité et l'authenticité.

— *Body and Soul* n'est pas une composition de Coleman Hawkins, même s'il en a donné la version la plus mémorable (après bien sûr notre interprétation d'une nuit de juin avec ta tumba et ma clarinette basse !).

— D'une façon générale, l'unité et l'harmonie sont difficiles entre les passages mettant en scène des personnages, leurs sentiments, d'une part, et la description des faits historiques, d'autre part. Même si des ponts sont jetés entre ces deux ensembles de ton et langue différents. Par exemple, l'expression : « faisant des milliers de blessés et de sans-abris » (le tremblement de terre de 1897) renvoie le lecteur au style de son journal quotidien, après la belle présentation de la sagesse de la grand-mère.

Il me semble, à ce point de ma lecture, que c'est là le seul « défaut », défaut d'une qualité d'ailleurs, puisque c'est la beauté générale même de la langue utilisée par le « poète » pour tout ce qui touche aux Antillais, à leurs luttes et à leur « sagesse », qui rend le contraste gênant avec le langage plus « ordinaire » de l'historien.

Comment faire cohabiter poésie et histoire ? J'espère pour toi qu'il n'en est pas en littérature comme dans la vie où, là, c'est carrément antinomique, à mon avis de musicien-sans-Histoire !

C'est plutôt l'exilé soleil que je lis entre tes lignes, et la recherche d'un dialogue d'écritures plutôt que l'accomplissement de la tienne seule.

Mais là-dessus, nous sommes d'accord : aucune terre, aucun rêve, aucun style n'a à être la propriété d'un seul. Les œuvres circulent, libres de leur fiction et égales dans leur réalité. L'écriture saute comme un singe du sol aux branches dans le feuilleton des arbres.

Les aveugles en sentinelle, et les justiciers du peuple restent à terre, trop lourds pour s'envoler tout seuls.

Nous n'avons pas à rendre justice, à provoquer les chiens ni gouverner la rosée. Nous n'avons rien à concilier ni à réconcilier.

D'ailleurs, nous ne sommes pas un peuple malade. Qui seraient les médecins ?

Ce n'est pas notre vie qui est malade, mais notre culture qui souffre de la guérir.

Écrire n'est ni un salut ni un jeu gratuit : c'est un jeu salutaire. Il nous faut pirater l'histoire et l'écriture, accrocher nos grappins à leur culture sur nos trois continents.

Antoine.

5

*J'ai rencontré Angela. Une Noire américaine qui a renié
le décrêpage pour une coiffure afro, et l'intégration raciale
pour le Black Power. Elle a transité deux jours à la Guadeloupe après un séjour à Cuba avec une délégation des Panthères noires. À l'arrivée du bateau cubain à Basse-Terre, le
directeur des Douanes a fait du zèle et a voulu saisir leurs
250 kilos de livres et de brochures, sous l'inculpation de
propagande subversive et d'introduction de revues interdites
sur le territoire français. L'affaire s'est arrangée plus tard à
la Préfecture, car la France vient de négocier une grosse
livraison de camions à Cuba. C'est Gerty qui me l'a présen-
tée.*

(« Grâce aux contacts du capitaine, quelques Cubains
sympathisants qui habitaient l'île, nous rencontrâmes une
femme noire, avocate respectée et dirigeante du parti communiste de la Guadeloupe.

Gerty Archimède était une grande femme à la peau sombre, aux yeux vifs, et au courage indomptable. Je n'oublierai jamais notre première rencontre. Je sentis que j'étais en
présence d'une très grande dame. Pas un instant, je ne
doutai qu'elle allait nous sortir de notre mauvaise posture.
Mais j'étais tellement impressionnée par sa personnalité,
le respect qu'elle attirait à elle en tant que communiste,
même de la part des colonialistes, que, pendant un certain
temps, notre problème me parut secondaire. Si je n'avais
écouté que mes désirs, je serais restée sur l'île pour tout
apprendre de cette femme.

Le jour suivant, elle négocia opiniâtrement avec les
douaniers, la police, les juges. Nous apprîmes qu'il existait
une loi qui pouvait être légitimement invoquée — pour
autant qu'une loi colonialiste puisse être légitime — pour
nous envoyer en prison pour un bon bout de temps. La
seule façon de s'en sortir était de faire un compromis : les

colonialistes nous autorisaient à quitter l'île à condition que les Portoricains abandonnent leurs livres. Bien sûr, nous protestâmes, mais nous avions au moins remporté la première manche de la bataille. Notre décision finale fut de prendre les passeports, quitter la Guadeloupe et laisser la question des livres aux mains de maître Archimède qui promit de faire tout son possible pour les récupérer. »)

En attendant son départ par le prochain avion pour Porto Rico, nous avons passé ensemble un grand moment aux Flamboyants. Nous avons beaucoup discuté de la violence raciale, du communisme et de la révolution. Et aussi de Frantz Fanon, qui devient une idole chez les Noirs américains à mesure qu'on l'oublie ici-même chez lui. Je lui ai fait lire l'étude sur Fanon, Colonialisme et Psychiatrie, *que je prépare pour notre revue. Elle trouve que je m'enferme trop dans le rapport inconscient Blanc-Noir, que seule la dynamique de la rupture révolutionnaire peut faire évoluer. C'est d'ailleurs pourquoi Fanon, selon elle, a délaissé la psychiatrie pour l'action politique. Je lui ai dit que c'était faux, qu'il ne l'avait abandonnée ni à Blida ni à Tunis jusqu'à sa mort. Selon moi, il avait bien compris que le devoir du psychiatre révolutionnaire est de révolutionner la psychiatrie. Car c'est bien dans la mesure où la folie rencontre quelque part la liberté que psychiatrie et psychanalyse peuvent aussi rejoindre quelque part la révolution.*

Nous avons aussi beaucoup parlé de notre relation de jeunes femmes avec les hommes, la couleur de leur peau, de leurs yeux, de leur politique... et là, nous sommes tombées d'accord ! Tout à faire, tout à défaire !

Comme aussi sur la littérature, celle à lire et celle à faire. Nous avons échangé nos poèmes et je lui ai fait cette dédicace : le premier devoir de l'écrivain est d'écrire révolutionnairement, pas de décrire la révolution.

Elle m'a donné en souvenir un bel insigne en résine d'ambre.

Le Black Power a une très belle devise : Sky is the limit. *Le ciel est notre limite.*

Ils veulent mettre la passion de la négritude dans l'action modèle de Fanon.

*Je lui ai montré la petite bague d'Angela, comme si elle
l'attendait aussi dans le manguier. Mais je ne la lui ai pas
donnée.*

4

*Pélamanlou courait pieds en tête vers la sortie de la forêt.
C'est alors que craquèrent tous les halliers, un désordre de
tremblement de terre, une si grande peur dans ses deux
yeux : la Bête à Sept Têtes...*

*Ses quatorze yeux lançaient éclairs et tonnerre. Ses dents
longueur des bambous Morne-Rouge. La queue sept fois le
tour de son corps traînait encore sur sept grandes lieues.*

*C'était fini de battre cette fois-ci. Celle-là ne faisait
jamais grâce. La dernière vie de ceux qui la rencon-
traient.*

C'était le début de l'histoire : il n'y avait aucune preuve
qu'ils avaient tué le gardien. Mais on savait que George,
John et Fleeta étaient des « militants », ils avaient causé
avec leurs amis emprisonnés des théories et des pratiques
de la révolution. La bureaucratie pénitentiaire s'apprêtait à
les tenir pour symboliquement responsables de la révolte
spontanée des prisonniers. Ils furent accusés du meurtre du
gardien. La hiérarchie pénitentiaire voulait les jeter dans la
chambre de mort de Soledad et exposer triomphalement
leurs corps gazés aux yeux des milliers de prisonniers, afin
qu'ils servent d'exemple.

*La Bête tourna sa ronde autour du ti-garçon, et lui dit
dans un grand vent : « D'où es-tu sorti, pour être dehors à
cette heure-ci là, l'heure du bal des serpents, l'heure du
galop des zombis, la course des loups-garous, l'éclat des
soucouyans ! »*

*Mais elle le laisse quand même jouer de sa flûte d'abord,
la Bête. Mais la faim remontait en pile dans ses sept têtes, et
avant que le petit bonhomme fatigué ne finisse sa chanson :*

Lou Péli Péla Péli Pélam, elle allait l'avaler d'un seul coup de ses sept langues Plam...

Quand la mère commença à parler, un silence frémissant gagna toute la salle : « Ils nous ont enlevé George alors qu'il n'avait que dix-huit ans. C'était il y a dix ans. » La voix tremblante d'émotion, elle poursuivit sa description de l'incident qui lui avait dérobé le peu de liberté qu'il possédait... J'écoutais avec un étonnement rageur Mme Jackson dire la sentence qui avait été prononcée contre son fils : d'un an à la prison à vie. D'un an... à vie. Et George avait déjà fait dix fois la peine minimale.

Alors la mère se coucha devant la forêt et embrassa la terre bien tiède et humide avec ses mains, sa bouche et tout son ventre, les deux pieds dans l'eau. Juste à la septième caresse, l'enfant Pélamanli sortit de son ventre avec sa peau toute déjà faite, sa flûte bien réchauffée et l'âge de son frère.

« ... Il est à cet âge dangereux où les idées confuses et l'action brouillonne risquent d'envoyer les frères à la morgue, ou en prison. Il apprend vite et il sait distinguer le vrai du faux pourvu que quelqu'un prenne le temps de lui expliquer. Dis aux frères de ne jamais faire allusion à ses yeux verts et à la couleur de sa peau claire : sur ce sujet très sensible, mon frère Jonathan se replie sur lui-même ou il se bat... »

Puis, il se précipita au fond de la forêt, bondissant devant la Bête au moment juste où son frère d'avoir tant et si bien joué s'écroulait de fatigue dans les halliers.

Le tribunal numéro un était en train de siéger. Jonathan resta assis un moment. Puis, il se leva, une carabine à la main, et ordonna à tous ceux qui se trouvaient dans la salle d'audience de ne pas bouger...

Le sept août.

John savait que les pistolets étaient blancs et gris, et que quand les gardiens de prison les retiraient de leur étui et

appuyaient sur la gâchette, il n'en sortait pas un jet d'eau
fraîche. Ils tiraient des balles qui faisaient jaillir des flots de
sang et de mort. De mort. Depuis l'âge de sept ans, John
n'avait vu George que pendant les visites de la prison. Il
avait vu son frère vivre avec la réalité de la mort chaque
jour, chaque heure, chaque minute.

Toute la vie de la nuit, un frère remplaça l'autre d'un seul
bond dansant, pour faire danser la Bête à Sept Têtes suant,
soufflant, criant grâce, sans pouvoir s'arrêter de suivre la
musique des frères, et de balancer en cadence sa tête de
cheval-à-diable, sa tête de bœuf à cornes, sa tête de poisson-
armé, sa tête de pierre-de-taille, sa tête de diable noir, sa
tête de Bon-Dieu-Blanc, et sa tête de chien, jusqu'à ce
qu'elle s'écroule épuisée morte, avec dans les yeux de tous
les frères un grand éclat musical d'étoiles, de lune et de
soleil tout mélangés.

Ne pas combattre de cette façon, c'était laisser à jamais
Jonathan sur l'asphalte... couché là dans son propre sang.
Ne pas se battre, c'était lui refuser à jamais — à lui, à tous
les jeunes Jonathan à naître — que la fraîcheur d'un voyage
à la mer remplace le morne parloir de la prison de Soledad.
Une enfance pleine de sourires et de jolis jouets et de frères
aînés beaux, forts et libres...

Jonathan venait d'avoir dix-sept ans.

3

Angela,

George et Jonathan sont morts. J'avais prévu les initiales.
Il faut réinventer des frères pour la fraternité.

Souviens-toi, chaque jour de prison, de Miguel Visage
d'Ange, ce prisonnier à vie dont nous avions parlé ensemble,
qui grava sur le mur un prénom de femme enlacé dans le

*sien, un cœur, un poignard, une couronne d'épines, une
ancre, une croix, un petit bateau à voile, une étoile, trois
hirondelles comme des accents circonflexes, un train avec
sa fumée en spirale...*

*Pour achever son espoir et sa vie, il fallut aux fascistes du
président lui faire croire à la perte de son amour.*

*N'oublie jamais mon bracelet : voyage vers le village où
tu n'as pas ta maison, mais voyage avec ton toit.*

Marie-Gabriel.

2

Antoine,

*Je le sais bien comme toi : il y a des solidarités qui sont les
alibis des fuites. Je me méfie comme toi de notre capacité à
nous oublier en nous donnant aux autres. Nous sommes
trop souvent aux Antilles les soldats des désertions positi-
ves : Garvey, Mac Kay à Harlem, Padmore chez N'Krumah, Roumain en Espagne, Fanon en Algérie. Aujour-
d'hui, nous découvrons l'Amérique avec le Black Power.*

*Au fond, nous ne sommes pas des êtres malades dans ce
monde, nous sommes au contraire suradaptés au monde,
nous les Antillais, pierres poreuses, feuilles détachées sensi-
bles à la liberté mais fragiles devant l'oppression.*

*Le combat de Marie-Gabriel pour les frères de Soledad et
la libération d'Angela n'a rien à voir avec la quête facile des
bonnes causes bien propres et confortables qui viennent rin-
cer la mauvaise conscience de nos amis d'Europe.*

*Il lui suffit d'une soirée sincère pour se donner tout
entière, tu le sais comme je le sais.*

*Que les communistes cherchent à canaliser l'indignation
rebelle à leur profit pour gagner une ou deux mairies n'est
pas suffisant pour l'empêcher d'entreprendre ni d'espérer.*

Elle ne milite pas non plus comme nos petits chapelains

révolutionnaires l'œil fixé sur la « clause nécessaire de la distinction radicale », comme disait Monnerot au temps groupusculaire du Parti.

Nous savons bien tous les trois ce qu'un mouchoir ensanglanté peut donner à certains de rêves de drapeau.

Quand tu m'as appris que les camarades te demandaient d'être candidat à Saint-Claude, j'ai tout de suite pensé à ta musique, à ta soif de marier ton délire free-jazz à la rythmique bien structurée du tambour gros-ka.

Nainsouta est bien mort. Ils te laisseront cent voix. Mets demain sur ta tête. La peine ça vaut de révéler les dessous des feuilles de bois-canon.

Mais n'emporte jamais ton saxo dans tes discours.

L'indignité de penser pour les autres nous laissera bien le loisir de jouer avec eux !

Marie-Gabriel m'a envoyé sa lettre de Georges à Jonathan, le Nègre-marron de 1802. Celle qu'elle veut ajouter au roman.

Es-tu de ceux qui habitent le rivage ou bien le volcan ? Près du soleil ou près des chiens ?

Moi, je ne sais pas encore si j'ai déjà choisi.

Peut-être pourra-t-elle mieux que moi lire le fond de mon cœur dans mes yeux, puisque tu me dis qu'elle vient sans doute à Paris bientôt accompagner Gerty au Comité-Soledad.

Dans Soledad, il y a Soleil et l'isolé.

Je ne sais si son regard a changé, et s'il projette toujours cet éclat que j'aime de commencement et de faim.

Adrien.

1

Le désir fera ouvrir nos bouches pour continuer notre histoire à livre fermé, au rythme solidaire des tambours de nos veillées, avec le jeu pour liaison, l'amour présent, la faim d'avenir, la peur à dépasser.

Pas de dénouement, surtout pas de fin : encore de la soif, avec le feu du cœur et du volcan, le vent des cyclones et des baisers, l'eau des sources et de la mer.

Et, ni passés à l'autre, ni revenus au même, nous savons que nous sommes présents comme le verbe être.

De débris de synthèse en fragments d'un pluriel, île et aile, c'est nous, désirades déployées proches dans l'accord des prénoms, des musiques et des actes, l'alliance des rêves et des réveils.

Le conte nous fait signe : le colibri trois fois bel cœur fait lever le soleil, parti cabri sans se coucher mouton. La queue coupée du crapaud-tambourineur, c'est bonne récolte, promesse d'avenir. Une calebasse d'eau claire rapportée de la mer,

et la feuille prend son vol au risque de sa verdure.

Daniel.

REPÈRES

DELGRÈS Louis : « Défenseur de la liberté des Noirs à la Guadeloupe, né à Saint-Pierre (Martinique) en 1772, tué à la hrise du Matouba (Guadeloupe) le 28 mai 1802. Sans illusion sur l'issue certaine d'une lutte qu'il avait acceptée, non provoquée, il sut se distinguer par un courage chevaleresque. On le voyait s'asseoir dans une embrasure de canon un violon à la main, y braver les boulets du général Richepanse, le commandant de l'odieuse expédition (destinée à rétablir l'esclavage), et, nouveau Tyrtée, jouer de son instrument pour animer ses soldats. » *Larousse du XIXᵉ siècle.*

TOUSSAINT LOUVERTURE : Esclave noir d'Haïti. Un des chefs de la révolte de 1791. Proclame l'indépendance de l'île en 1800 et en devient le premier président de la République. Fait prisonnier par les troupes de Napoléon, il meurt en exil en France. Il doit son surnom de Louverture aux brèches qu'il ouvrait dans les rangs des ennemis.

1848 : Abolition de l'esclavage aux Antilles françaises.

1930-1940 : Formation de la génération intellectuelle de la négritude, principalement représentée pour les Antilles par les poètes Aimé Césaire et Léon Damas. Paris, 1932 : numéro unique de la revue *Légitime Défense,* avec Étienne Léro et René Ménil. Paris 1934 : Revue *l'Étudiant noir,* avec Césaire, Damas et Senghor.

1940 : Occupation de la Guadeloupe, la Martinique et la Guyane par les forces pétainistes. Dissidence de milliers d'Antillais vers l'Europe et l'Afrique de la Résistance, via les îles anglaises et les USA. Parution de la revue *Tropiques,* avec Aimé et Suzanne Césaire et René Ménil. Bouillonnement politique et culturel d'une génération qui apprend à ne plus s'aliéner au seul miroir des yeux d'Europe. Après la libération et l'assimilation des Antilles en DOM, primauté du politique et élection de ceux qui vont contribuer à façonner le visage contemporain des Antilles-Guyane : Césaire à la Martinique, Damas en Guyane, Rémy Nainsouta, Gerty Archimède, Rosan Girard à la Guadeloupe.

1962 : Immense traumatisme aux Antilles après le premier grand accident d'avion de leur histoire, qui voit mourir Paul Niger et Justin Catayé, principaux animateurs des luttes pour l'autonomie avec des centaines de jeunes étudiants de retour au pays natal, dans l'explosion d'un Boeing au-dessus de la Soufrière.

1969 : Retour de Cuba, Angela Davis, militante noire américaine encore inconnue, transite par la Guadeloupe et échappe à l'emprisonnement par les autorités grâce à l'intervention de militants anticolonialistes, parmi lesquels Gerty Archimède. À cause de ces relations étroites, un fort mouvement de solidarité se forme aux Antilles après l'affaire des frères de Soledad aux États-Unis, les assassinats de Jonathan et de George Jackson, jusqu'à la libération d'Angela Davis.

Table

IMPRESSION : NORMANDIE ROTO IMPRESSION S.A. À LONRAI
DÉPÔT LÉGAL : JANVIER 2001. N° 48158 (003169)